U0869814

RABBIT PREDICTING DEATH

预测死亡的兔子

3

宇尘 ⓩ著

天津出版传媒集团
百花文艺出版社

图书在版编目(CIP)数据

预测死亡的兔子.3/宇尘著.-- 天津:百花文艺出版社,2022.5

ISBN 978-7-5306-8249-4

Ⅰ.①预… Ⅱ.①宇… Ⅲ.①推理小说-中国-当代 Ⅳ.①I247.5

中国版本图书馆CIP数据核字(2022)第039180号

预测死亡的兔子 3

YUCE SIWANG DE TUZI 3

宇尘 著

出 版 人:薛印胜

选题策划:唐冠群 **责任编辑**:李 信

特约编辑:连 慧 李 艳

装帧设计:ABOOK-安柒然

出版发行:百花文艺出版社

地址:天津市和平区西康路35号 **邮编**:300051

电话传真:+86-22-23332651(发行部)

+86-22-23332656(总编室)

+86-22-23332478(邮购部)

网址:http://www.baihuawenyi.com

印刷:河北照利印刷有限公司

开本:710毫米 ×1000毫米 1/16

字数:273千字

印张:19

版次:2022年5月第1版

印次:2022年5月第1次印刷

定价:55.00元

如有印装质量问题,请与河北照利印刷有限公司联系调换

地址:河北衡水市故城县郑口镇工业路西头翔宇车业院内

电话:18514547813 邮编:253800

版权所有 侵权必究

他冥冥之中有种感觉，

白若琳的死就像拉开一道黑幕，

谁也不知道后面将会出现什么。

该来的迟早都会来的。

目录

第一章　火柴盒密码

吴凡茫然良久，反复回忆着似梦非梦中，白若琳对他说过的那番话。

犹豫再三，他还是决定赶到东方商业中心看一看。

吴凡走下出租车时已经夜里10点了。街上看不到行人，偶尔会有车辆从身后的马路上飞驰而过。邻近的商店基本上都熄了灯，只剩橘黄色的路灯和远处摩天大楼上的彩灯依然亮着，勾勒出几笔简单的几何图案。

东方商业中心犹如一个体积庞大的黑色丘陵，寂静地蜷缩在星空下。

吴凡还能看见白天防暴队砸碎的玻璃幕墙，现在已经被商场方面用几个临时的铁栏杆拦住了。

他看左右无人，快步走到栏杆前，找了一个比较大的空隙，弯下腰爬了进去。

吴凡置身于黑暗的商场内部，就像掉进了巨兽的腹腔，瞬间就被一种莫名的恐惧感包围了。

3层的喷泉就矗立在他的眼前，此刻已经停止了喷水。

吴凡蹑手蹑脚地走到喷水池前，从幕墙外透进来的星光洒在墨黑色的水面上，深不可测的池水中，好像潜伏着某种可怕的东西。

他出神地望着喷水池，心里想着：难道真像白若琳所说，喷水池中还藏着其他东西？

他始终不确定这究竟是不是他的幻想，但还是鬼使神差地赶过来了。

来了之后，吴凡才发现一个更大的麻烦——他该如何寻找呢？

难不成要摸着黑跳进水池里？

再说，如果这里面真有东西，白天刑警队和防暴队员都跳进去过，应该能发现啊。

吴凡左思右想，有些打退堂鼓，正在他犹豫不决时，冷不防听到身后传来一个森冷的声音，“站在那里别动！”

这声音不大，却像刀子般刺在吴凡背上，让他瞬间僵硬，心口狂跳不止。

他完全想不到这里居然还藏着一个人，他是谁，莫非就是预测死亡的兔子？

身后那个声音又开始说话，“举起双手，慢慢转身！”

吴凡不知身后什么情况，只得乖乖听话。

当他举着双手转过身，看见距离自己不到十米远站着一个黑色的身影，那张隐藏在阴影中的脸上闪烁着一对野兽般的眼睛。

吴凡有一肚子的疑问，却在这个时候一个字也说不出来。

那个黑影慢慢走近，手里似乎还擎着手枪似的东西。

突然，黑影发出一声冷笑，“想不到原来是吴记者。”

“你认识我？”吴凡惊讶道。

话也出口了，那个人距离也够近了。他这才看清，站在面前的竟然是刑警队长卢广通。

“怎么你会在这里？”他更加惊讶。

“这话也是我想要问你的。”卢广通手里的枪并没有放下的意思。

“这里面应该有些误会……”吴凡想着该如何向卢广通解释。

“呵呵，误会？你觉得这是误会？”卢广通站在和吴凡近在咫尺的地方，像盯着犯人一样盯着吴凡，“你知道我为什么会在这里吗？你以为只有你懂犯罪心理学？不瞒你说，我今天晚上过来就是在等罪犯。”

“等什么罪犯？”

“明知故问。刑警队今天上午忙活了一大气，不就是为了抓住那个放炸弹的罪犯吗？尽管只是几枚假炸弹，这家伙如此大费周章，也不敢保证他就没有其他的企图，或者就是想制造社会恐慌。以我的经验，这类家伙中有一些人特别喜欢返回犯罪现场寻找刺激，所以我特意今天晚上埋伏在这。没想到真抓住了一个犯罪嫌疑人……”

“卢队长，这里面有些误会。”吴凡情急之下随口道，“我过来也是为了看看犯罪嫌疑人会不会出现。”

“可我怎么觉得你一个记者鬼鬼祟祟，深更半夜跑到案发现场，本身就很可疑呢。你这辩解也说不太通啊。还是老实交代吧，你过来到底想干什么，再放两枚炸弹？”

“我什么也不想干，不相信你可以检查，我身上什么可疑的东西都没有。”

“那你就是纯粹来找刺激的喽。”

吴凡越解释越麻烦，索性道：“你们不是去查商场监控了吗，对比一下那个放炸弹的犯罪嫌疑人不就清楚了？”

“你还真聪明。我们费了九牛二虎之力，确实是在半个月前的监控录像里找到了犯罪嫌疑人，这家伙十分聪明，他假扮成游客躲在商场里，等到晚上商场关门，他便把疑似炸弹的东西扔进喷水池，然后锯断了1层卫生间的栏杆离开了。商场当时没丢什么东西，自然也没当回事。”

“既然你们都找到他了，跟我不就没关系了吗？”

“你说得倒轻巧。我们是找到犯罪嫌疑人了，可是深更半夜监控根本拍不清楚，而且那家伙还戴着面具……”

“兔子面具？”

“看来吴记者你比谁都清楚，你是明知道我们锁定不了罪犯，才故意那么说的吧？”

“卢队长你想太多了，我也一直在寻找这个预测死亡的兔子，我们是站在同一条战线的，应该精诚合作，共同对付这个狡猾的家伙。我们内部最好不要再出现什么纠纷……”

卢广通发出几声嗤笑，“你说得还真是冠冕堂皇，不愧是做记者的。我知道你有些才干，也想让你帮我们警方做事，但前提你得先把自己的嫌疑洗干净了……”

“你还是怀疑我？”

“怀不怀疑不是靠着你几句话就能说清楚的，我看的是证据。”卢广通跨前一步，目光炯炯，“我刚才看你进来了好半天，你一直瞅着喷水池在发呆。你说你来是等犯罪嫌疑人出现，可你就这么大张旗鼓地等吗？连埋伏都不埋伏？你别忘了，我可是从底层民警一步步干起来的，形形色色的人我见多了，想骗过我可不容易。说吧，你到底来干什么？”

吴凡瞬间哑口。

他实在有些低估了卢广通，居然一下抓住了漏洞。

可是就算他实话实说，卢广通会相信吗？

他并不清楚吴凡和预测死亡的兔子有着千丝万缕的联系，吴凡也不敢细说，免得给自己招惹更大的麻烦。

两个人在黑暗中四目相对，看见的都是与白日里不一样的另外一个对方。

卢广通看似轻松，却暗中提防着吴凡的一举一动。

吴凡暗自焦急，思索着脱身的办法。

“哗啦。”

就在两个人全神贯注之时，黑暗寂静的大厅里忽然传来一丝异响。

两个人不约而同地朝声音传来的方向看过去，就见喷水池里蹿出一个黑影，湿淋淋地朝门外飞奔。

吴凡瞬间明白了什么，脱口而出：“预测死亡的兔子！”

没想到这家伙居然一直躲藏在喷水池里。

他顾不上胳膊有伤，转身就奔着那个黑影狂追。

黑影跑到破损的玻璃幕墙前，弯着腰从栅栏的空隙中间往外钻。

吴凡随后赶到，也跟着钻出了栅栏，紧紧追赶那个黑影。卢广通因为身子又宽又胖，卡在栏杆中间半天没钻出来。

吴凡现在不顾一切，脑海中只有一个念头，他一定要抓住这个预测死亡的兔子，他要亲眼看看他的庐山真面目。

跑在前面的人意识到身后有人追他，更是加快脚步，一步不敢停歇。

两个人拼着一口气冲上马路，就在这时候，有辆车呼啸着从远处飞驰而来，他们谁都顾不上躲闪，一个只想着逃，一个只想着追。

“哐”的一声巨响。

骨肉和钢铁碰撞出沉默的噪声。

吴凡离预测死亡的兔子不过四五步远，他眼看着那家伙撞在引擎盖上，飞起的身子犹如断线的风筝般在空中翻滚……坠落……瘫软在地上。

肇事的轿车只是刹了一下车，随后猛然提速，逃之夭夭。

一切都发生得太过突然。

吴凡望着地上那个垂死无助的人，有些难以置信。

即使是自诩为上帝的天才罪犯，说到底也不过是脆弱的血肉之躯，随便一个小小的意外都能让他粉身碎骨。

预测死亡的兔子就躺在眼前，吴凡心情复杂地走到他面前，俯视着奄奄一息的对手。

他没戴面具，昏暗的路灯照在他布满血污的脸上，即便如此，吴凡依然一眼就把他认出来。

因为这张脸他再熟悉不过，这个人就是白若琳。

“为什么会是你？”吴凡刹那间有些失神，“难道……难道你就是预测死亡的兔子？”

白若琳努力想把手抬起，颤抖着嘴唇，发出含糊的声音。

吴凡俯下身，听到白若琳说："我是来为你找东西的……"

"找什么东西？"吴凡话一出口，忽然想起之前在家和白若琳似梦似幻的那段交谈，难道那是真的？

"在我手里……"白若琳虚弱地说。

吴凡这才注意到白若琳手里握着一个东西，东西不大，看不出是什么，但在昏暗中竟能发出淡淡的荧光。

他暗自心惊，这莫非就是白若琳提到的藏在喷水池里的东西？

还未等吴凡细想，卢广通已经气喘吁吁地追了上来，"吴记者……这个人……这个人怎么样了？"

吴凡一惊，急忙用手盖住白若琳的手，顺势把那个东西抓在手里，"她受了很重的伤。"

卢广通凑近了仔细一瞧，"这个人怎么看着这么眼熟……这，这不是白若琳吗？"

"是她。不管如何，得马上叫救护车。"吴凡说着伸手掏手机，顺势把那个东西放进了口袋里，卢广通并没有发觉。

接到电话十几分钟后，救护车赶到现场，将白若琳拉到医院。吴凡和卢广通也一起赶到了医院。

由于白若琳伤势严重，医生们连夜对她进行了紧急手术，一直折腾到天亮，手术才做完。

各怀心事的吴凡和卢广通也一直守候在手术室外，看到白若琳被推出了手术室，卢广通急忙跑过去问主治医生，白若琳情况怎么样，什么时候能问话。

主治医生告诉他，人暂时是救过来了，但还有一段危险期，要在重症监护室密切观察。至于什么时候能说话，那还要看病人的恢复情况。

卢广通听了这话，十分失望。他恨不能马上就把白若琳揪起来问个究竟。

他沉着脸，回头看了看一言不发的吴凡，质问道：“白若琳怎么会躲在喷水池里，这到底是怎么回事？”

吴凡耸耸肩，“我只想到了一种解释。”

“什么解释？”

“扔炸弹的罪犯并不是我，你又怀疑错了。”

卢广通脸上的肉筋微微抽动，压着火问：“我记得你在追赶白若琳的时候，喊她‘预测死亡的兔子’。这是不是就说明，你昨晚偷偷进入东方商业中心别有目的，是不是你早就知道白若琳要去，你也知道她就是‘预测死亡的兔子’？”

“卢队长，拜托你这种时候就别再运用你的阴谋论推理了。”吴凡揶揄道，“我昨天晚上去的目的早就告诉你了，和你一样，都是想看看扔炸弹的罪犯会不会回来。在我看来，这个罪犯和‘预测死亡的兔子’是同一个人，所以发现有人往外跑，我就管那个人叫‘预测死亡的兔子’。那个时候，我还不知道我追的人是白若琳呢。所以您想多了……”

“那她为什么要躲在喷水池里，躲在哪里不好，难道喷水池里有什么东西？”

“谁知道呢，你们的人不是检查过喷水池吗？要不然，你再派人去检查检查？”

卢广通被噎得翻了个白眼，依然不肯罢休，“那我怎么好像看见你和她说了几句话，你们都说了什么？”

吴凡当然不能实情相告，“我问她来干什么，她说她就是来随便转转，然后就昏过去了。”

“就说了这些？”卢广通半信半疑地瞅着吴凡。

“既然你不相信我，那就干脆等白若琳醒过来亲自问问她好了。”

“废话，如果能问她，我当然现在就去问了。”

吴凡最不愿意和卢广通说话，整天不是怀疑这个就是怀疑那个。他怎么不去情报局工作呢？

得到消息的付雪晴及时赶到了现场。

听吴凡讲述了一遍事情经过，付雪晴眉头紧锁，想了一会儿后说："我觉得这个白若琳不像是预测死亡的兔子。你们忘了，一个月前，卢队长曾经在抓捕白若琳的时候，被预测死亡的兔子从背后偷袭过。白若琳当时根本没有机会下手，预测死亡的兔子应该另有其人。"

卢广通说："既然她不是预测死亡的兔子，那为什么她一从警局出来，就跑到放置炸弹的现场？她是怎么知道消息的，难道是什么人告诉她的？"说着还故意看了一眼吴凡。

"我什么都没说。她放出来之后，我就没见过她。"吴凡马上否认，"不过，她也可以看电视新闻，或者是在网上看到的呀。现在信息这么发达，不管发生什么事，转眼就能传出去，也没什么稀奇。"

"可就算她是通过其他渠道得到的消息，又何必大半夜的赶到现场来呢？莫不是有什么目的，还是什么人叫她来的？"

吴凡眼看着又要和卢广通杠上了，实在懒得和他争执。

他下意识地摸了摸衣兜，碰到了那个硬邦邦的东西。

他还没来得及仔细研究，不知道这东西到底是干什么用的，会不会就是下一次的死亡预测呢？如果真是那样，他倒不如现在就交给付雪晴和卢广通，也给自己省些麻烦。

这时就听付雪晴说："我虽然不认为白若琳就是预测死亡的兔子，但是她或许和这个神秘人物有着某种牵连。也不排除她在这个人的授意下往喷水池里放了假炸弹。"

"这话怎么说？"吴凡问。

"姑且不说炸弹是谁扔的。就说之前卢队在抓白若琳的时候，遭遇了预测死亡的兔子的袭击。现在白若琳又悄悄地跑到他放炸弹的地方。而白若琳卷入谋杀案也是他预测的。这么多巧合会不会就意味着，他们两个人之间存在着某种联系呢……”

付雪晴的话让吴凡有点心惊肉跳，这女人的嗅觉还真是敏锐，但确实也说出了自己心中的疑惑。

他试探着问：“那你说他们之间能有什么联系呢？”

“这个我说不太好，好像是同伙吧，又不全像……那个神秘人物既然能预测到白若琳会有麻烦，为什么不提前通知她脱身呢，还要眼看着她遭人陷害？一旦她被捕了，他就不怕牵连到自己头上吗？”付雪晴柳眉颦蹙，漂亮的脸蛋上露出深思的表情，她没意识到自己离吴凡太近了，近得连几根眼睫毛吴凡都能数清楚。

“怎么样，你觉得我说的有道理吗？”付雪晴一本正经地问吴凡。

“啊？你说什么来着？”

付雪晴发现吴凡有点心猿意马，瞅自己的眼神也不对劲儿。

她又羞又恼，见吴凡还魂不守舍呢，微微冷笑，故意装出很关心的样子问吴凡：“哎，你胳膊的枪伤怎么样了？”

“哦，还好吧。”吴凡不知道她怎么会突然问起自己的伤。

付雪晴很关切地捧起吴凡挂在脖子上的那只胳膊，左看右看，“看着怎么好像没有什么知觉呢，真的恢复好了吗？”

“怎么会没有知觉呢……哎呀呀……”吴凡话音刚落就连连惨叫，刚想告诉付雪晴别碰伤口，就感觉她又按麻筋上了，胳膊跟插电门上了一样。

付雪晴趁机把衣扣扣上，冷森森地问他：“好看吗？”

吴凡这才明白，急忙回答：“好看，呃不，不好看……”

然后他就发现，不管他怎么回答，付雪晴都能顺理成章地折磨他，这个恩将仇报的女人一点都没给自己的救命恩人留情面。

她还不怀好意地警告吴凡：“以后不该看的地方就别看，那得多伤身啊。”

卢广通站得远，也没听清楚两个人在嘀咕什么，就感觉他俩打打闹闹，有失身份。

他不满地使劲咳嗽了两声，“付队长，你刚才说白若琳和预测死亡的兔子之间有联系，然后呢……”

付雪晴这才停止折磨吴凡，尴尬地理理头发，差点把刚才要说什么给忘了。

她想了想继续说：“我一开始是感觉他们两个人有点像同伙，但是白若琳和预测死亡的兔子的做法又不太像。所以我就想，有没有可能是预测死亡的兔子在控制白若琳呢？”

“控制？你这么说有什么根据吗？”

“没有根据。我这只是猜的。”

卢广通看了看吴凡，“那么吴记者，你应该有什么想说的吧。你和白若琳住在一起，没有人比你更了解她了。难道你就没发现他有什么可疑之处吗？”

吴凡摇摇头，“没有，她平时和我在一起都很正常。”

“很正常？”卢广通耐人寻味地注视着吴凡。

吴凡并未说假话，至少直到昨天，他还一直认为白若琳只是一个普普通通的女人。

吴凡不想被卢广通没完没了地纠缠，暂时也不想把白若琳的秘密告诉警方，于是说：“付警官都说了，那只是她的猜测。而我不觉得白若琳和预测死亡的兔子有任何瓜葛，原因很简单，不管他们是不是同伙，还是谁控制谁，有一个矛盾没法解释。就像付雪晴刚才所说的，预测死亡的兔子既然能预测到白若琳会卷入到杀人案里，如果他和白若琳真有利益关系，他没有理由袖手旁观，他也不可能猜到我们一定会破案，拿白若琳来打赌。所以，我觉得他们之间不可能有任何联系。”

有一点吴凡能确定，目前除了他之外，没有任何人知道白若琳和那个预测死亡的兔子是什么关系，因此即便卢广通怀疑，也不能拿他怎么样。而且这里面还有一些疑点吴凡自己还没搞清楚。

付雪晴听完吴凡的话，认真想了想，“吴凡的想法倒也有理，但也不绝对，会不会还有另外一种可能呢？”

“什么可能？”吴凡问。

“如果预测死亡的兔子只是单纯利用白若琳，甚至是单向控制她，然后觉得她没用了，或者是他们之间产生了矛盾，他想抛弃她呢？这时候白若琳卷入了麻烦，那他不正好顺水推舟，借别人的手帮他处理掉白若琳吗？”

付雪晴的话着实惊到了吴凡，甚至还帮吴凡解开了一个重要的疑问。

他回忆起一个细节。在他和白若琳交谈的时候，他提到了类似的问题，当时白若琳的反应很震惊，沉默片刻才说，也许是那人用不着她了，言外之意与付雪晴的猜测吻合。

会不会就是因为白若琳得知自己被预测死亡的兔子抛弃了，才连夜冒险赶到喷水池，为自己寻找那个神秘的东西？

这样一想，前后的环节似乎都能说得通了。

剩下的就是找时间好好研究研究白若琳给他的那个东西。

“你在想什么？”付雪晴问他。

吴凡当然不能实话实说，尤其是当着卢广通的面，他随口编了一个瞎话回道：“我想只要等白若琳尽快醒过来，我们就能弄清楚很多事情。”

“是啊，她现在是关键。说不定还能帮我们找到预测死亡的兔子。只能祈祷她醒过来……”说完这句话，她似乎觉得不妥，向吴凡解释，“我没别的意思，你别多心，你女朋友一定会没事的。”

吴凡轻轻摇头，“我不会多心，我们已经分手了。”

“分手了？”付雪晴一愣，“你该不会觉得她还有案子在身吧？但我觉得就算她与预测死亡的兔子牵扯上了，也不会有太大事情，目前看也只是很轻的罪。”

吴凡没吭声。

“还是因为她背叛你那件事？”

付雪晴刨根问底，吴凡只好说：“不管是什么理由，我参与办案，替她洗刷罪名也算是仁至义尽了。我不亏欠她什么。”

本来付雪晴一直很同情吴凡，可是听了他这番话，态度却发生了微妙的改变，“我还以为你这么不顾一切地帮她是因为你对她感情很深，已经原谅了她。虽说你之前包庇过她，我心里还是挺佩服你的。”

卢广通一旁插嘴道：“很多男人都是有洁癖的，绿帽子这玩意儿戴在谁脑袋上，滋味都不太好受。”

“可就算要分手，也不能在这种时候吧……”

吴凡胸中腾起一股无名火，冷笑道：“为什么不能？难道你还想我伺候她醒过来不成？”

付雪晴被呛得脸色也不太好看，“就算她有过错，也遭了那么多罪，也得到了惩罚。现在她身受重伤，孤零零一个人躺在病床上没有依靠，总该有人来照顾她，顾念一下过去的感情吧……”

“那就抱歉了，我可不是重感情的人。”吴凡打断她，索性道，“一个背叛过我，现在重病在床，还有犯罪嫌疑的女人，于情于理，我都应该离她远远的，我可不想惹上这个累赘，免得以后给我找麻烦。我现在的解释够清楚了吧？”

付雪晴顿时无言以对，不知该作何表示。

吴凡做得并没有错，在这个功利至上的社会里，他做了大多数人都会做的选择。可是为什么，她觉得很失望呢？

吴凡一言不发地走出医院，心里十分郁闷。

他不知道自己算不算一个功利的人，只是有些心里话永远没法说出口。

他现在一点都不埋怨白若琳出轨，这个女人从来就没爱过自己，又何谈绿帽子。他俩的结合原本就是一场阴谋。

他抬头仰望灰蓝色的天空，平静得犹如深不可测的湖面，他的心情却异常沉重。

他仿佛隐约能看见眼前有一张透明的大网。他早已不知不觉地走进网中，那个戴着兔子面具的家伙一直都在某个地方窥视着他。

无论他用怎样的犯罪侧写都勾勒不出这个人的心理画像，深沉的心机，难以捉摸的行事，以及不合常理的犯罪手段，完全不同于教科书上那些已知的罪犯。

面对这样强大的对手，吴凡有种无力感，就好像自己一直都是笼子里那只被戏耍的老鼠。

他深深呼吸，强迫自己冷静下来。

既然早就被盯上了，逃避永远不能解决问题，也不能总想着依靠其他人，他现在真正能依靠的只有自己。他不能坐以待毙，哪怕他还不足以和那家伙对抗，他也应该耐心地等待机会，说不定什么时候机会就来了。

吴凡伸手从衣兜里掏出那个东西。

在白天，那东西没有荧光，不过上面长了一层水藻。

吴凡抠掉一些水藻，里面露出了灰突突的颜色，看上去很不起眼，拿在手里沉甸甸的。形状大小像一个四四方方的火柴盒，捏着还硬邦邦的，有点滑溜，好像外表还裹了一层蜡油。就这东西扔在喷水池里还真不容易发现。只有在晚上发出荧光才能看见。

吴凡想，如果这东西和定时炸弹一起被扔在喷水池里，通常也只能注意到几个显眼的假炸弹，实则另有玄机，这倒是很符合预测死亡的兔子一贯的做派。

他就是不知道这到底是个什么东西，难道预示着下一起凶杀案？

吴凡打算先好好研究一下，于是进了医院附近的地铁站，先坐车回了家。

回到公寓关上门，他终于能放心大胆地把那东西拿出来。

他先用刀子把表面的水藻刮干净，里面果然包裹了一层凝固的蜡油。蜡油的作用是防水，看来这里面应该还有东西。

他拿起来在耳边摇晃了几下，没听到什么响声，不过感觉上这东西不是实心的。

他又用刀子小心翼翼地把蜡油一层层刮掉，原来里面是一个小铅盒。他找到盒盖的缝隙，用刀尖撬开，拔掉盒盖，从里面拽出一团珍珠棉。剥开珍珠棉，终于看清了里面是什么。

原来盒子里装了一个小巧的 U 盘。

他拿来自己的笔记本电脑，插上 U 盘打开，发现里面只有一个压缩的文件包。当他想解压的时候，却跳出了密码框。

这个预测死亡的兔子还真是能折腾人，吴凡只好又从网上下载了几个解码工具，鼓捣了半天，没一个好用的。

难道还要求助付雪晴不成，他想了想，忽然眼前一亮。身边不是有个现成的电脑高手吗，何必舍近求远！

他便带着 U 盘去找欧阳姗姗。

欧阳姗姗傍晚放了学，一出校门就看见胳膊上缠绷带的吴凡。

她故意背着手，仰着脖子绕他走了好几圈。

“你能不能别转了，绕得我直头晕。”吴凡说。

“我发现才一天不见，爹地你有了很大变化啊。”

“哪里有变化？”

欧阳姗姗用鼻子嗅嗅，“我就闻到一股花香，隔老远就看到你沾了一身桃花呢。”

“少扯了，就我这样的二等残废还能走桃花运？”

“那怎么不能？”欧阳姗姗凑上来，笑着说，“你昨天晚上有没有和小雪姐姐有啥进度呀。我都没好意思给你打电话，怕打搅你们。”

“你说的什么我听不懂，昨天晚上我去查案子了。”

“光查案子？”欧阳姗姗有点不信，“我觉得小雪姐姐肯定对你动心了，昨天在刑警队我就感觉出来了。你看她都不敢瞅你，那模样特别的，嗯……娇羞。”欧阳姗姗想到了一个合适的形容词。

“还娇羞呢，哼……”吴凡撇撇嘴。她那是想杀人灭口好不好。

他义正词严地对欧阳姗姗说：“你别瞎猜了，首先，你爹地我是正人君子，绝对不会乘人之危。再者说，人家付雪晴和陆恒感情好着呢，跟我娇羞个啥。”

“话可不是这么说的。”欧阳姗姗摇头晃脑，“你俩看似没机会，其实这里恰恰暗示着峰回路转。”

“这话怎么讲？”

“你想啊，你为了救她，单枪匹马勇斗绑匪，还为她受了伤，关键是你还没死。狗血剧里该有的情节全都有了，接下来女主角就会不知不觉地爱上男主角。陆恒是什么，陆恒是配角呀。他比你英俊，比你有才干，又讨女人喜欢，具备了一切男二号的优秀品质。这才能显示出你和付雪晴之间的障碍有多大。你们两个必须克服重重困难才能有情人终成眷属，这样的结局才够浪漫嘛。”

“拉倒吧你。我看你是言情剧看多了。”吴凡本来就闹心，听她说话更来气，“你以为付雪晴像白若琳那样朝三暮四吗？她要真是那样的女人，我也不敢要哇。”

“你先别激动，爹地，就算现实不那么浪漫，你俩还是会名正言顺地在一起的。”

“那怎么可能？”

“当然可能啦，你想啊，你虽然没有陆恒长得帅，但是你比他体格好哇，所以你肯定比他活得长吧。没准他和付雪晴结婚之后过了几年，陆恒突然一个疾病猝死了。付雪晴中年丧偶，爹地你一直独身未娶，你们两个不正好苦尽甘来，凑合着一起过吗？”

“你给我滚！”

吴凡飞起一脚，欧阳姗姗见势不妙撒丫子跑了。

“这是什么？”欧阳姗姗坐在别墅客厅的大沙发上，摆弄着吴凡给她的U盘。

“这是预测死亡的兔子留给我的新暗示。我担心他这是预测下一起杀人案的提示。”吴凡说。

“你在东方商业中心那个喷水池里找到的？”欧阳姗姗马上露出兴奋的表情。

吴凡点点头，“预测死亡的兔子非常喜欢解谜游戏，所以你得快点帮我弄清楚这里面到底是什么。”

“怎么，你还没看过？”

“这里面有密码。”

“密码？”欧阳姗姗顿时来了精神，拿出笔记本电脑，把U盘插进USB口，打开一看里面只有一个ZIP格式的压缩文件包，“你说的密码就是这个？”

“是啊，我下载了解码软件试验过，都不好使。毕竟我对电脑不精通，对你来说应该是小菜一碟吧。”

“这个忙我恐怕帮不了你，爹地。”

“你别告诉我，你也破解不出来啊。”

“你以为呢。ZIP格式的压缩软件是最难破解的程序。你在网上找到的那些解压软件其实靠的都是穷举法和暴力破解法，那要是想破解出来，可能得需要好几个月甚至好几年的时间。密码设计得越复杂，破解的难度就越大。就算我一直不关机，花上几个月帮你把密码破解了，里面预测的案子也早就发生了，说不定到时候警察早就知道了，那破解起来还有什么意义呢？不如你去找小雪姐姐帮忙，她肯定会帮你想办法的，没准能找些顶级的黑客试试……”

第二章　九十迈的预谋

欧阳姗姗的话让吴凡有些泄气，他没料到就这么一个简单的日常软件连欧阳姗姗都被难住了。要不，就找付雪晴试试?

他正在犹豫，又听欧阳姗姗说："我现在只能知道，这个压缩文件包里有几个 jpg 格式的文件，就是图片文件。"

"你说是图片？"吴凡不禁有些疑惑。

"是啊，全是图片，有十几张呢。"

预测死亡的兔子用十几张图片来预测下一起谋杀案?

这有些出乎吴凡的意料。

他回想着前两次预测，第一次是借用鬼男的身份给他寄来一个信封，里面是一张密码纸条，暗示他发生凶案的地点。第二次是通过一个被囚禁的男人告诉他白若琳会卷入凶案里。难道第三次就变成了一堆图片吗?而且还被设计得如此麻烦，如果没有白若琳帮忙，他根本连这个 U 盘都找不到。

他忽然一凛，脑海中回想起在和白若琳交谈中，她说过的一段奇怪的话。

她似乎说过，预测死亡的兔子做任何事都是有目的的。而且白若琳不认为那张羊皮画单纯是指几枚假炸弹，也不是指预测谋杀案。她特别强调，现场应该还有其他东西。

白若琳所指的其他东西自然就是这个 U 盘。

在白若琳看来，这个 U 盘明显还有其他用途，因此她才冒险返回现场，找到了这东西，并交给吴凡。

假如按照白若琳的说法，这个 U 盘里的图片并不是用来预测凶杀案的，而是有其他含义，那么又能指代什么呢?

一时之间，各种离奇古怪的念头纷纷涌进吴凡的脑子里，让他难以理清头绪。他想和欧阳姗姗商量，想了想又作罢了。

自从他得知自己是连环杀人犯的同伙之后，就变得格外小心谨慎。他现在还摸不透预测死亡的兔子为什么要派白若琳监视自己，与他那段隐秘的经历究竟有没有关。万一他对别人吐露太多，也说不定会引火烧身。这件事只能循序渐进地找机会调查。

眼下最能帮助他的人唯有白若琳，可惜她现在重伤昏迷，不知道什么时候能醒过来。吴凡很后悔，为什么那天不向白若琳多问问。

欧阳姗姗那边还跟个好奇宝宝似的说东道西，一会儿猜猜预测死亡的兔子，一会儿聊聊付雪晴。吴凡趁机拿回了 U 盘，心不在焉地和她搭着话，心里却在琢磨预测死亡的兔子下一步会有什么动作。

吴凡昨天晚上折腾了一宿没睡觉，也是倦了，早早上床睡了觉。

没想到第二天还真出了状况。

吴凡因为受伤向报社请了两周假。

这才刚刚休息到第三天，一觉饱睡，醒来已是天光大亮，欧阳姗姗已经上学去了。

他懒洋洋地爬起来，一个人无所事事地在豪宅里转悠，还真找到了点富家子弟的感觉，可惜欧阳姗姗那通大瞎话是白编了，他和付雪晴压根儿就没戏，昨天还闹得不欢而散。

吴凡心里正想着，电话就来了。

他一看，打电话的不是付雪晴，而是卢广通，卢广通电话里没说别的，让他现在去东方商业中心一趟。

吴凡不知道这老家伙葫芦里又卖的什么药。

但反过来想想，大白天的他还不至于给自己下套。

他简单收拾一下，离开别墅，打车赶往东方商业中心。快到地方的时候发生了堵车，他远远地看见前面有段马路拦了一排路锥，把一半路都圈上了，所以车辆都堵在另外一半路上。

吴凡提前下车，徒步往前走了一段，看见圈了路锥的地方聚集了不少警察，有些是交警，还有一些是刑警，其中就有卢广通和付雪晴。

他走过去和他们打声招呼，付雪晴没做什么表示，有些冷淡，反倒是卢广通和他搭上了话。

吴凡瞧了眼付雪晴爱答不理的样子，心想，拌几句嘴就记仇，真是小心眼。

“吴记者还记得这地方吧？”卢广通这时候问。

吴凡前后看了看，“这里好像是白若琳发生车祸的地方吧？你找我过来，该不是为了调查车祸吧？”

“的确是跟车祸有关，你当时距离白若琳最近，亲眼看见了车祸的整个过程，所以才把你找来。”

卢广通的话听着似乎在理，不过吴凡有些疑惑，调查车祸通常都是交警队的事情，怎么也惊动了刑警队呢，“难道白若琳的车祸还有什么蹊跷吗？”

“吴记者果然不简单，一问就问到点子上了。”卢广通摆手叫来一个交警队的技术人员，对吴凡说，“这位是负责车祸现场勘验的王警官，他想和你聊聊发生车祸的经过……”

于是吴凡凭着记忆向王警官讲述了前天晚上目睹白若琳被车撞的整个经过，他又补充道：“当时天黑，我光顾着追赶白若琳了，在横穿马路的时候，那辆车突然冲过来就把她撞飞了。整个过程也不过两三秒钟，我根本来不及反应。司机随后就逃逸了，连车牌我都没看清楚。”

王警官又向吴凡确认了一下车祸发生以及白若琳倒地的具体位置，然后说道：“这辆车当时是由北向南驶过来的，我们根据路面上的车辙痕迹发现，肇事车辆在距离肇事地点三十米左右有一个突然加速，在距离肇事地点五米左右有一个右转变向。如果不变向的话，这辆车就会撞到你身上。”

吴凡暗自心惊。没想到那天晚上自己也从鬼门关走了一遭。

王警官继续说：“我们推测肇事车当时的车速达到了九十迈。根据种种迹象来判断，我们交警队怀疑这不是一起普通的肇事案，而是一起人为的蓄意谋杀。”

“蓄意谋杀？”吴凡很吃惊。

王警官点点头，“司机当时的目的就是为了撞死白若琳，因此我们才请求刑警队的同志支援。谋杀案可不是我们的专长。”

吴凡心中顿起波澜，脑子飞快地运转着。

卢广通这时忽然问吴凡：“吴记者，你觉得什么人会开车撞白若琳呢？”

“你问我，我怎么会知道？”

“你和白若琳最熟悉，前天晚上你们又是不约而同地来到这里的。对白若琳发生意外，你不可能一点想法都没有吧？”卢广通意味深长地瞅着吴凡。

吴凡表情有些不自然。他就知道这家伙主动找自己肯定别有用心。

他对这起车祸确实有想法，几乎马上就联想到预测死亡的兔子。这家伙完全可能因为白若琳的背叛而除掉她。但是吴凡没法告诉卢广通。

他摇了摇头，“我和白若琳是一对失败的情侣，我对她并不了解，她也从来没把我当回事，否则也不会发生之前的事情。”

吴凡说这番话的时候，感觉付雪晴瞥了他一眼，但她没说话。

“那你觉得凶手有可能是那个人吗？”卢广通所说的那个人自然是指预测死亡的兔子。

“我不知道，或许吧。”吴凡顿了顿，“这附近应该能有道路交通摄像头吧，你们不妨找找那辆车，也许能顺着车主的线索查一查。”

“这个不用你说，我自然会查的。我只希望你对我们没有任何隐瞒。”卢广通最后也没忘了敲打吴凡一句。

他越是这样，吴凡就越不敢把那个U盘拿出来，万一里面真有对自己不利的东西，让卢广通抓住了把柄，那他就别想翻身了。

吴凡心事重重地离开了众人。

之后的一个星期，他整天胡思乱想，迫切地想知道卢广通那边到底查出什么线索没有，可是刑警队那边始终没有传来任何消息。

他现在和付雪晴又莫名其妙地疏远了距离，磨不开面子主动问，而那个忘恩负义的小女人居然连一个电话都没给他打过，哪怕是一句问候都没有。

忽然有一天晚上，欧阳姗姗主动提出，“爹地，明天是星期六，我们请小雪姐姐来家做客怎么样？”

“瞎搞什么，上次折腾得还不够？”吴凡断然拒绝。

“我这也是没办法呀，看你这几天抓心挠肝地等着小雪姐姐的电话，我这心里也不舒服啊，只能出此下策。谁让我这个爹地总是比不上陆恒那个小白脸呢？”

“谁比不上他了？”吴凡雄性荷尔蒙爆棚，高傲地用鼻子一哼，“我还用得着等付雪晴电话吗？自从我救了她之后，她对我崇拜得不得了。天天追得我心烦，我最讨厌女人倒贴，所以才故意跟她疏远的好不好。”

欧阳姗姗背着手，眯缝起一对大眼，鬼叨叨地瞧着他，“照你这么说，爹地你是根本没看上小雪姐姐啊。”

“那是自然，她有什么好，除了有那么一丁点模样之外还有什么？”

“身材也不错啊。”

“嘁，连腹肌都练出来了，那还叫不错？再练就练成爷们儿了。”

“咦？”欧阳姗姗狐疑道，“我记得小雪姐姐从来没穿过露脐装啊？你是怎么看到她有腹肌的？”

吴凡一不小心说漏了嘴，急忙闭紧嘴巴。

“唔……”欧阳姗姗可没打算轻易放过他，她耐人寻味地打量着吴凡，“你不会是真和小雪姐姐发生过什么见不得人的事情吧？”

“开什么玩笑，你爹地我是那种乘人之危的人吗，她还是黄花大闺女好不好？”

“你连这都知道？”欧阳姗姗的嘴巴张成一个圆的形状。

“没工夫搭理你这个小破孩。”吴凡气呼呼地钻进了卧室。

欧阳姗姗的声音又从门外传进来：“你可要想清楚啊，爹地，机不可失，时不再来……”

欧阳姗姗以自己过生日为由向付雪晴发出邀请，付雪晴还真来了。

吴凡自然也在。他之所以勉为其难地答应欧阳姗姗，仅仅是想了解警方的调查有没有进展。除此之外没有其他原因，他坚信自己对付雪晴是很纯洁的。

但是出了个小小的意外，让这对“父女”没想到的是，陆恒居然又跟来了。

吴凡有种不祥的预感，这下可有好戏看了。

没想到，陆恒和欧阳姗姗表面上装得跟没事人一样，欧阳姗姗说：“陆叔叔，几日不见，你变得更帅了。”

陆恒欣然笑笑，“是吗，你也更懂事了呢。”

“过奖过奖，呵呵。”

吴凡看他俩要多虚伪有多虚伪的样子，起了一层鸡皮疙瘩。

反倒是付雪晴居然还在跟他赌气，对他冷冰冰的，连句话也不说。

她不说话，吴凡也懒得睬她，权当自己当初救了一条不长脑子的西伯利亚雪橇犬。

几个人进屋落座，茶几上早已摆上了咖啡和坚果盘。陆恒故意问欧阳姗姗：“我听雪晴说你今天过生日是吧？”

“对呀，所以才要请小雪姐姐过来做客嘛，不知怎么的，我跟她一见如故，感觉就像有血缘似的。”

“是吗，不过我上次带你去医院看腿，我记得医疗本上你的生日不是今天呀。”

吴凡瞥了干女儿一眼，编吧，我看你还怎么编。

欧阳姗姗临危不乱，大眼珠转悠两圈，清清嗓子，忽然换上一副动情的声音说：“这个就说来话长了……其实今天是我爹地当初把我从孤儿院接出来的日子。那才是我开始新生的日子，自然就是我的生日了。”

陆恒拿起咖啡杯正要喝呢，扑哧一下没忍住笑了。

“你什么意思，这有什么好笑的？”欧阳姗姗大眼珠一翻楞。

“没什么，没什么。”陆恒收敛笑容，正色道，“我才发现，吴凡兄弟还真是个少有的好男人。又有钱心地还善良，不但收养孤儿，还热心帮助警方破案，刚刚还救了我女朋友一命。你真是个伟人。”陆恒朝吴凡竖起大拇指。

吴凡连连摆手，谦虚道：“这不算什么，我这个人就喜欢助人为乐，打抱不平。”

“哼，乘人之危。”付雪晴在一旁端着咖啡杯，跷个二郎腿，嘟囔了一句。

第三章　千里之外

欧阳姗姗没听懂付雪晴这话是什么意思，好奇地问吴凡："爹地，你到底是怎么救的小雪姐姐啊，从来没听你说起过呢，过程肯定很惊险刺激吧。"

"这个啊……"还未等吴凡往下说，付雪晴用力将杯子往桌上一蹾，他急忙闭上了嘴。

欧阳姗姗瞅他俩模样怪异，又问陆恒："你知道是怎么回事吗？"

"当然了，过程是挺惊险的。都是你爹地瞎出主意让我女朋友冒险，结果着了凶手暗算。不过可不是你爹地救的，是雪晴急中生智，挣脱了锁链，随后便开始追捕凶手。这时候吴凡和卢广通他们才赶到，合力把凶手抓住了。吴凡还差点被凶手开枪打死呢，幸亏雪晴眼疾手快，把凶手制服了……"

"你等等。"吴凡实在坐不住了，"你这些话是听谁说的？"

"当然是我女朋友了。"

吴凡气呼呼地质问付雪晴："这种话你也说得出口？"

付雪晴脸色有些难堪，却很不以为然地说："这有什么说不出口的？男朋友问我，我总不能不说。"

"再说全警队的人都知道，也不差我一个人。"陆恒又补了一刀。

吴凡差点吐血，指着付雪晴，"是你在刑警队里大肆造谣的吧？"

付雪晴眼睛一瞪，冷笑道："我付雪晴是什么人，犯得上给你这么一个把女朋友丢在医院里不闻不问的冷血动物造谣？"

"你，你这个……"

付雪晴根本就不给吴凡说话的机会，抢着说道："早知道你这么冷血，我当初还不如不救你，让陶海霞一枪把你结果了得了。我还省心呢。"

吴凡终于见识到什么叫最毒妇人心了。为了自己的名声不惜把他当垫脚石，编起瞎话还大萝卜脸不红不白的。

欧阳姗姗大惑不解地望着争得面红耳赤的两个人，本来想帮他俩增进感情，怎么没说两句话就开掐了。

她急忙插嘴阻拦道："你们先停一停啊，我没搞明白。小雪姐姐说她救了我爹地。我爹地却说是他救了小雪姐姐。你俩说法怎么完全不一样，到底是怎么回事啊？"

"当然是有人在说谎。"吴凡白楞眼睛瞧着付雪晴。

"哼，颠倒黑白，故意炒作，记者的话还能相信？"付雪晴不甘示弱。随手从坚果盘里抓了几粒美国大榛子，一粒粒咔咔掰开，一边嚼着果仁一边虎视眈眈地瞅着吴凡。

唯恐天下不乱的欧阳姗姗眯起眼睛瞧瞧这个又瞅瞅那个，狡黠地眨眨眼，"还是让本官来断一断这个案子吧。小雪姐姐，凶手打伤我爹地用的手枪是从哪里来的？"

付雪晴稍微迟疑了一下，"是从我那里抢走的。"

"既然她有枪，又把你用锁链拴住了，你又是如何逃出来的呢？"

"你这明显是在帮你爹地说话嘛。"付雪晴脸色一沉。

"怎么会呢，小雪姐姐，我们都是女人，我肯定要站在你这边啊。不过，就算是我爹地的错，也要让他心服口服不是？那你能回答我刚才的问题吗？"

"那有什么不能的。凶手当时没想立刻杀我，她想把我活埋了。我趁她挖坑的时候，偷偷弄开了锁链。她发现后，没来得及掏手枪就跑了。再说了，凶手也不太会用手枪，以我的身手制服她并不难。"

"真能编。"吴凡讥笑一声。

“安静！”欧阳姗姗眼睛一瞪，“现在我是裁判我说了算，我听小雪姐姐讲得很有道理。这个问题就算她说对了。那么我还有第二个问题，你俩可以抢答……”

她大眼珠转悠转悠，“爹地受伤回来那天，我看见他嘴巴上沾了一些红色的唇彩。这个是怎么回事，你们谁能解释解释？”

付雪晴和吴凡一下子全被问住了。

“很难吗？好好想想。”

吴凡故意“吧嗒”一下嘴，“这个问题，我倒是可以回答……”

“那你说。”

“哎哟！”吴凡一捂脑袋，惨叫一声。

“你这算是回答完了？”

吴凡一指付雪晴，“她拿榛子弹我。”

“不可能啊，我手里的榛子没少啊。”付雪晴装模作样地数着手里的大榛子。

“你俩到底谁回答？”欧阳姗姗催促说。

吴凡跃跃欲试，不过瞅了瞅付雪晴又在酝酿的“弹指神功”，有点犹豫。

“干脆小雪姐姐你来说是怎么回事吧。你肯定知道吧？”

一直没吱声的陆恒看女友和吴凡鬼鬼祟祟的，也起了疑心，“你到底知不知道呀，雪晴？”

“嗯，这个……”付雪晴支支吾吾，“吴凡他……也许是……是被……”

“难道是被凶手亲的，听说凶手是个女人。”欧阳姗姗脱口而出。

“对！就是这么回事！”付雪晴不假思索地附和道。

话已出口，她才发现这个答案听着怎么那么别扭呢，再看吴凡脸都气得青了。

欧阳姗姗笑道：“小雪姐姐，你确定当时你看清楚了。那照这么说，凶手绑架你，其实是想把我爹地引过去好霸占他是不是？”

付雪晴尴尬地笑笑。

她这才意识到，自己原来被这小丫头给绕进去了。

欧阳姗姗没完没了，还故意问吴凡：“爹地，被女凶手强吻的感觉怎么样啊？”

“还不错。”吴凡瞧着付雪晴气不打一处来，故意舔了舔嘴唇，“她嘴巴软绵绵的很有弹性，跟二十多岁大姑娘似的，嘴巴里还有股咖啡味呢，我想想是什么牌子的咖啡……”

“别讲了！”付雪晴一拍茶几，“你恶不恶心啊。”

“大家愿意听，我自然愿意讲喽。”

“可我不愿意听！”付雪晴起身要走，推了推陆恒，“你不走，还打算听他胡诌八扯啊。”

“哦，哦，这就走啊。”陆恒还意犹未尽呢，懵懵懂懂地站起来。

吴凡又补充了一句：“回头我高兴，在案件连载的结尾把这段被强吻的惊险经历加上，详细说说我当时的感受……”

付雪晴刚刚抬起的脚又放下，冷笑道：“陶海霞不会同意你这么写的，罪犯也有人权。”

“那我就用‘她’来代替好了。”吴凡笑眯眯回答。

付雪晴怒目而视，对陆恒说：“走！”

陆恒眼看着要打起来了，赶忙附和：“对，我们先走了，改天再来。”

“我是让你走。”付雪晴说。

“让我走？”陆恒更蒙。

“还有你！”付雪晴一指欧阳姗姗，“你俩现在都出去凉快凉快，我和吴凡说两句话。”

陆恒和欧阳姗姗还有点不情愿，全被付雪晴轰出去了。

关上门，就剩下付雪晴和吴凡两个人了。付雪晴气呼呼地问吴凡："说吧，你到底想怎样？"

"这话应该是我问你吧，付雪晴，付队长。你不妨给我解释解释，你是怎么理直气壮满世界地告诉别人是你救了我的？"

刚才还底气十足的付雪晴立马就蔫了，音调也降了三分，"我这也是权宜之计。那种事情万一传扬出去，你让我以后还怎么见人啊？"

"你自己倒是权宜了，我这都成别人的笑柄了。最可气的是，你凭什么跟人说我被女凶手强吻了，你让我怎么下得去口？"

"这不是被欧阳姗姗逼的嘛，刚才我也想不出更好的解释。"

"那你就可我一个人糟蹋？我不但断了胳膊，还要被人误解，我这不等于是救了一个白眼狼吗？"

"对不起啊……委屈你了……"付雪晴小声道。

"一句'对不起'就完啦。你这补偿也太敷衍了吧。"

付雪晴咬了咬嘴唇，脸颊忽然通红，"其实……其实你也没有白付出啊，我……我还没有亲过别人呢，你把人家最宝贵的初吻都拿走了。"

"真的吗？"吴凡将信将疑地伸过脖子，认真瞅着付雪晴，"你和陆恒交往了这么长时间，都没有过？"

付雪晴气恼道："当然没有啦。而且你不但亲了我，还……还全看到了……这补偿还不够？"

吴凡计算了一下，心理平衡了不少，"不过我怎么觉得还欠点意思呢。"

"喂，你别得寸进尺啊。我都是有男朋友的人了。"

吴凡咧嘴笑了，"我又没说让你当我女朋友，你想多了。"

"喂，你……"付雪晴恨不得捶他一顿，可是看见吴凡那只受伤的胳膊，猛然回想起那天晚上他舍身护住自己的情景，在当时当地，她一颗心几乎就被这个男人征服了。

她心头一软，无论如何也下不去手了。

她坐回吴凡对面，极力掩饰心中的慌乱，故意找了个其他话题，“其实我今天过来，是有件事要告诉你，关于白若琳车祸的事情。”

吴凡收起了调侃的心思，一下子坐直了身子，“你们调查出什么了？”

“这一周的时间里，我们配合交警队，通过道路监控一直在寻找肇事车辆，目前能确定那辆车其实是一辆套牌车，车牌子是假的。后来多方寻找发现，这辆车在肇事后开出了江州，一路开进了津北地界。最后一次发现这辆车是在津北顺德区的收费站，当时他用的是另外一个车牌，也就是顺德区的牌照。我们怀疑这才是那辆车的真正车牌。”

“津北……”吴凡心头微微一动，白若琳的老家也在津北，这么巧？

“你想到什么了？”付雪晴问。

“哦，没什么。”吴凡说，“这个肇事司机真是住在顺德区的话，距离江州有几千公里，特意跑这么远来撞一个人，那还真是有点匪夷所思呢，这个司机叫什么名字？”

“我们暂时还不知道，现在正在与顺德那边的交通队联系。不出意外的话，我会代表江州警方亲自去一趟顺德区。”

“你来找我，是想让我陪你同去？”

“哦，那倒不是，你毕竟还有伤在身，在家里好好养养吧。我只是觉得这起事件牵扯到你的女友白若琳。你可能也会想知道调查进展，顺道过来告诉你一声。”

一提到白若琳，吴凡的脸色就有些不太自然，“白若琳和我已经没有任何关系了。拜托你以后不要把我和她联系在一起。我这次就算去，也只是想查一查这个司机和预测死亡的兔子有没有关联，与白若琳无关。”

付雪晴皱了皱眉，忍不住道：“你之前不顾一切地帮她脱罪，我都看在眼里，最难的时候都挺过来了，你现在真的不打算再给她一次机会？”

“有些事情你不懂，总之我和她是绝对不可能了。”

付雪晴动了动嘴唇，还想问点什么，没想到欧阳姗姗等不及了，推门就和陆恒进来了。

她察言观色，挨个瞅瞅吴凡和付雪晴，有些困惑，“你们这是什么意思，谈明白没有啊，那个唇印到底是怎么回事？”

“聊明白了。”吴凡说，“结论就是……”

“是什么？”欧阳姗姗迫不及待。

“我被凶手强吻了。”

“聊了半天就聊出了这个？”

“是啊，我们主要是在纠结我究竟是在晕倒前被强吻，还是晕倒后被强吻来着。说不定那还是人家的初吻呢。”

“我听说那个女凶手都四十多岁了。”陆恒说。

“是吗，不过口感像二十多岁的呢。”

付雪晴急忙咳嗽两声，岔开话题，“其实我们刚才还聊了一些其他案子……”

“你俩可真没情调。”欧阳姗姗相当无奈，“整天见面就知道聊案子。连我和陆恒刚才都探讨了半天爱情。”

付雪晴瞪了一眼陆恒，“这种话题你都跟小孩子聊？”

“是她主动跟我聊的好不好？”陆恒有口难辩。

付雪晴看了一眼欧阳姗姗。确实，这小丫头就是个女版柯南，鬼知道那个小脑瓜里都在想些什么，跟她打交道不多留个心眼儿，被卖了还在那傻乐呢。

她回过头对吴凡说：“如果我能去亲自去顺德区，我会按照你说的仔细调查的。”

“我的伤不要紧，可以的话，我还是想亲自去。”吴凡说。

“这个可有点麻烦，你毕竟是记者身份，顺德那边的交警队答不答应还不好说，先等等吧。”

吴凡不好再多说什么，之后几个人在欧阳姗姗家里用过餐，气氛还算和谐，倒是欧阳姗姗总想制造点吴凡和付雪晴单独相处的机会，不过这次陆恒学乖了，哪也不去，寸步不离付雪晴左右，根本就不给欧阳姗姗使坏的机会，搞得欧阳姗姗很郁闷。

送走了付雪晴和陆恒，她还一个劲埋怨吴凡不主动，吴凡没说什么，他现在的心思可不在付雪晴身上，他想的是如何着手调查预测死亡的兔子。

那个神秘的U盘暂时还没有办法破解，他只能从白若琳的车祸上下手，先找到那个肇事司机，查一查他和预测死亡的兔子之间究竟有没有联系，或者他俩根本就是同一个人。确定之后，再想办法弄清楚预测死亡的兔子为什么要派白若琳监视自己。

眼下第一步，是如何名正言顺地进入顺德区进行调查。他不能一味地等待付雪晴，想来想去，忽然想到了一个人。

他怎么把她给忘了。

第二天一早，吴凡跑到报社，拦住了正要出去采访的舒畅。

这位金牌女记者最近日子不太好过。她一直做的都是企业家和政府官员的人物访谈，倚仗着火辣性感的身材和八面玲珑、能说会道，拥有了一些稳定的采访渠道，总能为报社拉来丰厚赞助。虽然背后传出了不少风言风语，说她为了获得赞助给某某陪酒，和某某如何如何，但舒畅对此毫不在意。

不过最近一段时间，上面刮起了严打风，有两位头头落马了，捎带着牵扯出一批人，其中就有好几位舒畅的老客户，还有一些人不想树大招风，哪还敢接受采访，这样一来舒畅的业务渠道断了大半。她正为此头痛不已。

“哎哟，我说吴哥，你说你这江州第一大记者都伤成这样了还过来上班呢，让我们这些小记者还有什么脸面干下去，干脆辞职去卖保健品得了。”舒畅一边打量着吴凡那只吊在脖子上的胳膊，一边阴阳怪气地说着。

“别开玩笑了，你这是要去哪儿？”吴凡问。

“当然是讨饭去啊，那帮家伙现在躲着不见我，我只好去求人家啦。要不然郭大脑袋还不炒了我啊。”舒畅叹了口气。

“你讨饭之前，能不能先帮哥一个忙。”

“什么忙？”

“你是不是认识津北省交通厅？”

“我有朋友在那儿上班，怎么了？”

“我想采访一起跨省的交通肇事案，你能不能想办法和顺德区交警队联系上，给我争取一个采访的名额？”

舒畅胸大，脑子也不是白给的，“咱们江州有的是交通肇事，干吗特意跑津北省去采访？”

“这个说起来话长，你先帮我联系联系吧，如果能办成，我有重谢。”

舒畅没说行，也没说不行，转悠着眼珠想了想，踩着高跟鞋转身走了。

两天后，她忽然把吴凡找到报社，告诉他顺德交警队那边已经同意了，让吴凡以顺德报社记者的名义随行采访。

吴凡佩服舒畅的办事能力，半开玩笑问她要什么酬劳。

舒畅挤了挤狐狸眼，嘴角露出一抹狡猾，“用不着酬劳，只有一个条件，我得跟你一起去。”

看样子，她似乎嗅到了这里面有蹊跷，才提出这个要求的，吴凡也没法拒绝，只好答应了。

舒畅连动车票都提前买好了，两个人回家简单收拾了一下，第二天一早就坐动车出发。吴凡没想到，这一次竟然赶在了付雪晴前头。

八个小时后，动车到达顺德区火车站。

交通队那边不负责接待，两个人出了火车站，在附近找了一家高档宾馆安顿下来。随后便出发去找交警队。

他们来到顺德区交警队，接待他们的是一位姓薄的处长，也是舒畅通过熟人联系到的接洽人，同时还是查找肇事司机的负责人。

见面之后，薄处长简单告诉了他们最新的调查情况，经过这些天的筛查，已经确定肇事驾车的人是一个叫张星鹏的人。

“这个人是什么背景呢？”吴凡迫不及待地询问。

“他没有正当职业，就是靠开黑出租为生。”

“有没有更详细一些的资料，这个人的大概年纪、学历、个人经历这些？”

薄处长有些好奇地看了看吴凡，“你这位记者同志还挺有意思的，喜欢打听这些边角料的消息。”

舒畅插嘴道：“他可是我们江州市著名的法制记者，专门采访凶杀案呢。”

“是吗？”薄处长对吴凡有些另眼相看，“说起来倒巧了，这两天江州那边还要过来一位警察，听说就是为了调查这起肇事案来的。我还觉得有点奇怪呢，普通一个肇事案怎么还会惊动刑警呢。这不，你们记者现在又托人过来了，是不是这起案子真有什么说道啊，你们了解吗？”

舒畅问吴凡：“你不是和刑警队熟悉吗，吴哥，你透露点情况呗。”

吴凡看出来，她果然是在打自己主意。

他说：“具体情况我也不是很清楚，就知道这个人在江州市中心开车撞了人，然后驾车逃逸，一路跑回了顺德区。这个人应该是顺德当地人，江州那边的警方可能是想知道他去江州干什么……”

吴凡只是浅尝辄止地吐露出一点情况。

“原来是这样啊。”薄处长没再多问，“对于这个张星鹏的信息，我们知道得也不是很详细，过两天通过派出所就能拿到完整的个人信息了。现在有个情况我要通知你们一声，我们已经找到了这个人的住处，明天就准备带人去把他按住，你们有兴趣的话可以一起去。”

“当然啦，我们就是为了这个来的。”舒畅显得很兴奋。

吴凡也很想见见这个想要撞死白若琳的人。

“不过，有件事我必须提前跟你们打好招呼，上面只批准一位记者去现场采访，所以你们两个商量一下，看看明天谁去。”

“不是吧，薄处长。”舒畅有些不痛快，“我们都千里迢迢跑来了，添一个人也没有什么问题吧？”

薄处长面露为难，“上面的规定我也没有办法，本来我们执行任务是从来不允许任何记者参与的，碍于这一次是省厅的同志和我们沟通的，才为你们破例一次，也希望二位理解。”

话都说到这个分儿上，吴凡和舒畅也不好再多说什么，最终他们和薄处长定好了转天由吴凡随队前去，并约好了时间，两人随后离开了交警队。

舒畅无比郁闷，“早知道我过来一趟只能待在旅馆里，我还不如不来呢。”

“你不如逛逛街，权当旅游了。”吴凡安慰她。

“我要旅游也犯不上跑这鬼地方来旅游吧，要啥没啥，空气还高度污染，到处都脏兮兮的。有什么可游的？”

“那你不如买两套衣服，算我给你的酬劳？”

舒畅琢磨琢磨，忽然展颜一笑，“那还不如你陪我逛逛街呢，同样款式的衣服有的是，同样的男人可没有第二个。”

“你这也太抬举我了吧……”还未等吴凡往下说，舒畅居然暧昧地靠了过来，伸手挽住了他胳膊。

吴凡平时跟舒畅也不见外，没事还开开玩笑，但从没见过她对自己如此放肆，一时间有些不知所措，尴尬地笑道：“我虽然残疾了，可也用不着你搀扶啊。”

他正想把胳膊抽出来，没想到舒畅搂得更紧，嗲声嗲气道："人家陪你走了这么远的路，脚脖子都快累断了。扶你一会儿还不行啊，别那么小气好不好。"

"谁让你穿这么高跟的鞋了，要不我们打车回旅馆？"

"不，人家就要逛街！而且我警告你啊，你要是敢把我扔大街上自己跑了。我就把你的事情搅黄，让你白来一趟。我可说到做到。"

舒畅一时间又撒娇又不讲理，搞得吴凡头大，而且她都快粘自己身上了，吴凡也是个血气方刚，一身正气的老爷们儿，突然碰上了女流氓，怎么能不愤怒，能不激动，恨不能削她两巴掌，掐她两下。

不过说心里话，吴凡现在还真不敢得罪她，不说要流氓的是个大美女，就算是只母恐龙，吴凡现在也不敢得罪。这次调查对他来说太重要了，绝对不能被搅黄了。

他苦笑道："我说女施主，你搞错了吧，我可不是唐僧。再说，我都有未婚妻了。"

他本以为这句话能刺激到舒畅，没想到人家根本不为所动，反而哧哧笑了，"我也不是随随便便的女人啊，但我知道，你和你女朋友分手了。"

吴凡惊愕地推开她，"你……"

"我怎么知道的是吧？"舒畅一下就猜到了他想说什么，"我天天坐在你旁边，很容易就知道了呀。就比如，你已经很长时间没有回家了，一直和你干女儿住在一起。你女友好几个月也不给你打电话。这不叫分手叫什么？"

吴凡一下给噎没词了，勉强道："你怎么知道我就没有其他女朋友？"

舒畅掰着手指头给他算，"跟你亲近点的异性也就那么几个，欧阳姗姗是干女儿，肯定不算吧，还有就是那个刑警队的付警官。难不成你现在和她处对象呢？"

"这倒没有。"

“那就没有其他人了啊。咱俩现在别说一起逛街了，就算做男女朋友也名正言顺吧？”

舒畅笑嘻嘻地又要搂吴凡胳膊，吴凡赶忙躲开，舒畅凤眼一瞪，“怎么，你还觉得我配不上你吗？”

“那哪能呢？”吴凡心想，这个火辣大妞不会是真看上我了吧？怎么过去从来没感觉出来呢。

舒畅瞧他满脸窘样，笑得花枝乱颤，“没想到金牌大记者原来还这么保守啊，真没看出来，行啦，不逗你了。我陪你跑了这么远，怎么着也得陪我逛逛街，吃顿饭吧？”

这个要求不能不答应，何况拿人手短，吃人嘴软。现在舒畅说什么就是什么。

吴凡便陪着舒畅在顺德区逛了一下午。

顺德是北方山城，重工业城市，城市不少地方还保持着二十世纪的风格，也没有什么像样的旅游景点。吴凡心事重重地陪着舒畅轧马路到天黑，吃了一顿晚餐，好不容易才回了宾馆休息。

第二天，他早早赶到了交警队。舒畅也一起跟来了。

薄处长看见他俩过来面露难色，舒畅明白他什么意思，抢先说，她只想同车去看看，只待在车里，不参与采访。

薄处长不好说什么，勉强同意了。

交警队这一次派出了五个人去抓逃逸司机张星鹏，加上吴凡和舒畅一行八人，乘坐一辆面包车出发了。

舒畅显得无比兴奋，吴凡倒是不以为然，这种场面他早就习惯了。

但是没想到面包车走了很久都没到，眼看着就要出市区了，舒畅忍不住问：“薄处长，我们这是要去哪？”

“去找肇事司机呀。”

“他家不在市里吗？”

薄处长解释道：“他在市里有一个房子，我们之前去过，不过那个房子已经租出去了，他根本不住那。一打听才知道，这个张星鹏在乡下还有一个房子。他平时就靠着开黑出租在市区走长途，加上租房子为生。”

“那他老婆孩子呢，难道也跟他一起住在农村？”

第四章　血手印

“听说他好像还是单身，经历比较复杂，详细情况这两天派出所那边会给我们一份材料。我们交警主要因为他肇事逃逸抓他。至于之后如何定责，还要看被害人情况，听说被害人重伤死了，是吗？”

“好像是吧，这个我还不太清楚。”

吴凡在一旁默不作声地听他俩聊天，也不插话。心里面却在暗暗想象这个肇事司机的形象，看看能不能找出一些破绽。

面包车开出高速收费站，越走越荒凉，车窗外渐渐出现了起伏的山丘，偶尔还能看见一两个村庄和零零散散的梯田。

在山区里转悠了半个多小时，转过一道山坳，眼前出现了一个镇子。

面包车驶进镇里，先开到镇派出所。薄处长想了解一下情况再做安排，不承想派出所里只有一个辅警，还是外地来的，对张星鹏的情况一问三不知。

薄处长问管事的都去哪儿了。

辅警说，这几天市中心医院下来医生义诊，派出所里仅有的两位正式民警跑去检查身体了。

薄处长等不及，让辅警打电话催他们快点回来，过了半晌，只有一个二十多岁的年轻民警回来了。

他告诉薄处长他们，所长老婆身体不好，借着义诊的机会，所长正陪老婆找专家看诊呢，让他们再等等。

薄处长心里来气，哪能等得了，让年轻民警直接带他们去张星鹏家。

张星鹏住的房子在镇子北边的山坡上，是一座独门独院的农村瓦房。

面包车停在院门外，吴凡跟着交警们下了车，舒畅则留在了车里。

年轻民警想要敲门，被薄处长拦住，“这家伙撞死了一个人，怕他会跑，还是直接进去把他按住吧。”

年轻民警点点头，攀墙头跳进院子，轻手轻脚地把门闩打开。

薄处长留了个心眼，叫两个交警到后墙外守着，堵住张星鹏退路，带着其他人一起进了院子。

吴凡一眼就看见了停在院子里的白色轿车，低声对薄处长说：“我认得这辆车，撞人的就是这辆车。”

薄处长点下头，正要说什么，这时候有个穿警服的中年男子径直闯进院子，没好气地问：“哪位是市交通局的薄处长啊？”

薄处长看了看他，搭话道：“我就是，您是马所长吗？”

“就是我。非把我叫回所里，人却全走光了。”马所长哼哼着，似乎还有点怨气，“不就是来抓一个肇事司机，至于这么兴师动众吗？”

薄处长没心思与他拌嘴，沉着脸指了指房子，“我们先抓到人再说吧。”

忽然有人脱口道：“大白天的怎么还把窗帘全拉上了啊？”

众人这才注意到一件怪事。

张星鹏的房子所有窗户都拉着窗帘，把屋里挡得严严实实，而且外门也是从里面插着的。

马所长二话不说，用力拍门喊道：“张星鹏，张星鹏，快开门！”

连喊了几声，屋里都没有动静。

马所长正有火没处撒，从地上捡起一块石头打碎了门上的玻璃，伸手进去把锁头打开。

折腾了这么大动静，张星鹏也没出来。

众人一拥而入，却扑了个空。

一共两间卧室，一个厨房，都没有张星鹏的影子，而且门窗全部从里面反锁。

马所长有点傻眼，“难道这小子真跑了？”

薄处长说了他一句：“要是这小子真跑了，他是如何跑出去的呢？”

“你们快看！”忽然有个交警指着众人头顶。

众人纷纷抬头，看见厨房的门框上贴着一张黄表纸，上面写着一串猩红色的字，好像字，又好像符号，仔细辨认又看不出写的是什么。

大家这一留意才发现，这间房间里不少地方都贴着这种诡异的黄纸，看着让人莫名瘆得慌。

有人猜测说，这些东西看着好像老道用的那种咒符。

其他人好奇地问是什么意思。但是没有一人能看得懂。

薄处长这时候发话道：“先别管那些字，眼下最重要的是找到张星鹏。假如这小子没离开房间的话，那他肯定就藏在屋子里，咱们把能找的地方全都找一遍，衣柜、床底下，能藏人的地方都别放过！”

有人牵头，其他人马上行动。

吴凡也帮着一起找，他打开一个衣柜，伸手在衣服里翻弄两下，不由得愣了一下……

他倒是没找到张星鹏，却看见了好几套女人的衣服。

他继续往里面翻了翻，找到了好几双女鞋，有高跟鞋，也有平底鞋。

他叫来薄处长，问他：“你不是说这个人是单身吗，怎么会有这么多女人的衣服和鞋？”

薄处长也不甚了解，又找来那两位民警打听情况。

马所长说：“张星鹏这个人我多少知道一二，开出租的，蔫了吧唧一个人，好像是没结过婚，也没听说他有女朋友。这个人一向独来独往，与附近的邻居也没有什么交往，挺怪的一个人……”

他话音刚落，旁边那个年轻民警忽然插嘴：“我在另外一个屋的墙上看到了不少照片，都是同一个女人的照片。”

于是吴凡和薄处长等人来到隔壁房间。

这间屋是卧室，在其中一面墙上贴着一大张黑衣猫女匍匐在地的性感画报。在画报下角一侧贴了不少张大大小小的照片。

这些照片里拍的都是同一个女人，一看到这个女人，吴凡一时间呆住了。

因为照片里的女人不是别人，正是白若琳。

其中有几张照片，白若琳竟然全裸地躺在床上，只是用手遮住了三点部位，在她脸上荡漾着淫媚挑逗的神色，十分放浪。她所躺的地方分明就是这间屋子的床上。

吴凡心中充满愤怒，但很快又冷静下来。

这个女人从来就没爱过自己，一切都不过是一场阴谋，他又有什么可生气的呢。

他随后又注意到其中几张照片是白若琳和另外一个男人的合影。

那个男人长得黝黑健壮，看着比白若琳大了不少。戴一顶军绿色的平顶吉普帽，露出两只布满肌肉的胳膊，搂着白若琳的腰，或者把她放在自己腿上，显得十分亲密。

吴凡指着照片里这个男人问薄处长："这个男的就是张星鹏吧？"

"对，就是他。"

吴凡没说什么，只是凝视着照片里这个男人。或许，这是他第一次见到预测死亡的兔子没戴面具时候的模样。

有个年轻民警说："照片里这个女人和张星鹏的关系一看就不同寻常，就算没结婚，也应该同居了。张星鹏这个人平时处事很低调，周围邻居都不太了解他的生活状况。"

吴凡忽然道："这个女人只是过去和他交往过，现在这里应该只住着张星鹏一个人。"

"不会吧，我们刚才在衣柜里不是还看见了不少女人的衣服和鞋子吗？"

"那些衣服和鞋都不是照片上这个女人穿的。"

“你怎么知道？”

“照片上的女人穿的是大码的衣服，鞋子是三十六码。衣柜里的那些衣服和鞋都不是这些尺码。”

“你怎么对照片里的女人这么了解？”民警惊讶地望着吴凡。

其他人也显得困惑不解。

吴凡没有解释，继续道：“而且有一件事很奇怪，衣柜里那些女人的衣服尺码大小不一，鞋子也是。这怎么解释？”

马所长插嘴道：“这个张星鹏外表看着蔫，会不会私生活比较随便，经常往家里带不同的女人？”

吴凡冷笑，“墙上贴着一个女人，衣柜里又藏着好几个女人的衣服。这个张星鹏还真是吃着碗里的想着锅里的。但有个问题你们想过没有？”

“什么问题？”

“门口鞋架上只有男人的鞋子，床上也只有一个枕头，这就说明，至少最近并没有女人在他家常住。那么她们为什么要把衣服和鞋子留在他家呢？”

马所长一下被吴凡问住了，一时间也想不出什么缘由。

这时候薄处长说：“女人的事情先放放再说，吴凡刚才提到枕头，我倒发现一件事。你们看看床上，被褥和枕头都没有收拾好，被子被掀开了一半，枕头也像是刚枕过的，怎么看着好像这小子才刚起床呢。”

薄处长说的吴凡刚才也注意到了，还未等他说，薄处长就提出来了，他胸有成竹道：“而且刚才我就说过，这个房子的窗户和门都是从里面反锁的，屋里的人根本出不去……”

有人恍然道：“薄处长说得对啊，分明就是这小子刚才在家睡觉来着，自然拉着窗帘，听到我们敲门，吓得急忙从床上爬起躲了起来。”

他的话得到了大家的一致认可，但有件事让人十分不解。

张星鹏的家一共也就这么大，能翻的地方都翻遍了，什么都没找到。

这时吴凡走到床前，伸手在被褥里摸了摸，回头对薄处长他们说：“不对，张星鹏并不是刚从床上起来。他的被窝又潮又冷，应该早就起来了……”

这句话让所有人都停止了动作，神情中更显疑惑。

薄处长说：“就算这个人是大半夜起来的，要去茅房方便，也总要走门吧，哪怕是翻窗呢。现在门窗全都锁着，他难道还会穿墙术吗？”

有人插嘴道：“会不会是密室逃脱啊。我看推理小说里，经常会有高智商罪犯用各种巧妙的办法进出完全封闭的房间。”

薄处长听着有点来气，“你以为这是推理小说啊，这家伙就是一个交通肇事的黑车司机，他哪有那个本事密室逃脱？”

那个交警还挺犟，不服气地小声嘟囔：“没准那家伙看过推理小说，也灵机一动想了这么一个法子忽悠我们呢？”

薄处长气乐了，“好吧，小王，我就让你说说看，这个张星鹏究竟是用什么巧妙的办法逃出这个房间的？”

小王警官摘下帽子，挠了挠闷得发痒的脑袋，“不少罪犯都会在门窗的插销上做手脚，或者是玻璃，或者折页……”

“随便什么吧，你给我找出来就行。”

小王警官还真就去找了，鼓捣了一大圈也没发现什么。

薄处长说：“怎么样啊，你仔细想想自己都看过什么推理小说，实在不行把里面罪犯的密室逃脱全都试验一遍。”

其他人都跟着笑起来，唯独吴凡没有笑。

他仿佛被什么吸住了魂魄。一动不动地站在床前，凝视着窗外。

薄处长发现他举止奇怪，忍不住跟他也开了句玩笑：“你怎么了吴记者，莫非你想到了破解密室的办法？”

“没有。但是你看那里……”吴凡的手指着床边的窗户。

薄处长侧脸一看，卧室窗户也遮拉着窗帘，窗帘普普通通，没什么异样，不知道吴凡让他看什么。

他正感疑惑，忽然明白了吴凡指的是窗帘之间的缝隙。右侧的窗帘拉开了一角，露出了一些窗户。

薄处长仔细一瞧，脸上的笑容一下就消失了。

就在露出的那块窗玻璃上，赫然印着两枚血淋淋的手掌印。

两枚手印五指张开，犹如两个爪子用力抠着玻璃，似乎无比痛苦，还有一些血珠从手掌边缘滑下，凝固在玻璃上。

“这是……张星鹏干的？”薄处长惊骇不已，“他受伤了吗，干吗扒着窗户往外看？他在看什么？”

吴凡摇摇头，“你仔细看，这两枚手印是从外面印上的，也许……”

他没有继续往下说，转身出了屋子，走到外门，沿着房子一直绕到了屋后。薄处长只得在后面跟着，心里不禁起疑，这个吴凡究竟是不是个记者。

吴凡走到卧室窗户边站下。仔细打量着玻璃上那两枚鲜红色的手掌印，确实是从外面印上的，连手掌手指的纹理都能看清楚。

薄处长站在他身后，小心翼翼地问：“这是血吗？”

吴凡凑到玻璃前闻闻，“好像吧，似乎有点腥味……”

他抬起双手，比量着玻璃上那两枚掌印，弓下腰，脸贴近玻璃，从窗外往屋里看。

薄处长不知道他在干什么，“吴记者你在看什么，有什么问题吗？”

“窗户上这两枚手掌印并不是张星鹏的手印。从照片来看，张星鹏的个头在一米七五左右，一个一米七五的男人不可能有这么小的手。”吴凡用自己的手比量一下，可以完全把那两枚掌印盖住。

“你从几张照片就能看出张星鹏的个头？”薄处长很是惊讶，越发觉得这个吴记者不简单。

其实吴凡知道白若琳的身高是一米六四，自己是一米八，对比一下自己和张星鹏分别与白若琳站在一起的高度差，就能估计出个大概。

吴凡接着说：“还有这两枚手掌印的高度，感觉上这个人应该并不高。具体身高可以通过脚印来判断，这个可以找公安局的技术员来计算。”

“这么小的手，身高还不高……”薄处长想了想，脱口道，“难道这个人是女人？”

吴凡正蹲下身观察着窗下的泥土地，突然声音有些异样地说：“如果真是个女人，那也不是个一般的女人……”

“这话怎么讲？”

吴凡指了指脚下的地面，“窗后的院子都是泥土地，只要走过来肯定会留下脚印，可是现在除了咱俩的脚印之外，并没有其他任何人的脚印。”

薄处长前后看了看，果然松软的泥地上只有他和吴凡的两串脚印，他也露出难以置信的表情，“总不能这个女人没有脚吧？再说她手上那些血是从哪里来的？”

他和吴凡你看看我，我看看你，两个人眼前不约而同地闪现出一个看不见脸也看不见双脚的女人，正用两只沾满鲜血的手扒着玻璃窗往屋里看着……

正在两个人茫然发愣时，忽然有一个交警急匆匆跑过来报告：“薄处长，我刚刚发现了一个暗道……”

“什么？”

不只是薄处长惊讶，吴凡更惊讶，或者说是更激动。

他这次来就是奔着调查预测死亡的兔子来的，如果张星鹏只是一个普通的肇事逃逸司机，那他不是白来了。

“暗道在哪儿，快带我们去看看。”吴凡暂时也顾不上那两个血手印了，催促着那名警员，三个人急匆匆赶回了房里。

那名警员走进了堂屋，几乎所有警员都聚集在这里。他们一个个目不转睛地盯着墙角一个大木箱。

吴凡刚才来过这间屋子，也见过那个箱子，不过并没有太留意。此时箱盖打开，箱子旁扔着一些掏出来的衣服。

吴凡和薄处长走到跟前，往箱子里一看。箱底的木板已经被掀开，原来是两块安装了折页的活板，活板下面露出了一个黑魆魆的地洞，有截梯子通到底下。谁也不知道下面有多深，通向什么地方。

看似普通的民居平房居然隐藏着一个暗道，这还真是让人觉得不可思议。这个张星鹏到底是什么人?

吴凡心头骤然激动，越是离奇的情况或许就越与他要寻找的真相接近。

“下面是什么情况?”薄处长问。

“还没人下去过，打算先商量商量呢。”马所长此时的气焰已经不像刚开始那么嚣张了。他隐隐感觉到这个肇事司机不像想象中那么简单。说话的语气明显想打退堂鼓。

“我觉得应该有人下去看看。我带的这些人都是交警，对探案抓人并不擅长，遇到这种事，还得问你这种有经验的老警察……”薄处长说这番话的时候故意瞅着马所长，眼神中有点故意使坏。

马所长骑虎难下，想拒绝又磨不开脸面，他看了一眼那个年轻民警，“小赵，要不你下去看看?”

年轻民警胆子比较大，倒是没有推诿，不过也有些紧张。

他掏出手枪，小心谨慎地跨进箱子里，踩着梯子，一点点下到地洞里，然后掏出手电，照着亮光，在黑暗中一点点往前搜索。

站在上面的人不知道下面的情形，一个个都默不作声地等待着。不管是交警队还是派出所马所长，谁都没碰到过这么稀奇的事。

过了大约一分钟，从地洞深处突然传来赵警官的呼喝——

“我找到他了……举起手来，张星鹏……”

但谁都没料到，赵警官随后竟发出了一声凄厉的惨叫。

惨叫声在地洞里回荡，听得人毛骨悚然。

地洞外的众人脸都吓白了。

薄处长咬咬牙，对马所长说：“干脆咱们一起下去吧，这么多人还怕对付不了一个?”

事到临头，马所长也推托不了，“好。”

薄处长原本也带来一把手枪，现在派上了用场，他拿着枪率先沿着梯子爬下了地洞。

马所长随后掏出手枪也下去了。

吴凡想了想，跟在他们后面爬下了梯子，感觉下到四五米深的地方到了底。从头顶的方洞照下来的光线只能照到几米范围，大致能看见两边的砖墙，看起来像一个简陋的地下室，再深的地方就黑咕隆咚看不见了。

他注意梯子旁边的墙上有一个电灯开关，过去按了一下，可是没有灯亮，似乎已经坏了。

薄处长和马所长举枪在前，吴凡跟在他俩身后，由于不知道里面的情况，他们都不敢贸然开手电。

就在这时，从黑暗中隐隐传来呻吟声，听着有点像之前下来的赵警官。

马所长仗着胆子问："小赵，你没事吧？"

"我……我没事，张……张星鹏在里面……"

罪犯困兽犹斗，眼下已经没有什么可犹豫的了，薄处长和马所长一起打开手电照向地下室尽头，同时也举起手枪。

在两道交叉的手电光柱中，一个黑色的人影乍现眼中。

这个人端坐在椅子上，手里握着一把斧头横放在大腿上，想必就是张星鹏无疑了。

第五章　地下室藏凶

见他手里只有一把斧头，薄处长和马所长放松了不少。不过，却觉得这个人很奇怪。

手电光直刺，还有两把手枪指着他，他居然满不在乎，扭着脖子只顾着看身后，就好像后面有比警察更让他感兴趣的人似的。

“张星鹏！你被捕了！别再垂死挣扎了！”薄处长大声警告。

马所长跟着帮腔：“对，我的枪正瞄准你呢，你要是敢反抗，马上就崩了你！”

没想到张星鹏根本不为所动，依然坐在那里，向后张望。

两个人的火气也上来了，还从来没见过这么横的人，居然不把他俩当盘菜。

他们拿枪壮胆，大步走过去，突然，两个人不约而同地发出两声惊呼，纷纷往后退。马所长绊了一个跟头，手电都摔掉了。

吴凡这时候走过来，从地上捡起手电，一步步走向张星鹏。

他虽然还吊着一只受伤的胳膊，却比谁都冷静。

“他……他……”马所长惊魂未定，想说话还说不清楚。

“他死了是吧？”吴凡语气中略带调侃，“你们都没怎么见过死人吧？”

其实想想也难怪，今天来的这些人大多是交警，顶多是看见一些车祸肇事。另外两个镇派出所民警，办过最大的案子也就是撬门压锁，哪像吴凡认识的那些刑警一样，整天跟各种横死的人打交道。

薄处长自觉丢脸，辩解道：“你不知道……这家伙挺邪门的……”

他说话的时候，吴凡已经走到了张星鹏面前。

他用手电照着张星鹏的尸体，这家伙外表看上去没受什么伤，坐在那里的样子还真像活着一样。就是他的坐姿很古怪，始终保持着抻脖子往后看的姿势。

吴凡绕到张星鹏身后，手电光沿着他的身体移到了他脸上。

一张极度扭曲的脸孔冷不防地出现在眼中。

张星鹏的双眼瞪得极大，布满血丝的眼球几乎要努出眼眶。鼻孔向上翻起，似乎在努力吸气。尤其是那张咧开的大嘴裸露着两排牙齿，仿佛要扑上来咬人。

突然闪现出如此恐怖至极的一张脸，胆子小的能给活活吓死。

吴凡着实被吓了一跳，不由得倒退两步，随即才意识到这副恐怖的表情已经凝固了。

薄处长有点幸灾乐祸，“怎么样……我就说这家伙邪门吧。”

吴凡没吭声，与其说是被吓到了，不如说是被惊到了。

万一面前这具尸体真是预测死亡的兔子，他这一死岂非把所有秘密都带进了地下？吴凡千里迢迢跑到顺德不是又无功而返了。

他努力让自己平静下来，又把手电照向那张恐怖的脸。张星鹏那双死不瞑目的眼睛，似乎一直在死死盯着他。

吴凡对视着那双眼珠，忽然侧过身，把手电光移向身后。

结果只看见了一堵灰砖墙。

除了光秃秃的砖墙什么都没有。

那张星鹏的表情怎么会如此夸张，他死不瞑目究竟在看什么？

吴凡又用手电绕着张星鹏的尸体仔细查看了一遍，当他看见放在张星鹏腿上的那把斧头时，神情微微一滞。

张星鹏右手始终攥着斧柄，尽管已经死了，仍然能清晰地看见凸出的骨节，甚至绷紧的肌肉，似乎随时准备挥起斧头进行攻击。

吴凡随后在张星鹏脚边看见了一个手电筒。

他弯腰捡起手电筒，开关是打开的，已经没电了。拨动一下开关，里面的小灯泡微微闪烁，还残余着一些电量。

他若有所思地望着那点即将熄灭的光亮，陷入了沉默。

薄处长壮着胆子走过来，“这个死者看上去应该就是张星鹏吧？”其实他刚才还没来得及仔细看，只模模糊糊记得一张无比吓人的脸。

“是他。跟照片上是同一个人。”吴凡说。

“真是没想到，这个人的家里还藏着这么大一个地下室，这家伙竟然还死在了地下室里，他是怎么死的？”

“不知道。”吴凡说。

薄处长这时忽然想起来自己好歹也算个警察，怎么向一个记者询问起案子来了。

他清清嗓子，严肃地说道：“要我看，也只能是他杀。他临死前手里还拎着一把斧头，明显是要和什么人搏斗。结果被那个人给杀了。也许是他和什么人结了仇？”

吴凡说：“如果是搏斗被杀，他身上应该伤痕累累，至少也应该能找到明显的致命伤。但是我仔细看过，他身上衣服完好，头和脖子也都完好无损，别说是受伤，连一点血迹都没有。”

“是吗，没有伤？”薄处长一时不知该说什么了。

这时候马所长也凑了过来，站在两人身后瞅瞅张星鹏的尸体，“恕我直言薄处长，我在这个镇子干了快二十年了，这的民风淳朴，不说路不拾遗，可也从来没听说谁和谁结怨大打出手的。也就是偶尔有一些邻里小纠纷，做做思想工作就通了。顶多也就是遇到流窜作案的小偷跑到这里撬门压锁，偷条狗什么的。再说了，张星鹏这个人平时蔫了吧唧的，也没惹过什么祸，不至于有人恨到想杀他吧……”

薄处长不太高兴，反问一句：“既然老所长不相信他是被杀，那你觉得他是怎么死的？”

“我倒觉得他十有八九是自杀。薄处长不是跟我说过，这个人开车肇事撞死了人才逃回来的吗？他肯定整天提心吊胆，要不然也不能躲在地下室里。最后他一时想不开吃药自杀了，身上自然就看不见伤。你说是不是，吴记者？”

“他不过是一个记者，你问他有什么用？”薄处长说了他一句，“要我说，既然死了人，还是交给法医来检查吧。咱们谁说的也不算。”

“这个案子没有那么简单。”吴凡忽然道。

薄处长皱了皱眉，“哪里不简单，你是指张星鹏死的样子？”

“那是其中一点。如果用犯罪重建的办法把我们来张星鹏家看见的一切不可思议的疑点重新归纳在一起，我们就能看到一个不同寻常的案子。”

薄处长和马所长不知道该如何接话，越发感觉这个吴记者难以捉摸。

吴凡整理一下思路，解释道：“我们一进门的时候就发现门窗反锁，所有窗帘都挡着窗户。进屋后，卧室床上还铺着被褥，放着枕头，种种迹象明显就是一个夜晚睡觉的情形，但是发生了某种意外。可以想象张星鹏半夜三更突然起床，并没有离开房间，而是打开通往暗道的箱子钻进了地下室。由于灯坏了，他只能用手电照亮。他搬来一把椅子，面朝暗道门坐下，手里还拿着一把斧头。看起来，他当时是被什么吓到了才躲在这里，想要自卫……”

“看来吴记者也认为是有仇家，咱俩的想法差不多。”薄处长不以为然地说。

“是不是仇家我不知道，那是杀人动机的问题。但是张星鹏的死亡过程里有很多不可思议的地方。首先是杀人手段，他当时已经意识到了危险，在全神贯注的情况下，凶手又是如何让他毫无反抗地被杀了呢？其次，一个女人为什么能把他吓得躲进地下室呢？”

“你说凶手是女人？”薄处长疑道，“你怎么知道？”

“你还记得卧室窗户上那两个血手印吧，我们还特意绕到屋外去看过。那两个掌印是从窗外印上的，掌印的大小和形状很像一个女人，当然也可能是孩子。手印的高度显示这个人的身材并不高。我当时比量了一下，这个人的身高最多也只有一米六。”

“你觉得这个人与张星鹏的死有关？”

“犯罪重建就是把遗留在案发现场各种零散的线索通过前因后果串联在一起，组成一个最符合常理的推断。所以我猜，张星鹏突然从床上起来躲进地下室，最有可能的一种假设就是深更半夜的时候，他在睡梦中突然惊醒，发现有个人趴在窗外往屋里看，他惊恐之余才躲进了地下室，并找来斧头准备自卫，最后死在了这里。他现在的表情就是临死的表情，就好像是被什么吓到一样……”

薄处长和马所长听得目瞪口呆，虽然对吴凡还不很相信，但不得不承认，他的推测是目前来说最符合逻辑的一种。

马所长想了想，忽然说：“不过吴记者，你的推测里有一点解释不通。”

“哪一点？”

“不管是女人还是小孩，就算她深更半夜趴在窗外很吓人，也不至于把张星鹏吓得躲进地下室吧。好歹张星鹏也是一个大老爷们儿，都准备拿着斧头拼命了，还会怕女人和小孩？按照常理，他完全应该冲上去把那个人赶走吧？”

“你说的确实是个疑点。”吴凡承认，“但疑点原本也不只这一处。就拿这个凶手本身来说，姑且不管他是男是女还是一个小孩，这个人本身就是一个谜。”

“什么谜？”马所长听不懂他的意思。

让吴凡这一提醒，薄处长猛然想起了什么，脸色倏地变得惨白，“那……那个人根本没有脚印。”

“没脚印？”

“后院是菜园，走过去肯定会留下脚印的。可是这个扒窗户的人完全没留下一点脚印。”

马所长脑门也冒汗了。

吴凡说：“我不知道张星鹏当时究竟看到了什么，但可以肯定的是他一定吓坏了，甚至都没想过要去反抗，更没有逃出屋子的勇气。他就像一个惊慌失措的鸵鸟，只想着把自己藏起来，于是才躲进了地下室。”

“可是说来说去，还是没有说明白凶手到底是谁啊，总不能是……”后半截话让马所长硬是咽回去了。

在黑灯瞎火的地下室里，面对着一具狰狞的尸体，任何犯忌讳的话说出来都可能是一种噩兆。

吴凡说：“现在没有别的办法了，叫些人先下来检查一下案发现场。看看还能不能找出其他明显的作案线索。实在不行，就只能找上一级的刑警队了。对了，让他们在脚上套上塑料袋或者绑几根绳子，避免脚印破坏现场。”

其实吴凡心里清楚，交警队和镇派出所根本没有能力处理这个案子，按常理应该直接上报县市级刑警队，或者是等待付雪晴过来。但他留了一个心眼，希望赶在刑警队之前进行调查，做到心里有数。毕竟这涉及预测死亡的兔子，不管他是不是张星鹏，都要查下去。

薄处长和马所长现在完全晕头转向了，也没多想就听从了吴凡的建议。

薄处长又叫下来三个交警，按照吴凡说的，所有人都在鞋上做了记号。

吴凡把这三个人以及最先下来的赵警官召集在一起，给每个人安排了不同分工，有人负责检测地下室范围，有人负责检查地面，还有人负责检查墙壁，发现一切可疑的东西都要报告。在伸手不见五指的环境中，这是吴凡能想到的最好的办法。

很快，各种信息一一汇报上来。

吴凡最先弄清楚了这个地下室的格局，大约有四五十平方米，由一个长方形的大房间和一个正方形的小房间构成，两个房间成直角相连。张星鹏尸体所在的地方在大房间的尽头，暗门入口在另一端。尸体的头扭向右后方，那只有拐角砖墙。而尸体的左侧则对着那个小房间。

赵警官检查到小房间的时候，发现顶棚有一扇铁栅栏门。

吴凡和薄处长、马所长走过去瞧了瞧，铁门距离地面足有四五米高，连个梯子都没有，想徒手爬上去根本不可能。

薄处长怀疑凶手有没有可能是从上面下来，从背后偷袭了张星鹏的。

他特意跑上去检查了一遍，回来垂头丧气地对吴凡说："那其实根本就不是铁门，是个生锈的铁栅栏，就在菜园边上，完全是被焊死的，根本打不开，上面还堆了不少破木板，不注意根本看不到。"

"那也就是说，凶手和张星鹏一样，都只能从卧室木箱里那个暗道进来是吗？"吴凡似乎在问他，也像在自言自语。

薄处长吃力地点点头，"真是搞不懂，全神贯注就盯着一道门，怎么还毫无反抗地被杀了呢？"

马所长自嘲似的晃晃脑袋，"就算没有那个栅栏又如何，凶手要从四五米高的地方下来，再跑过来杀人，还能一点动静都没有？还有最让人头疼的问题，杀人总得留下伤口吧？"转来转去又回到了最开始的问题上，他脸色微变，似乎又想起了什么不该想的东西。

吴凡没有纠结在同一个问题上，他用手电照着拐角小房间里那个铁栅栏，忍不住说道："既然那扇铁栅栏门没有用，张星鹏当初为什么要开一扇门呢，难道就是为了透气用？"

赵警官接过话说："我觉得那个小房间原本是一个菜窖。"

"菜窖？"

"是啊，我是本地人。我们这个镇子过去是农村，不少家都有菜窖，秋天存些新鲜蔬菜，留着冬天吃。不过现在基本不怎么用了。”

薄处长不禁失笑，“谁家的菜窖能挖这么大？”

“我是说那个有铁门的小房间原本是菜窖，但是后来这个张星鹏又挖了一个更大的地方，连在了一起，不知道是干什么用的。”

“这么说，那肯定不是用来装菜的。”吴凡说。

他话音刚落，黑暗中猝然传来一声惊叫。

尖叫声把几个人都吓了一跳，慌忙把手电光照过去，看见一个交警瘫坐在地上，脸色苍白，十分狼狈。

薄处长气得直骂道：“鲁子航，摔个跤至于大惊小怪吗，瞧你那点出息！”

“薄处长，不是……”那个交警指着脚下，结结巴巴道，“死……死人……”

所有人心头一震，横七竖八的手电光柱纷纷照过去。

就在鲁子航所指的地方，从泥土里伸出一截东西，乍看上去好像一根斜戳在土里的枯树枝。

众人走到近前，仔细辨认，竟是一截腐烂干瘪的手臂，骨头几乎完全露出了。鲁子航刚才就是被这东西绊倒的。

“掘开看看。”吴凡说。

可是没有人动，这些人平时哪见过这种场面，一时之间都有点吓傻了。

吴凡用手电左右照了照，恰好看见旁边立着一把铁锹。

他拿过铁锹，开始沿着那截手臂掘土，刚刚挖了几锹，整只手臂就全部暴露出来，已然变成了一截枯骨，直挺挺地戳在半空中，刺激着所有人的双眼。

现在大家都能看出，这只手臂下明显还连着更大的东西，已经隐约从地里凸出了一块。

“别看着了，找东西一起挖！”回过神来的薄处长大声命令着手下。

过不多时，又上来两个交警，各自找来了铁锹帮着吴凡一起往下挖，直到一具完整的骸骨露出泥土。

骸骨已经分辨不出男女，半蜷缩地躺在土里，其实埋得并不深，只是浅浅地盖了一层土而已，不留神露出了一只胳膊在外面。

“先别挖了。”吴凡喊住两个交警，用手电在骸骨周围照了一圈，对薄处长说，“这下面肯定还有尸体。我怀疑在衣柜里看见的那些女人衣服和鞋子就是这些人的……”

薄处长脸上已经没有了血色，“这个张星鹏到底是什么人，怎么地下室里会有这么多死人？”

“或许这就是他挖地下室的用意吧。至少他肯定不只是一个肇事司机。”吴凡说。

“那我们……我们该怎么办？”

“这不是一起单纯的交通肇事了。要么等待江州刑警队的人过来，要么你直接找本市刑警队来处理，这已经不是你们管得了的了……”

就在这时，一个交警战战兢兢地插话说：“薄处长，我刚才负责检查墙壁，我发现了一个可疑的地方，还没来得及告诉您呢……”

“哪里可疑？”薄处长的心一下又悬起来了。

那个交警拿着手电筒慢慢走近张星鹏的尸体，快到尸体跟前时小心地绕过去，走到了后面那堵墙跟前，他用手电照着砖墙上面的一处地方，“就是这里。”

众人走到近前，赫然看见墙上印着一排凌乱的血手印，还有抓挠过的道道血痕，看着触目惊心，却又透出某种说不出来的诡异。

薄处长怒道：“这到底是怎么回事？”

他用气愤的声音来掩盖内心的不安，怪事一件接着一件，连他自己都觉得邪门了。

吴凡用手电照了照地面，然后走到墙边，仔细观察了一下那些小手印，伸手逐一比量了一遍。

他对薄处长和众人说："这些手掌印与我们刚才看见的卧室窗户上的手印应该是同一个人的。从掌印的高度来判断，这个人的身高也就一米五几。而且地上依然没有这个人的脚印……"

薄处长咽了口唾沫，"如果是同一个人，她怎么会出现在这里？"

"如果你走过来，站在我这个地方，或许能获得一些启发。"

"是吗？"薄处长半信半疑地走到吴凡身边。

吴凡指了指他身后，"转身看看。"

薄处长依言转身，猝不及防地与张星鹏那颗扭过来的脸来了个四目相对。

那副扭曲狰狞，仿佛要扑过来撕咬的表情，吓得薄处长急忙后退，一下撞在了砖墙上，直冒冷汗。

第六章　超自然现象

吴凡说：“如果进一步重建犯罪过程的话。那天晚上张星鹏看到窗外趴着一个人后，吓得躲进了地下室，然后拿着斧头和手电筒就坐在这里，提防着那道暗门。但是他并没有想到，那个人其实已经出现在他身后了。当他发现后，急忙扭回头，恰好看见一个人站在我所站的地方，他脸上恐怖的表情正是由于惊恐所造成的。而这也几乎就是他死亡瞬间的表情。当然，具体死因还是要请法医来判断……”

马所长忍不住打断吴凡，“吴记者，你这话有问题吧。就算真如你所说，那个人杀了张星鹏，那你有没有想过，张星鹏的屋子包括这间地下室其实都是从里面反锁的。就算有人在窗外吓得张星鹏屁滚尿流，他也没办法跑进地下室啊。”

薄处长说：“是啊，菜窖那个栅栏门我都检查过了，完全焊死了，根本不可能打开。房间里的门窗也都上了锁。说起来这不就是一个密室杀人案吗？除非能找到那个人进来的方法。”

不知是谁忽然嘟囔了一句：“也许，那个人根本就没出去过呢？”

众人转脸一看，说话的人正是刚才被死人胳膊绊倒的那名交警。

“你说什么，鲁子航？”薄处长问。

鲁子航神情有些恍惚，刚才那一吓仍然让他惊魂未定，他嘟嘟囔囔像是说给别人听，又像是在自言自语，“一个普通的女人怎么可能把一个大男人吓得不敢出屋，而且这个女人怎么会没有脚，怎么会有这样的血手印，这……”

他的话在原本来就漆黑瘆人的地下室里仿佛产生了化学反应，很多人的脸色都开始变得不太好看，有些人不由自主地想往门外挪。

“鲁子航，你别胡说八道……”薄处长大声喝止他，他的吼声里也带着颤音，似乎在给自己打气。

“我说的是真的。”鲁子航哭丧着脸说，情绪已经失控了，“我们刚刚不是挖出来一个女人吗，她胳膊都从土里伸出来了，不就是在向我们暗示吗？你们怎么都不明白呢！”

“胡扯！都变成骷髅了，你怎么知道那是个女人。”

“我看见长发了！难道你们没看到吗？”

鲁子航突然把手电筒照向挖出一半的骸骨，几乎腐烂得只剩骷髅的头颅半埋在淤泥中，在头骨上面隐约能看见丝丝缕缕的东西和泥土搅和成一团。

他从旁边的同事手里抢过一把铁锹，把头骨上面的那团泥土铲碎，向上一挑，扯起几绺长长的发丝，与发丝相连的那颗骷髅依然枕在泥土中，空洞地望着面前那一副副惊惧的面孔。

似乎从哪里刮过一丝凉风，吹动了几根发丝，不知是谁的手电闪了几闪，灭了。鲁子航双手一抖，铁锹“咣当”一声落地。

人们彻底陷入了沉默，昏暗的地下室似乎变得更加幽暗。所有人都有意离那具骸骨远一些。仿佛它正从泥土中悄然爬起，带着怨毒慢慢爬向把她掩埋的那个男人，把他活生生地拖进地狱……

不知是谁最先往外跑的，几乎所有人都一窝蜂地逃出了地下室，吴凡稀里糊涂也跟着一起出来了。

回到了阳光充足的房间里，犹如一下子回到了属于自己的世界，几人一阵长吁短叹，才发现全身早已被冷汗浸透，连带头的薄处长也不例外。

早就经历过生死的吴凡心情还算平静，相比埋在地下室里的那些女尸，他更难接受的是肇事司机就这么死了。

白若琳依然昏迷不醒，另外一个可能与真相有关的人物居然就这么死了，吴凡对他还一无所知。假如他就是预测死亡的兔子，那这个谜团岂非永远要埋藏于地下了？具有讽刺意味的是，大概也只有“女鬼”才能杀死这个天才罪犯吧。

三个小时后，接到报案的县刑警大队才派人赶来。原本薄处长是把案子报告给了市刑警队，不过市警队近期正在全力应对一起贩毒大案，根本无暇顾及，便把案子派给了案发所在辖区的县刑警大队。

刑警大队派来了三个警员，告诉薄处长，上级领导来检查工作，队长和付队长都抽不开身，今天暂时来不了，让他们先过来保护好现场，简单了解一下情况。

薄处长心有不满，也不好说什么，简单介绍了一下情况，也不管那三个警察听没听懂就带着吴凡他们离开了院子。

舒畅这边还一直等在车上呢，早就等得抓心挠肝，可是碍于交警队的规定，也不好闯进去打听。

她正拿着矿泉水瓶，喝水解烦，终于看见薄处长他们一大帮人出来了，兴奋得不得了，推开车门把吴凡招呼到自己身边坐。

吴凡有意往旁边挪挪，和舒畅保持一定距离。

舒畅迫不及待地问他：“你们这究竟是什么情况呀，进去这么半天，到底见没见到肇事司机啊？”

“见倒是见到了……”吴凡讳莫如深地苦笑了一下。

“见到了？那人呢，我怎么没见你们带他出来？而且怎么后来又来了三个刑警呢？他们过来干什么？”

“你怎么知道后来的是刑警？”吴凡问。

“喊，你以为就你法制记者知道啊。”舒畅不以为然道，“交警和刑警的衣服就不一样，一眼就能看出来啊。”

她瞧着吴凡，微微转动眼珠，似乎嗅到了让她感兴趣的东西，凑过来问吴凡：“肯定是遇到什么有趣的事情了吧？讲讲呗。”

坐在他们前面的两个交警回头瞪了舒畅一眼。

吴凡抬头瞅了一圈，那些交警一个个蔫头耷脑，满脸菜色，这个时候把恐怖经历当有趣的故事讲确实不太适合。

“你不会感兴趣的。”吴凡说。

“你怎么知道我不感兴趣？”舒畅又往前凑，“难不成还很吓人吗？就算是，我也不怕，你不知道，我其实胆子很大的……”

吴凡在地下室都没有像现在冒这么多汗，他继续往旁边挪，可是脑袋已经碰到了车窗，再躲他就得从面包车里钻出去了。

为了避免被舒畅不停靠近，他只好妥协道：“这里不太方便，回去再说吧……”

“行啊，回去以后，就咱俩的时候再说。”舒畅笑眯眯的样子像要吃人似的。

坐在不远处的薄处长回头瞅了他俩一眼，本来就郁闷的一张脸更平添了几分不快。

傍晚。

舒畅在宾馆附近找了一家高档餐厅，请吴凡吃饭。

吴凡看她那股殷勤劲儿，多少能猜出她的心思。这女人天生就是干记者的料，一遇到感兴趣的新闻，不弄个水落石出才不会罢休。

果然，舒畅一上来就敬了吴凡三杯酒，借着一点酒劲儿迫不及待地对吴凡说：“白天吴哥不方便说，现在就咱们两个人了，可以告诉我了吧？”

“我都说了，你不会感兴趣的，还是不知道的好。”

“嘁，小气鬼。你这次机会还是我帮你争取来的，问问都不行，还怕我会抢了你的新闻啊。”舒畅下嘴唇噘出老长，十分不高兴。

“你误会了，我不是不想告诉你，只是……这件事有点邪门，我怕会吓到你。”

“吓到我，哈。”舒畅哑然失笑，“你以为我是个花瓶啊，整天打扮得花枝招展，靠一张脸蛋混饭吃，其实什么都不会干。我知道你们平时都是这么看我的。”

“你这话说跑题了啊，我可从来没有小瞧你的意思。”

“我知道吴哥你仗义，但就算你不这么看我，报社里又有多少人不是这样想的。表面上恭维我是金牌记者，背后都喊我‘名记’，那什么意思谁听不出来呀。他们以为我能采访到那些大人物，拉来那些赞助都是靠不择手段，那纯粹是诬陷嫉妒。他们知道我背后的辛苦吗，我求爷爷告奶奶的时候他们怎么不说？”

说到伤心处，舒畅泪如珍珠，楚楚可怜地哭了起来。

她这一哭，周围其他客人都好奇地往这边瞅，好像吴凡对她怎么样了似的。

吴凡手忙脚乱地抽出两张餐巾纸递给她，舒畅还是哭。吴凡没办法，只好拿出手机打开一张照片递给她。

泪眼婆娑的舒畅一瞧，照片里竟然是一张黄表纸，上面用红笔写了一堆似字非字的东西。

她一时间止住了哭声，不解地望着照片，“你给我看的这是什么？”

吴凡见她总算是消停了，安慰了她两句，然后告诉她，这张照片是在张星鹏家里拍的。

“这是贴在什么地方的？”舒畅好奇地问。

“厨房的门框上面，正对着大门。还有其他地方也贴了不少张。要不怎么说邪门呢。”

舒畅忽然说：“这种东西我见过，这是咒符。”

“你说这是咒符？你能看明白这上面写的是什么？”吴凡问。

“我当然看不明白了，这是道家用的一些特殊符号，我的一个老板客户特别迷信，家里就经常贴这种东西，写的好像跟你这个差不多，贴在家里辟邪用的。”

“这样啊……”吴凡若有所思，难道这个张星鹏死前发现了什么？

舒畅被他勾起了好奇心，催他讲案子，吴凡索性把今天的经历给她讲了一遍，多少能缓解一下尴尬。

果不其然，他刚开了一个头，舒畅就被吸引住了，都忘了擦眼泪，瞪大了那双桃花般柔媚的眼睛怔怔地听着吴凡往下讲。

吴凡讲到一半的时候，她就已经紧张到不行，脸都吓白了。

吴凡不往下讲了，她还焦急地问："然后呢？"

"要不还是算了吧，这就是一起杀人案，有什么好讲的。咱们还不如聊点有意思的事呢。"

"不，就聊它。这可不是一起普通的杀人案。我就喜欢听离奇的故事。"舒畅越害怕眼睛反而越亮，"普通的杀人案肯定有凶手，就算暂时没找到，也大概知道凶手是如何杀人的吧。可是你说张星鹏是怎么死的？在一个完全密闭的房子里，只有他独自一人，除了他自己还有谁能杀得了他？"

"可他并不是自杀，至少看上去不像。"吴凡说。

"对呀，这才是问题所在。我也相信他不是自杀。一个人在江州肇事撞完人，驾车跑了几千公里逃回老家。这么强的求生欲，怎么可能突然就自杀了呢？那么问题来了，究竟是谁杀了他呢？想想真是够可怕的……"舒畅打了一个哆嗦，脸上还带着笑。

"既然害怕就不要再往下想了。"

"不，越是害怕才越要往下想，那才刺激呀。"舒畅完全进入了状态，"这个案子最让人怀疑的地方就是那双血手印了，对了，你能确定那是女人的手印吗？"

"反正不是女人就是孩子，个头只有一米五几。"吴凡说。

"听起来还真是够吓人的，这样一个柔弱的人居然会把张星鹏吓得躲进了地下室，随后又能悄无声息地钻进密闭的房间，毫无声响地出现在张星鹏背后，这简直就不是人能做到的事。对了，你说张星鹏在自己家里贴了那么多咒符，会不会就是为了防这家伙的？"

"喂，别瞎猜了，这可是人命案。"

"我当然知道是人命案了，但究竟是谁做的人命案那就不好说了。"

吴凡刚要说话，舒畅抢着说："别告诉我你们都认为这就是一起普通的杀人案，在车上你们一个个被吓的那样子我都看见了。其实连你们都怀疑这个案子根本就不是人做的，对吧？”

吴凡一下子沉默了，过了一会儿才说：“我从来没见过这么不合常理的案子，实话实说，现在有太多疑点我都搞不清楚。但是那种超自然现象的解释，毕竟谁都没遇见过，听着总觉得太离谱了。”

“离谱不代表就不真实。这个世界上本来就有很多无法解释的事情。我们不了解，是因为我们无知。越是这种时候，才越要用开放的眼光看待未知的事物。”

“那你所谓的开放眼光是什么，异想天开？”吴凡半开玩笑道。

“当然不是啦。”舒畅很认真地说，“不管面对的事情有多么离奇，因果逻辑却是一成不变的。这是我们分析判断的依据。”

“听你说得煞有其事的，那这件事你怎么想？”

“我想到的首先是，以我们普通人的能力根本不可能完成这么离奇的杀人，而且总要有杀人的原因吧。张星鹏的身份不过是一个普通的黑车司机，又没什么钱，你说什么人能这么恨他想要杀了他？我最先想到的就是被车撞死的那个女人，如果是她男朋友和家人的话，完全有杀死张星鹏的理由吧……”

吴凡神情一滞。

没想到舒畅会这么想，听着似乎也很有道理。不过她不清楚，被撞女人的男友就是吴凡。

而白若琳的父母吴凡倒是真给忘了，自从上次见面之后就从未联系过。

吴凡记得他们说要一直待在江州直到找到女儿为止。不清楚他们是不是已经知道白若琳出车祸的消息了，看他俩那冲动的样子，倒是真可能过来杀了张星鹏。

吴凡正在暗自猜想，舒畅又说道：“但是被撞女人的男友和家人应该做不出这么诡异的案子。”

“你这个分析是不是不够严谨啊。你怎么就知道这个女人的男朋友就是正常人？”吴凡故意调侃她。

舒畅愣怔一下，转而笑道：“至少这个男的不太可能有一双女人的小手吧，也不太可能只有一米五几吧？这分明就是一个女人啊，还得是能把张星鹏吓得躲进地下室里的女人。”

“然后呢？你认为她有某种超能力，能直接穿墙进入封闭的房间，把张星鹏杀死？”

舒畅想了想，“谁知道呢，也许，那个女人根本就没出去过呢？”

吴凡不禁一愣，似乎想起了什么，有些失神地望着舒畅。

舒畅让他瞅得有点不自在，“你怎么这么看我，怪吓人的。”

“有个人说过跟你一样的话，一字不差。”

“这么巧，谁说的？”

“今天一起去的一个交警，还是他发现了那具埋在地下室里的女尸。那具女尸居然有一只手臂露在外面，把他绊倒了，你说这是不是巧合？”

舒畅脸色有些发白，意味深长地看着吴凡，“也许就是那具尸体想让你们发现她呢？”

“呵呵。你没发烧吧，那具尸体脑子都没了，就剩一个骷髅头了，拿什么想？”

“超自然的现象本来就不能用常理来理解。你还不如想想这具女尸为什么会埋在那里呢？她和张星鹏是什么关系？”

吴凡确实想过，脑海中浮现出衣柜里那些女人的衣服和鞋子，也许其中有一套曾经就是那具骸骨的。

“假如那具女尸真是被张星鹏害死的，那么杀死张星鹏的原因不就有了吗？有了原因其实也不难想到杀人方法。”

吴凡哑然失笑，“怎么你想到了？”

舒畅并不在意他笑话自己，一本正经地说：“看起来那个女人已经被埋在地里很久了，都腐烂成了一具骷髅，也没有人发现她。我听过一个传说，但凡横死的人，尸体都会产生一股怨气，如果尸体不能被火化，或是好好安葬，这股怨气就不会消散。尤其是把尸体放在封闭的房子里，这股怨气会越聚越浓。”

“你这越说越离谱了。”

“那就用时下流行的科学说法来解释——带着怨恨死去的人能产生一种类似磁场的能量。埋藏这具女尸的地下室由于是封闭空间，恰好能聚集这种磁场，久而久之，磁场会对身处其中的人产生影响，让他们看见根本就不存在的东西……”

“你等下。”吴凡打断舒畅，“你的意思是，张星鹏是因为死者怨气产生的磁场引起了幻觉。其实在他被杀那天晚上所看到的全部都是幻觉，他是死在了自己的幻觉里？”

舒畅笑着夸他：“果然是江州头号法制记者，马上就能举一反三。我想说的大概就是这个意思。这个解释还算不那么离谱吧。”

“可是有个问题你没解释清楚——窗外的血手印，还有地下室墙上的血手印，这些都是真实存在的呀，并不是幻想出来的。”

“这只能算是我推理中的一个小瑕疵，暂时可以忽略嘛。”

“这是实实在在看得见的，哪能忽略？”

舒畅索性耍起赖皮，“哎呀，我又没亲自去现场看过，都是坐在这里道听途说，能分析到这种程度就算不错了。不是还得继续调查吗，说不定就有新发现了呢。”

“县刑警大队明天一早就会派专业的人过来勘验现场，希望能发现些什么……”老实说，看他们的工作效率，吴凡有点怀疑。

“那你明天还去吗？”舒畅问。

“当然了。这种机会我怎么可能轻易放弃！刑警队他们到时候可能还需要向我和薄处长了解情况呢。”吴凡心里盘算的却是如何能尽可能多地调查一下张星鹏这个人，最好能发现一些与预测死亡的兔子有关的线索，他可不希望张星鹏就这样稀里糊涂地死了。

舒畅很羡慕地看着吴凡，“不用说了，等你采访完这个案子往报纸上一发，百分百能再来一次轰动。什么时候，我能有机会遇到这样的新闻就好了。”

“这样的新闻还是永远不要遇到的好。”

两个人又聊了一会儿，吃得差不多了，便一起离开餐厅，返回了酒店。

他们开了相邻两个房间，一人一间。舒畅似乎意犹未尽，还想再聊一会儿，吴凡已经进了自己房间。

吴凡回到房间第一件事就是给白若琳父母打电话。

上次见面时，白若琳父亲要了吴凡的手机号，也把自己的手机号给了吴凡，让他一有白若琳的信息就转告他们，声称不找到白若琳，他们就不离开江州。

面对这么一对搞不清状况又蛮不讲理的老夫妻，吴凡懒得去理睬，也就没把白若琳出车祸的事情告诉他们，免得他们又闹出什么幺蛾子。

但是现在，他必须确认一件重要的事情。

电话打过去之后，接电话的是白若琳父亲，一上来又数落一通吴凡如何把他女儿拐走，多少年没有音信等等。吴凡上次给他解释的算是白说了。

不过吴凡心里却在想，如果白若琳父母依然认定拐走他们女儿的是吴凡，那岂不是还不知道张星鹏和白若琳的关系？

为了进一步试探，吴凡冷不防告诉白江明白若琳出车祸的事情。白江明就像一点就着的炸药，一下子就爆发了，颠三倒四地骂个不休。

吴凡挂了电话，琢磨了一下谈话内容，觉得白江明夫妇应该还在江州市，而且还不知道白若琳车祸的详细情况。那他们自然也就不存在杀人动机了。至少看上去是这样。

吴凡索性把他们放一边，没精力去想了。今天折腾了一整天，他有些累了。明天一早还要去见薄处长，然后和县刑警队队长碰面，聊案子，估计还得去一趟案发现场。

他去浴室冲了个澡，借着微醺的酒劲儿倒在了床上，很快睡过去了。

吴凡迷迷糊糊中，不知道睡了多久，似睡非睡地睁开惺忪的双眼，发现自己并没有躺在宾馆房间的大床上，而是躺在了冰冷潮湿的泥地上。

棚顶挂着一个昏黄的灯泡，红色的灯丝发出微弱的光亮。

他想坐起来，身上却软绵绵的使不上力气。

他望着拱形的水泥棚顶，还有两侧凹凸不平的红砖墙，隐隐觉得这里有些眼熟。

他正在纳闷，忽然看见一个男人从眼前跑过，差一点踩到他。

男人根本没注意他，东张西望，不知从哪里找出一把斧头擎在手里，一脸凶相地转回身。

他无比紧张，但仔细一看发现男人并没有在看他，而是死死盯着远处通往外面的梯子。

他猛然清醒过来，这里不就是张星鹏的地下室吗？眼前这个拿着斧头的人正是张星鹏本人。

此刻，张星鹏就像是被钉住了似的站在那里一动不动，似乎在等待什么。

突然！

棚顶的灯泡毫无征兆地熄灭了。

整个地下室霎时陷入一片漆黑。

张星鹏惊呼一声，狂躁地在黑暗中来回走动，一阵杂乱声过后，黑暗中亮起了一束光。

张星鹏不知从哪里找到了一支手电筒打开。

他退到地下室尽头，拽过一把椅子坐下不动了，他拿着手电一直警惕地照着入口方向。黑暗中能清晰地听见他急促的呼吸。尽管他什么都没看到，却异常紧张，仿佛能感受到某种看不见的东西正在慢慢逼近他……

就在这个时候，在手电光照不到的黑暗中，忽然传来一阵沙沙的响声，就好像有什么东西正在从泥土里一点点往外挖掘，想要钻出来似的。

张星鹏战战兢兢地把手电转过来，寻找着发出响声的地方。

可是那声音又消失了。

地面依然平整，看不出任何异样。

吴凡能看见张星鹏脸上豆大的汗珠，他心中忽然生出一种说不出来的愉快。预测死亡的兔子原来也有惊慌失措的时候，这个自以为是的家伙也不过是一个普通人罢了。

可是，就在张星鹏寻找着那个诡异声响的时候，吴凡突然发现，在他身后站着一个白色的人形。

那东西又瘦又小，贴墙而立，既不动，也不发出任何声息。

手拿斧头严阵以待的张星鹏却丝毫没有意识到，自己身后多出了一个诡异的东西。

就在他怀疑自己刚才是不是听错时，那沙沙声又再次响起。

这一次竟是从他身后发出的。

张星鹏惊得急忙扭头往身后看。

那个人形悄无声息地向他飘过来，张星鹏似乎想要躲闪，想要用斧头反抗，可是身子却像被某种无形的力量缚住了，非但躲不开，连动都动弹不得。

那个人形慢慢贴在了他脸上，他用力攥着斧头，发出痛苦的哀号，身子却仍然被死死地钉在椅子上，无法挣扎，无法逃避。

手电筒从他手中滑落，掉在泥地上。

张星鹏的惨叫逐渐衰弱，直到再也听不见。

吴凡叹了口气，他只希望这噩梦般的经历早点结束，但是让他万万没有想到的是那沙沙声又再次响起。

那个人形悄然绕过张星鹏的尸体，开始朝着吴凡慢慢移动过来。

吴凡心头骤紧，想要爬起来逃走，身体却不听使唤。

他咬着牙拼尽全力，好容易才坐起来，那东西已经到了他面前。

它瞅着吴凡，慢慢抬起头，近在咫尺，吴凡竟然看见了白若琳的一张脸。

“怎么是你？我怎么会在这里？”

第七章　爪牙

白若琳不说话，嘴角荡着似有若无的笑意，一点点朝吴凡过来。

求生的本能让吴凡猛地从地上站起，一脚踢开白若琳，拔腿就跑，没跑几步撞在了一个东西上，摔倒在地。

一道刺眼的闪光突然射在他眼睛上，把他晃得睁不开眼。

他慌忙用手遮挡，等他慢慢把手放下，冷不防看见张星鹏的尸体正坐在眼前。

他这才意识到，自己摸着黑跑错了方向，刚才是自己一不小心撞在张星鹏的尸体上。

但马上他就意识到不对劲。

他明明记得张星鹏的手电筒刚才掉在了地上，此刻居然又拿在了张星鹏手里。

他疑惑地望着张星鹏的尸体，就在这时，身后幽幽传来了白若琳的声音："主人，既然已经把他带来了，我们如何处置他？"

主人？

她指的主人是谁？

吴凡脑海中刚冒出这个念头，就看见张星鹏的尸体动了，那颗努力看向身后的头也慢慢转了回来。

他凝视着吴凡，脸上带着叵测的笑意，"吴记者，我等你很久了。"

"你不是已经死了吗？我明明看见你已经死了。"吴凡惊骇道。

"你都没看见我身上有伤，怎么就能确定我死了呢？"

难道说这家伙一直装死坐在那里，居然骗过了所有人？

吴凡有些蒙了，张星鹏的话让他难以置信，可这家伙现在确实活生生地坐在自己眼前。

吴凡忍不住问："就算你是装死，那白若琳呢？我明明看见你开车撞了她，她现在应该还躺在江州的医院里，怎么可能完好无损地站在这里？"

"因为你太相信自己的眼睛了。"

"好吧，就算你们是装的，可我是亲眼看见她被送进急救室抢救的。"

"因为你太相信自己的眼睛了。"

吴凡顿时感到背后一阵阴冷，勉强勾起嘴角，"你别告诉我，所有人都在对我演戏，那纯粹是笑话。"

张星鹏微微低了低下巴，"那有什么不可能呢？否则，你为什么会到顺德区来？"

吴凡有点笑不出来了，"难道说，所有这些事都是你们设计好的圈套？就是为了把我引到这里？"

"你果然开窍了。"

"那我为什么还在地下室里，我记得我明明回到宾馆了。"

"你忘了你有梦游症吗？"

"你……你开什么玩笑，我怎么可能梦游到这里，是你们把我绑架来的吧？"

"那有什么区别吗？反正你已经过来了，你也走不掉了。"

吴凡咬咬牙，"那你到底是谁？张星鹏，还是预测死亡的兔子？"

"这两者有区别吗？随便你怎么称呼。"

吴凡心里还有很多疑问，可是一时间不知道该问什么了。

站在吴凡身后的白若琳等得不耐烦，问张星鹏："你想怎么处理他？"

"你说呢？"张星鹏反问，眼睛却平静地看着吴凡。

"干脆埋在这里算了。"白若琳的声音里听不出丝毫感情，就好像与吴凡从来不认识一样。

吴凡咬着牙问张星鹏："为什么要针对我，我现在可以知道原因了吧？"

"我可以告诉你。"张星鹏朝吴凡招招手，"你过来一点，我告诉你。"

吴凡看了一眼一直握在张星鹏手里的斧头，慢慢凑到了他面前。

吴凡一把夺过张星鹏的斧头，顺势绕到他身后，一手掐住张星鹏脖子，另一只手高举斧头。

这一切都发生在眨眼之间，以至于张星鹏和白若琳做不出任何反应。

"如果你敢乱动一下，你的脑袋立刻就会变成两半。"吴凡发出警告。

"呵呵，不愧是Shadow Man的爪牙，下手够干脆。"张星鹏云淡风轻地笑笑，根本没把自己的生死当回事。

吴凡心中一震，"Shadow Man是什么，你是不是知道我的过去？"

张星鹏笑而不语。

"回答啊！"吴凡吼道。

"我倒是不介意告诉你，可惜你已经没时间了。"

"你说什么？"吴凡话音刚落，身子就摇晃了两下。

他低头一看，这才发现腿上不知何时被扎了一根针管，"你……"

"你很快就会失去意识，之后我就会把你埋在这里。"

"到底是为什么？"吴凡用尽全力嘶声大喊。

张星鹏轻轻动了动嘴唇，似乎说了句什么，可是吴凡已经什么都听不见了，他全身抽搐着摔倒在泥土里。

他没想到自己就这么稀里糊涂地掉进了圈套。

难道自己就这么稀里糊涂地被弄死了？

叮咚——叮咚——

门铃声猛然把吴凡惊醒。

他哆嗦了一下，睁开双眼，茫然地看着天花板上的顶灯，缓了一会儿才想起，自己一直都躺在宾馆床上睡觉，哪里都没去，没有梦游，更没有被绑架，刚刚经历的不过是一场噩梦。

自从白若琳出事后，他断断续续地又开始做噩梦，上周他还梦游过一次。

他不敢告诉任何人，只能憋在心里。

门铃还在响，他从床上坐起，让自己冷静一下。刚才的经历实在把他吓得够呛，幸亏这只是一个噩梦，如果真是圈套，那他现在已经是一个死人了。

他不由得打了一个寒战。

预测死亡的兔子对他来说就是一个谜。他不清楚这家伙的身份，也猜不透他究竟想干什么。但他能感受到危险就在他身边。

他不能束手待毙，他一定要做点什么。

不过他回忆着逼真的噩梦，忽然想起来什么。

对了，他记得预测死亡的兔子在梦里曾说他不愧是 Shadow Man 的爪牙。

Shadow Man 是什么意思？

是梦里他脑子胡乱虚构出来的名字，还是从他记忆深处无意中跑出来的碎片？

叮咚——叮咚——

他的思路又一次被门铃声打断，这才起身去开门。

没想到是舒畅。

她刚洗完澡，身上穿着厚厚的浴袍，光脚趿拉着拖鞋，湿漉漉的头发随便一盘，包着一块毛巾。即使隔着浴袍，也能闻到一股好闻的香味。

她现在是完全素颜，也没穿高跟鞋，与吴凡平时熟悉的那位光彩照人的美女记者判若两人，少了几分妖娆华丽，多了些许娇赧丰盈。

“我按得手指头都酸了，你怎么才开门呀！”舒畅嘟着嘴，有些不乐意。

“我刚才有些头晕，眯了一觉。”吴凡解释。

舒畅调笑道：“不会是喝多了吧？你这么大体格，不像是不能喝酒的人啊。”

吴凡敷衍地笑了下，“有什么事吗？”

“我想和你聊聊天行吗？”

“这么晚了聊天？”

“哎呀，现在还不到晚上 10 点呢，哪里晚……”

看吴凡脸上带着不信，她咬了咬嘴唇，有些难为情地说：“其实我听你讲的那些事有点害怕，不敢一个人在房间里。能不能陪陪我啊？”

她也不等吴凡答应，低着头就往屋里钻，吴凡只好往后躲。

舒畅一进屋就打开冰箱，从里面拿出一瓶葡萄酒，“再陪我喝两杯压压惊，我都快吓死了。”

“在餐厅里看你生龙活虎的，聊得不是挺起劲儿吗？还专门给我分析超自然现象呢……”

“快别说了。”舒畅差点把酒瓶堵吴凡嘴里，“那不是人多嘛，有些事情叫细思极恐，就是我现在这样。”她拿出两个杯子，一边往杯子里倒酒一边拍着心口给自己压惊。

“聊点开心的吧。”舒畅把一个高脚杯递给他，自己先喝了一大口，感觉稍好了一点。

“我最近没什么开心事。”

“那就聊点烦心的。聊聊你女朋友吧，你们是怎么分手的？”

吴凡的脸瞬间拉得老长，“我看出来了，你拿我寻开心来了。”

“我是八卦了一点，不过我开不开心不重要，重要的是我能不能让你开心，说说吧，没准我还能为你开导一下呢。”

吴凡一口气喝下半杯，眼前浮现出白若琳躺在马路上奄奄一息的情景。如果真是白若琳抛弃了他，他可以痛心，可以解恨，可是面对一个从来就没爱过自己的女人，他却一点都不开心，也难过不起来。

“是她出轨了吗？”舒畅幽幽道。

吴凡有些诧异地看着她，愠怒道：“你听谁说的？”

“我猜的，女人的直觉啊。”

吴凡没有说话。

“如果要分析一下呢，其实也很容易。你女朋友来过报社几次，我见过她，长相一般，也不像家里有钱。她能找到你这样有才干又帅气的优质男照理说应该很知足了，何况我觉得你对女朋友应该很体贴，也不花心。那么唯一可能出问题的就是女方，唯一可能让你和她分手的原因十有八九就是出轨了。我分析得对吧？”舒畅得意扬扬地说，“你可能还没想明白，她都有你这样的男朋友为什么还要出轨，我猜十有八九那个男朋友远不如你，没错吧？”

吴凡之前确实有过这样的疑问，不过现在这些都不重要了。

“出轨的女人说白了追求的是刺激，这和择偶是两码事。”

“就像潘金莲。”吴凡随口附和。

“潘金莲出轨是不甘心，因为武大郎确实配不上她。但现实中，还有些女人嫁给了西门庆，却非想尝尝和武大郎出轨的滋味。这样的女人就是蠢女人。你永远不要费力去打动一个蠢女人，因为她的智商根本就理解不了什么是爱情……”

吴凡实在不想继续聊白若琳了，有意打断她道："那你说什么样智商的女人能理解？”

“至少是我这样智商的女人啊。”舒畅巧笑嫣然，“你要是我男朋友，我恨不得天天看到你呢。”

“你喝多了。”

“我很清醒。”舒畅醉醺醺地推了吴凡一把，身子顺势软绵绵地倒在了床上。

吴凡想把她拽起来，扶她回房间，可这女人醉得像一摊泥一样。

吴凡脑子也有点发晕，便坐在床上打个盹，不知不觉竟睡着了。

这一觉睡得昏昏沉沉，他做了很多稀奇古怪的梦，有白若琳，也有付雪晴。

他梦见的付雪晴不知怎么，矜持克制全都不见了，她笑得像一只小狐狸，用那对妩媚的眼睛勾魂似的紧紧地盯着他，她突然就滑进他怀中，吻他、咬他。他想躲，却发现双手双脚都被手铐铐着，只能任由她放肆。

“我想你……”他听见付雪晴咬着他的耳朵喃喃低语。

他努力睁大眼睛，忽然看清楚了这个放肆的女人，居然是舒畅。

“你……你……”他想推开舒畅坐起来。

舒畅把他按在床上，温柔地说："你什么都不用做，只要享受就够了。"

到底是享受还是煎熬吴凡自己也说不清，他只是感觉脑子混混沌沌，身体里像有团火在烧……

当吴凡一觉醒来，才发觉明亮的阳光从窗帘的缝隙间透了进来，他起身走到窗前，拉开窗帘才知道窗外早已艳阳高照，猛然想起今天还要去交警队和薄处长碰面，他们约定的时间是早上 6 点，现在岂不是晚了？

他去找手机的工夫，一低头才发现自己竟然没穿衣服，吓得他急忙从床上拽过被单把自己裹上。

脑子里忽然闪过几幅少儿不宜的画面，画面里的女主角居然还是付雪晴。

不会吧，难道是真的？

他暗暗告诉自己那都是他梦见的。

他打了个冷战，必须把这个秘密烂在心里。

吴凡终于在床头柜上找到了手机。一看时间已经是 11 点了。薄处长没给他打电话，估计是早就出发了。

手机里有一条短信，是舒畅发来的。

吴凡点开短信一看，只有一句莫名其妙的话——昨晚喝酒时不小心把东西落在你屋了，找到以后帮我收着啊。

吴凡莫名其妙，舒畅也没说让他找什么东西。

他四周看了一圈，无意中发现被子里露出一个紫色的花边。

他伸手把那东西拽出来，竟然是一条紫色的内裤。

他像被咬到似的急忙把内裤扔掉，抄起手机给舒畅打电话，舒畅很快就接了。

"我床上那个紫色的……是你的？"

"果然是在你那啊，我早上没找到。"舒畅声音里带着愉快，好像根本没有当回事。

"你的东西怎么会在我这里？"吴凡怒道。

“这应该问你自己啊，怎么，难道你忘了昨天晚上都干过什么了吗？”

“我昨天晚上什么也没干啊。”

舒畅幽幽叹口气，“你们男人啊，都属猫的，偷完腥就跑。好吧，为了帮助你回忆一下昨晚的浪漫时光。我先送你一份礼物……”

“你什么意思？”

舒畅也不回答，挂了电话，然后给吴凡发了一个链接。

吴凡点进链接发现是一个视频，打开视频的瞬间他还以为是一部电影呢。可等他看清楚那个狂野撒欢的美女就是舒畅，而躺着的男人就是他自己时，一下子就呆住了。

吴凡气愤地抓起手机又给舒畅打电话，“你到底什么意思？”

“没什么意思啊，那段视频我放在私人网盘里了，放心吧，有密码的，别人不会知道。”

“我是说我们俩怎么可能那样，我不是那种人啊。”

“行啦，别解释了，我又没怪你。”舒畅倒显得很大度，“晚上等我回来吧，我现在很忙，没时间跟你多说……”

这时候，电话那头传来薄处长的声音：“舒记者，你过来一下，我和你商量点事。”

“好的，马上……”

吴凡惊讶地问舒畅：“我怎么听见了薄处长的声音，你现在在哪？”

“我和薄处长在一起呀，你今天起床太晚了，我看你睡得沉，不忍心叫你，就替你来采访了。行了，不说了，我要忙去了。”

舒畅挂了电话后，吴凡嗅到了一股浓浓的阴谋味。

他从来没告诉过舒畅自己今天早上要和薄处长见面，她是怎么知道的？再说他一向都是守时的人，还特意设了闹铃，怎么可能睡得这么死？

结果他一检查才发现，自己设的定时铃声被关了，再一想昨天晚上的经历，已然明白了。

直到晚上，舒畅才回到宾馆，兴冲冲地来找吴凡。

吴凡一整天都没离开房间。

“哇，亲身经历和听说就是不一样啊。”舒畅神采奕奕地对吴凡说，“当我钻进那个地下室以后，都快要吓死了。我当时差点哭了呢，你说我要是当着那么多人的面真哭了，那得多丢人呀……总算没白跑一天，我又累又饿，咱们去吃点东西吧，你想吃什么，我请客……”

吴凡坐在椅子上没搭理她，表情冷漠。

“怎么了你，见到我还不高兴吗？”舒畅笑吟吟地走到他身边，自然而然地伸手摸了一下吴凡的脸，“对了，人家的东西你帮忙找着了吧？今天早上没找到把我急坏了，没办法，只好硬着头皮就这样去了，凉飕飕的总想上厕所。你不知道，我都害羞死了。”

她一边笑着还故意转了个圈，似乎要让吴凡看到她今天穿了一条短裙。

“你平时出差只带一条内裤吗？”吴凡冷淡地回了一句。

“人家这次是着急嘛，忘记带了。要不一会儿用完晚餐，你陪我去商店选两条吧，不过你还是先把那条还给人家。这样子站在你面前，有点不好意思呢。”

吴凡冷眼瞧了瞧她，“你是不是一直觉得自己很聪明？”

“我怎么听不懂你在说什么呢？”舒畅一脸困惑。

“昨天晚上你突然跑到我房间里要我陪你喝酒，是不是在酒里放东西了？”

舒畅露出一丝狡猾，娇嗔道：“你是不是占完人家便宜就想赖账啊。你昨天欺负人家的时候，可是死死抓着人家不放呢。”

她笑嘻嘻地走过来，想往吴凡腿上坐，被吴凡抬手挡住了。

吴凡正色道：“你忘了我可是专门采访杀人案的，和最狡猾的凶手都打过交道，你这套小孩子的把戏我会看不出来吗？你先找机会给我下了药，和我发生关系堵住我的嘴，再关了我手机的闹铃让我睡过头，你就可以名正言顺地代替我去采访案子了。我没说错吧？”

舒畅脸上的笑容顿时消失了，扬了扬尖尖的下巴，挑衅似的说：“你这个男人太没情趣了，就算占了便宜不想负责，也犯不上找这样一个牵强的理由吧。我对那个案子充其量只是好奇，也犯不上费这么大劲非要亲自去看吧，再说我采访一个杀人案有什么用？你是法制记者，我又不是。”

吴凡悠悠道：“我听说你的‘风云人物’专栏因为拉不到赞助，郭大头要把它关了。你最近好像准备新开一个专栏叫‘异闻诡事’吧？昨天晚上听我聊了张星鹏的离奇死亡，你觉得这个新闻素材很吸引人，要是能把眼前这起诡异的案子添油加醋地发表在你的专栏上，或许也能引起不小的凡响呢。可是警方那边只允许一个记者到场，你便要了这么一个小手段。为了安抚我，甚至不惜出卖自己的名声。”

吴凡一席话让舒畅愣怔了半晌，一张瓜子脸气得一阵青一阵紫，她冷笑道：“你还真是不解风情的男人，即便我真是这么想的，也没必要说得这么难听吧！像我这样的女人，你知道有多少人追在屁股后面讨好我吗？我要真是像你说的那样不值钱，早就开跑车住别墅了，还会拿自己换这么一个破采访？”

吴凡走到床边拿起舒畅的丁字裤递给她，“那我还真是错怪你了，我也觉得你这次的买卖是亏了。”

“吴凡！”舒畅气得直跳脚，“好，既然你是大侦探，明察秋毫，那你怎么就不想想，我为什么要尽心竭力帮你？你就不想想，我这两天几乎一直和你在一起，哪有时间去买什么药，难道我吃饱了没事还会带这东西出差？”

吴凡点点头，“好吧，看来你不是吃饱了撑的，你本来就打算亲自去采访这个案子。是我太斤斤计较。”

“我说的不是这个意思。”舒畅跟被人踩了尾巴似的，气得直翻白眼，“我对你怎么样你一点看不出来吗，你难道对我就一点想法没有？我不比你那个前女友强多了？这件事我知道我有点过分，我想过你可能会生气，但我也愿意补偿你，哪怕你逼我做你女人，你也不吃亏啊……”

吴凡用手指头挑着内裤，在舒畅眼前晃晃，“我看你一直在来回蹦，你是不是冷，还是赶紧穿上吧。”

“喂，你……”

两个人正纠缠不清呢，这时候忽然有人推门进来了。

来人看见吴凡手里拿着的内裤，还有舒畅红着的眼眶，一时间愣在了原地。

吴凡看见来人也愣住了。

怎么是付雪晴?

她早不来晚不来，偏偏在这个时候来。

要说舒畅这个“名记”可不是白叫的。她几乎背对门口，只是用余光瞄到了付雪晴，但她反应最快，装作什么都不知道，一下扑进了吴凡怀中，顺势拽着他倒在床上，让吴凡压在了自己身上，还故意娇滴滴地说：“讨厌啊你，快把人家压死了。看你性急的，上来就拽人家内裤，快还给我！”

吴凡想爬起来，却被舒畅搂住了脖子，刹那间，吴凡就变成一个手拿丁字裤，压在美女身上的大色狼。

付雪晴卡腰站在他们身后，冷冰冰地打断道：“拜托你两个在旅馆里能不能把门锁上，或者挂一个‘请勿打扰’的牌子啊？”

舒畅似乎这时候才看见付雪晴，吓得一边惊叫，“怎么还有人？”一边惊慌失措地遮挡自己已经走光的短裙。

吴凡好不容易挣脱了舒畅，有点心虚气短地问付雪晴：“你怎么找到这里的？”

“我今天见过交通队的薄处长，是他告诉我的。”付雪晴顿了顿，打量着这两个衣冠不整的人，“他顺便还告诉了我点别的，我当时还不相信，这么一看居然是真的……”

吴凡怒问舒畅：“你都跟薄处长说什么了？”

“我什么也没说啊，可能是他自己看出来了吧。”

吴凡急忙朝付雪晴挥手解释：“薄处长肯定是误会了，事实不是你想的那样啊，我没想对她怎么样，误会，都是误会……”挥了两下才发现，自己手里还攥着舒畅的内裤，急忙扔掉。

付雪晴翻了一个白眼，“是不是误会跟我无关，你自己开心就好。我就问你，你从江州大老远跑到这里，就是为了陪你的新女朋友？”

“新女朋友？”吴凡瞅了一眼恬不知耻，还在那儿装害羞的舒畅，忙对付雪晴说，“她可不是我女朋友啊，我过来也不是因为她。”

“他对我还是考验阶段。”舒畅柔声细语地补了一句。

“哦，那就是干柴烈火哈，考验合格了吗？”付雪晴不无嘲讽地看着吴凡，“我好容易为你争取到了一次过来查案的机会，没想到你却跑到这里快活。那也罢了，你就当是来度假吧，顺便问你一句，你胳膊的伤好了吗？”

吴凡还真把胳膊这茬给忘了，摇晃了两下右臂，“似乎不那么疼了。”

付雪晴撇撇嘴角，满脸鄙视，朝舒畅挥挥手，“干得不错，你都能给他治病了。”转身出了房间，砰的一下把门关上了。

舒畅欣喜地问吴凡：“我真的把你胳膊治好了？”

“你听不懂？”

吴凡急忙推门追出去，喊住付雪晴。付雪晴转回身，没好气地问：“你干什么？”

“我想问问，明天我能不能跟你一起去查案啊？”

“不能！”

“你生气了？”

“我犯得着为你生气？”

“你没生气的话，我们就照旧合作呗。”

“想得美！”付雪晴拔高了分贝，大步离开了。

吴凡这时候感觉受伤的胳膊又开始疼起来。

他垂头丧气地回到房间，见舒畅正靠在门口，饶有兴趣地瞧他俩吵架。

他没好气地说：“看什么看，都怪你给搞砸了！”

舒畅不以为意地笑笑，“我看她瞧见咱俩在一起，好像很生气呢。莫非她也喜欢你？”

第八章　天方夜谭

“瞎说，人家有男朋友，都快结婚了。”

“是吗。”舒畅歪着头又仔细打量吴凡，“那你呢？”

“我什么？”

“你不肯接受我这个大美女做女朋友，就是因为她？”

吴凡愣了愣，气急败坏道：“别胡说八道了，没有的事。”

“那我再抚慰一下你……”她饥渴似的又贴上来。

吴凡一瞪眼，“趁我没发火之前赶紧回你房间去，把你那条用来嫁祸我的内裤也带走！”

舒畅耐人寻味地瞅了他一会儿，忽然搂住他脖子在他嘴巴上强吻了一下，然后笑嘻嘻地逃了，“你真是个很有趣的人，我越来越喜欢你了，如果那位女警官真和她男朋友结婚了。你到时候不妨考虑考虑我啊。”

吴凡叹口气，也懒得去想她说的是真话还是假话。

他现在想找的不是女朋友，而是预测死亡的兔子。

可是案子刚刚查了一个开头就让舒畅给搅黄了，付雪晴也跟他翻了脸。

之后的三天，吴凡成了一个闲人，整天不是待在旅馆里看电视，就是出去逛街。偶尔能干的就是打开电脑，上网查查“Shadow Man”。

这是他在噩梦中回忆起来的一个古怪单词，醒来之后反复回想，似乎有几分熟悉，但又实在想不起这个词究竟有什么含义。

在梦里，预测死亡的兔子称吴凡是 Shadow Man 的爪牙，吴凡不清楚，这究竟是梦境虚构的，还是潜意识在暗示什么。

他打电话给陆恒，没敢直说，只是含混其辞地问他梦里什么可信，什么不可信。

陆恒给他解释道：“这个可就难说了。梦这东西本身就是真真假假，虚虚实实，有时候荒诞不经，有时候宛如真实，既可能是你内心压抑的欲望虚构出的场景，也可能是你曾经经历过的事情被解构重组。反正是信则有，不信则无。如果实在放不下，那就找你梦里印象最鲜明的东西，那或许就是你最在意的，不管用什么办法，查查也好，联想也罢，好好想想吧……”

吴凡听得似懂非懂，似乎开了点窍。

这时候，陆恒话锋一转，随口问了一句：“对了，我听欧阳姗姗说你出差了。真是巧了，付雪晴这两天也出差。你俩该不会在一起吧？”

吴凡听他语气平静自然，却透着一股试探的意味。

都怪欧阳姗姗那个熊孩子三番五次搞事情，搞得他和付雪晴像真有什么似的。

吴凡担心陆恒多心，只好随口编了一个地方。

陆恒倒也没多问，两个人闲聊几句挂了电话。

吴凡想想陆恒说的话，干脆上网去查“Shadow Man”这个词，结果什么都没查出来。无论是人物、地名还是组织，没有任何能与之相关的线索。查了大半天一无所获，他也只好放弃。

他心中隐隐期待着付雪晴来找他，与其这样整天无所事事地待着，还不如给他找点麻烦消磨消磨时间呢。

可是这个倔妞似乎跟自己较上劲了，连个短信也不发。

吴凡心里还纳闷，自从救了她之后，她怎么反倒愿意跟自己闹别扭了。之前是因为他和白若琳分手，现在是因为他和舒畅擦枪走火，说起来哪件事都和她没关系吧，这发的到底是哪门子邪火？

而舒畅更识趣，这两天连人影都看不到了，也不知道是有意躲着吴凡，还是忙得不亦乐乎，吴凡想打听点消息都没机会。

就这样一直待到第四天，吴凡刚刚吃过晚饭回到房间，忽然响起一阵急促的敲门声。

他开门一看是舒畅，一反常态穿了一身冲锋衣，满脸疲态地站在门口，显得心神不宁的。

吴凡上下打量她，问她有什么事。

“我想到你屋里待会儿行吗？”舒畅问。

“你不是又想打什么算盘吧？”

“不会的，我只是待一会儿。”她可怜巴巴地望着吴凡，一把抓住他的手，生怕他把门关上似的。

她抓住吴凡手腕的一刹那，吴凡感觉她的手冰凉冰凉的，再看她脸色发白，嘴唇都是紫的，似乎还在微微打着哆嗦。

“你很冷吗，是不是发高烧了？”吴凡不能见死不救，把舒畅拉进房间，打开自己的行李箱给她找药。

“你不用找了，我没生病。”舒畅说。

吴凡疑惑地看着她，感觉她好像变了一个人似的，“你到底是怎么了？”

“我想喝点酒。”舒畅所答非所问。

吴凡越发搞不懂她到底想干什么，难道还想把自己灌醉？

看着又不太像。

“那你等一会儿，我下楼去给你买。”

还没等吴凡抬腿，舒畅像屁股底下有根针似的从床上跳起来，急忙拽住了吴凡胳膊，“你哪都不要去，叫前台送吧。”

吴凡疑惑地点点头，用客房电话叫了餐，顺带着要了一打啤酒。

很快酒和菜都被送上来。

舒畅也不说话，拿出一罐酒打开，仰脖一口气喝光，接着又打开一罐，完全没有了以往的做作。

“你这到底是怎么了，突然这么爷们儿？”吴凡随口开了一句玩笑。

舒畅一口气喝下三罐酒，她的脸色微微泛红，不像刚才一点血色都没有。

她抬起脸，神色古怪地盯着吴凡瞅了一会儿，忽然问他：“吴哥，你相信这个世界上有鬼吗？”

“这算什么问题？”吴凡哑然失笑，“你不会是这几天跟着警察一起查案子，吓到了吧？这可是你自找的，怎么样，好玩吧？”

“我是认真的，你就回答我，你相信这个世界上有鬼吗？”

“我也不知道我信不信。不过你头些天那套女鬼杀张星鹏的分析说得头头是道，我觉得要是发表在你的新专栏上，肯定能聚集一大群‘鬼粉’。保准比我写的凶案系列火。”

舒畅似乎没心思听他调侃，神色凝重地说：“我当时只是随口说说的，谁也没有亲眼见过，可是万一……万一真的有鬼，如果是你，你该怎么办？”

“那我就离它远点，我不招惹它，它应该也不会招惹我吧。”

舒畅有些失神地看着桌上的那些小菜，若有所思地喃喃道：“不招惹它就没有问题了，是吧……”

“喂，你今天到底是怎么了，不会是看到那些埋在地下室里的尸体吓着了吧？来，我陪你喝点酒压压惊。”

吴凡拿出两罐啤酒打开，递给舒畅一罐，舒畅接过来就往嘴里灌。

两个人一口气把一打啤酒全喝光了，舒畅醉了，嘟嘟囔囔听不清在说什么，一头栽倒在吴凡床上睡了过去。

吴凡脑子还算清醒，他掏出手机给付雪晴打电话，可是付雪晴没接，他只好给付雪晴发了一条短信，说他有急事找她，想和她见一面。

过了不长时间，付雪晴给了回了一条短信，上面写了一个地址。

吴凡离开宾馆，打了一辆的士，找到了付雪晴所住的公安招待所。

他到了之后又给付雪晴发了一条短信，问她在哪个房间。

付雪晴回复道：“想得美，楼下等着吧。”

吴凡纳闷，这女人什么意思，我啥也没想呀。

过了五分钟，付雪晴从楼里出来了，还是冷冰冰一副表情，连点笑模样都没有。

“有什么事就在这里说吧。”付雪晴爱搭不理地说。

“路对面有个快餐店，咱们不如去那里吧。”

“找我就这事？”付雪晴眉梢一挑，就要发作。

“你这不是公安招待所吗，我怕你们一个系统的民警同志看见咱俩在一起。”

“这有什么？”

“你想啊，万一有闲言碎语传到江州呢。我之前刚救过你，咱俩现在孤男寡女跑到外地。我先来，你随后，难免会让人觉得你对我动机不纯。要是让你男友知道会怎么想，让你老爸知道会怎么想？”

“瞧你这弯子绕的，谁闲的没事会传这种闲话。我对你动机不纯？笑话！”付雪晴哼哼着，表示满不在乎，顿了顿又说，“去快餐店坐坐也好。”

两个人进了快餐店，找个空桌坐下。

吴凡要了两杯可乐。

付雪晴问：“你到底什么事，现在可以说了吧？”

“我想打听打听舒畅，你们这些天应该一直有接触吧，她一切还正常吗？”

付雪晴撇撇嘴，“我还以为是什么事，闹了半天是为她。你还真是暖男，刚交往上的新女友就知道心疼了。不过话说回来，你问我还不如直接问她呢，你们天天晚上能见面，还用得着问我？”

“我都说过我和她不是什么男女朋友，我们也没那么熟悉。一连好几天没见面了，今天她回来以后突然来找我，感觉不太对劲，净说一些稀奇古怪的话。现在喝醉了，躺在我房间睡觉呢，我也没法问她。”

“原来是这样……”付雪晴叼着吸管，露出耐人寻味的表情。

“哎，你别误会啊，我和她真的什么事也没有。上次纯粹是个误会，她往我酒杯里下了药，我完全是被迫的。”

付雪晴差点把吸进嘴里的可乐喷出来，“原来你还是个让女人疯狂的香饽饽啊，为了得到你这么不择手段。那你真得小心点了。”

“我说的全都是真的，你别总是冷嘲热讽好不好。”

“真的假的跟我有什么关系，你想交什么样的女朋友我管不着，也不感兴趣。”付雪晴立马又板起了脸。

吴凡举手投降，“咱俩不说别的了，就说案子好吧。你们这几天有什么新发现没有？”

付雪晴确实也想找人聊聊案子，便靠在椅背上，坐了一个比较舒服的姿势。

“我不知道你对这个案子了解多少。这几天我和太平县公安局的人一直在张星鹏家调查，初步认定我们发现了一起特大连环杀人案。”

“你们在张星鹏的家发现了不止一具尸体？”

“嗯，都是在地下室里发现的，这几天陆陆续续一共挖掘出了九具尸体。”

“这么多？”吴凡十分吃惊。

他想了想后问付雪晴：“我在张星鹏的衣柜里看见过好些女人的衣服和鞋子。我记得一共是五套衣服，五双鞋。不少连环杀人犯都有收集战利品的嗜好，这些战利品可能是被害人的衣物，甚至是被害人的某个身体部位，保存这些东西可以唤醒凶手在杀人时所感受到的刺激。我当时猜测只有五具女人尸体……”

“我们挖出的不只有女尸，还有男尸。”付雪晴想了一下，“不过其中女人的尸体好像确实只有五具。”

“原来是这样。”吴凡恍然，“这样倒有一种解释——凶手的杀人目标不只有女人，但是只有遇到女性目标时，他才会保留女性衣物作为收藏。这种作案模式倒是不常见，想要弄清楚就得深入了解。你们对这些被害人的身份有了解吗？”

“目前还没有发现任何能证明被害人身份的线索。凶手把被害人的身份证件、手机这些常用的东西全部销毁了。”

“这个也并不意外，总会有其他渠道吧。看被害人腐烂的样子应该失踪时间不短了，家属肯定会报案的，可以从失踪人口入手看看……”

付雪晴白了他一眼，“拜托，你以为这是在江州刑警队呢。我现在就和几个二把刀在一起查案。太平县的这些警察一点经验没有不说，干活还慢吞吞的。别说才过去四天，就算过去一个月也不一定就能查明白。我下一步准备把田鹏刚叫过来进行尸检，太平县法医的能力我实在不放心。”

“那你们对凶手总有些想法吧？”

“这个啊，我和太平县那些警察初步认为凶手就是张星鹏。他把家里的地下室扩大了好几倍，这就是最大的疑点。再加上我们对这个人的调查，他十有八九就是凶手。

“你对这个张星鹏都了解到什么了？”吴凡马上迫不及待地问。这才是他最想知道的。

“这个人是当地人，镇子里那套院子就是他老家，幼时父母双亡，一直住在市里的姑姑家，由姑姑抚养长大。没有什么正当职业，最近几年一直靠开黑车和出租姑姑的房子为生。他姑姑七年前就去世了，姑父去世得更早，两个人没有孩子，张星鹏理所当然成了唯一的继承人。”

“那么张星鹏的作案时间你们有估计吗？”

“我怀疑他就是在开黑出租这几年作案杀人的。”

“依据呢？”

“这个人早些年可没有这么‘低调’，他的经历简直就是一部犯罪史。从十三岁进少管所开始就是监狱的常客了，二十二岁那年因为抢劫判了五年，二十七岁放出来刚半年又因强奸加伤害，被判了十一年。直到三十八岁刑满释放一直到现在，他差不多消停了五年。不过现在看来只是这家伙变得更狡猾了，他的犯罪手段也升级了。”

吴凡暗想，白若琳父母说他们的女儿也失踪了几年，这么看倒是与张星鹏的“低调期”吻合了。白若琳很可能和这个男人同居过一段时间。难道她对这个男人产生过什么影响？

他正琢磨着，付雪晴忽然想起来什么，“我还有一个很有意思的发现。我在张星鹏的卧室墙上，居然看见了不少他和白若琳的合影。这两个人的关系明显不一般，这里面应该就隐藏着张星鹏开车撞她的原因。”

“你不用费劲措辞，直接说他俩是情人就得了。没准白若琳对他的感情比对我深多了。所以张星鹏因情生恨，才想开车撞死她，你不就是想说这个吗？”吴凡平静地说道。

“看来你已经都知道了。”付雪晴显得有些无趣。

“除了这些之外，张星鹏还有没有其他的可疑之处？”

“你是指什么？”

“你忘了吗？我们这次来查张星鹏，不只是想知道他为什么开车撞白若琳。我们还想知道他和预测死亡的兔子之间究竟有什么牵连，哪怕是任何一个疑点也好。”

“我当然没忘。”付雪晴正色道，“我告诉你的这些就是我目前掌握的关于张星鹏的所有信息。至于警方对预测死亡的兔子全部的了解也只是依靠你的犯罪侧写，你是最了解他的人，你可以把他和张星鹏做一个对比，看看有没有什么相似之处。”

吴凡略显无奈，“张星鹏的信息还是太少了，我对这个人的知识水平，思维模式知之甚少，没法做出准确的判断。”

“张星鹏家我都检查过了，包括他在城里的出租房。这个人十分的谨慎，在他家里找不出任何可疑的东西，像作案工具、作案计划等全都没有。他表面上看起来就像一个再普通不过的人，除了那些尸体，仅存的作案证据大概也就是那个秘密地下室以及衣柜里那些被害人的衣服了。不过话说回来，即便这个张星鹏就是预测死亡的兔子，现在他人已经死了，你还不如想想究竟是谁杀了他呢。”

吴凡想了想，反问：“你有什么看法吗？”

付雪晴不禁叹口气，脸上现出一丝异样，“你应该也见过张星鹏的尸体了，你见过有死成那样的人吗？还有那些血手印是怎么回事？如果那些手印是凶手留下的，那就更不可思议了，那些手印比我的手还要小，那分明就是一个女人或者小孩子的手，看身高也不高。这样一个人如何杀得了身体健壮手里又有斧头的大男人呢？何况张星鹏本人就是连环杀人犯，心理素质和手段肯定超过正常男人吧，怎么还会被杀？真是百思不得其解。”

“最不可思议的是，这个凶手好像还会穿墙术似的。你说她是如何做到的呢？”

“有鬼。”

吴凡没想到付雪晴会冒出这种话，“你也相信这种解释？”

付雪晴摆摆手，“我就说嘛，那个姓苏的女记者一上来就喋喋不休什么超自然现象，合着半天是你在妖言惑众。”

“这可不是我说的，是她自己猜测的。舒畅最近想开一个新专栏叫‘奇闻诡事’。她觉得这个鬼气森森的案子挺合适。万一你们真能把‘鬼’找出来，那她就大火了。”

“哼，我从来就不相信什么鬼作案。那不是天方夜谭吗？”

“话是那么说，但是眼前这种诡异的疑点，你也都看见了，总该有一个合理的解释吧。你想到什么解释了吗？”

付雪晴摇摇头，瞅了瞅吴凡，“这么说，你也相信这个案子里隐藏着什么超自然的力量？”

吴凡没有回答，或者连他自己也说不清，他对付雪晴说：“舒畅这个人其实挺干练的，在新闻界的名气比我大多了。我还从来没见过她这么反常呢。你这几天没注意到她有什么异常吗？”

付雪晴啜了口可乐，“我觉得她这个人就很异常。超喜欢出风头，动不动就我行我素的，好像忘了自己是干什么的……”

吴凡也不好插话，女人如果对女人有成见，聪明的爷们儿一般都会选择闭嘴。

付雪晴又往下说：“不过我今天没看见她，她根本就没去案发现场。”

“没去？”吴凡一怔，“你是说她一天都没去？”

“不只是今天，她这两天都没去，我还以为你们两个出去玩了呢。”

“我这两天都待在宾馆里，根本就没看见她。她今天傍晚突然过来找我，看着十分疲倦，精神状态特别差，像是受了什么刺激。我还以她看见那些被害人尸体吓到了呢。”

“她早就看见过被害人的尸体，看起来还挺正常啊。”

“是吗……”听付雪晴这样一说，吴凡更觉奇怪。这个舒畅失踪了两天，到底干什么去了呢？

付雪晴这时候似乎想起来什么，“对了，有件事我得跟你说说。你回去以后问问舒畅，她是不是从案发现场拿走了什么东西。如果拿了的话，让她尽快还回来。”

“她拿了什么东西？”吴凡忙问。

“前天有个警察看见她钻进张星鹏的车里乱翻，似乎拿了什么东西，发现被人看见了，还有点惊慌。那个警察说了她两句，她却根本不承认。今天那个警察随口向我提到了这件事，我还正想找机会和舒畅聊聊呢，案发现场的物证怎么能随便乱动，她要是真拿了什么，最好还回来。说不定对破案有帮助呢。”

他们正说着，吴凡手机响了，他掏出手机看了一眼。

付雪晴露出耐人寻味的笑容，“是舒畅吧。你才出来这么一会儿就着急了？”

还真让付雪晴猜对了，确实是舒畅打来的电话。

吴凡接了电话，那边传来舒畅颤颤巍巍的声音：“你怎么走了啊，你在哪？”

“哦，我去外面办点事情，一会儿就回去。”吴凡忽然感觉对话的语气还真有点像处对象，连忙清清嗓子，很严肃地说道，“既然酒醒了，你先回自己房间吧。别忘了把我房门带上。”

“我……不敢回去……停电了。”

“停电了？”吴凡还头一次遇上旅馆停电。

“你在哪儿啊，能不能快点回来？”

“这个啊……”吴凡偷眼瞅瞅付雪晴，“我还得等一会儿。”

舒畅忽然带着哭腔说：“我不能等了，我感觉房间里还有别的东西。”

“别的东西，什么东西？”

“我不知道，但我能感觉到它……它碰了我一下……”

“你还真能开玩笑，还能是闹鬼了吗？”

“你别说了。”舒畅吓得急忙打断，“你现在在哪儿啊，干脆我去找你吧。”

“这不太好吧。我正和人家谈事情呢。”

付雪晴这时候插嘴道：“你女朋友是想过来吗？那你就告诉她地址吧。”

吴凡咽了口唾沫，也不知道付雪晴这是唱的哪一出，只好告诉舒畅自己在公安招待所的对面。

舒畅没有犹豫地说："我现在就开车过去找你，千万别离开啊。"

吴凡放下电话，付雪晴说："你这位新女友还挺黏你的嘛，怎么，害怕你大晚上出来拈花惹草啊？"

"你别开玩笑了，不是你想的那样，舒畅现在有点疑神疑鬼的，刚才又喝了不少酒，脑子不清醒。你既然不反对她过来，那你就顺便吃点东西，咱俩边聊边等。"

付雪晴确实还没吃晚饭，吴凡给她叫了一份快餐。付雪晴一边吃着一边闲聊，可是直到这顿饭吃完了，舒畅也没到。

吴凡嫌她太磨蹭了，给她打电话，可是没人接听，不禁抱怨道："搞什么名堂嘛，从宾馆到这也没多远。都快一个小时了她还没到。"

"要不你还是回去看看吧。也许她刚才只是催催你，还在宾馆等着呢。"付雪晴说。

又等了一会儿，舒畅还是没来，手机也没有接听。

吴凡只好和付雪晴告别，先回了宾馆。

回到宾馆时已经来电了，吴凡乘电梯上到6层，回到自己房间。

吴凡进门后发现舒畅并不在房间里。

他转身出来，来到隔壁舒畅的客房，按了半天门铃，依旧没有人开门。

他疑惑地回到自己的房间，坐在舒畅趴过的床上，心想难道和舒畅走岔了，她已经去了快餐店？

他掏出手机又打电话给舒畅，可舒畅还是没接。

无意中他的目光落在了地毯上，不由自主地放下手机。

地毯上的一些土渣引起了他的注意。

他弯腰从地上捡起一个较大的土块，用手慢慢捻碎，黑黑黄黄的，还有些潮湿，像是鞋底带进来的泥。

他看看自己的鞋底很干净，心头微微一动，莫非这些泥土是舒畅进屋时带进来的？

她这两天没有和付雪晴在一起，莫非是独自去了什么地方？再想想她颠三倒四说的那番话，吴凡越发感觉这里面有文章。

他决定马上找到舒畅问清楚缘由，心里这样想着，忽然又想起一个细节。

刚才舒畅给他打电话，说她要开车来找吴凡，可这里是顺德区，舒畅根本就没开车过来。吴凡实在想不出她从哪里弄来的车。

假如舒畅真有车，肯定会停在宾馆的停车场里吧。

于是吴凡出了房间，坐电梯下到负一层，拐过走廊来到了地下停车场。

现在已经是午夜时分。

地下停车场寂静异常，快到寿命的白炽灯昏暗到不行，有些老旧的灯管在不停地跳动，发出单调的电流声。

零零散散的车辆四处停放，叵测地隐藏在大大小小的暗影中。

独自一人深更半夜走在这里还真有点瘆人。

吴凡并不清楚舒畅开的是什么车，不知道是直觉还是什么，他掏出手机给舒畅打了一通电话。

手机的铃声突然在远处响起。

吴凡心头一震，拔腿就朝铃声响起的方向赶过去。

声音是从一个巨大的水泥柱后面传来的，那里停着一辆红色的广州本田。

驾驶室的车门开着，舒畅就坐在车里，当吴凡走到她近前，突然被吓住了。

一股寒气从脚底直蹿头顶。

舒畅死了。

死相十分恐怖。

她一只手拿着车钥匙刚刚插进钥匙孔，另一只手抓着车门，那副姿态好像马上要关上车门开车离开。手机就放在中控台上兀自地播放着来电铃声。

她的脸诡异地看向左侧，恰好是吴凡所站的方向。

一双眼睛瞪得巨大，白眼球几乎全部暴露在外面，嘴巴张着，朝一侧歪斜，让原本漂亮的一张瓜子脸呈现出离奇惊悚的表情。

第九章　舒畅的尖叫

吴凡呆呆地望着舒畅，一时间还未从震惊中回过神来，舒畅那双眼死死盯着他，似乎在瞅着他身后，就仿佛吴凡身后隐藏着什么似的。

吴凡急忙转身看向身后，什么也没看到，却还是吓出了一身冷汗。

在午夜，独自面对这样一具恐怖的女尸，心脏不好的人估计能活活吓死。更恐怖的是，吴凡比起其他人，对这具女尸了解得更多一些。

直到现在，吴凡都有些不敢相信之前还一起喝酒聊天的舒畅会死，而且会以这种熟悉的方式死。

当吴凡看见舒畅尸体的第一眼，马上就联想到了张星鹏。

这两个人死亡时的神情实在太像了。

难道是同一个凶手所为？

杀死他们的原因又是什么？

吴凡忽然意识到，这两起诡异的案子有太多说不通的地方，如果是连环杀人，那就更说不通了。

他把挂着右胳膊的绷带拽掉，抡了抡胳膊，也不管伤口还疼不疼，他已经顾不上那么多了。

他不确定杀死舒畅的是不是她口中的那个“东西”，他更不确定那“东西”是不是还藏在附近，他必须准备好随时反击，不想像舒畅这样不明不白就死了。

他强迫自己冷静下来，用犯罪侧写师的眼睛观察这个死亡现场。

吴凡先观察了一下周围，确定没有危险，也没有发现监控摄像头，这让吴凡放心不少。

他绕着轿车走了一圈，光滑的地面上并没有发现明显可疑的脚印。他拉开后车门，坐在后座往前看了看舒畅尸体的位置，感觉也不像是有人从后面动手袭击的。

他最后检查了舒畅的尸体。为了不给自己找麻烦，他检查得小心翼翼，尽量把一切保持原貌，还要避免留下指纹和头发之类东西，免得自作聪明，反而把自己变成犯罪嫌疑人。

他尤其留意了舒畅脚上的鞋子，果然不出他所料。舒畅的鞋底沾满了泥土，踩得车垫上到处都是。看来她这两天肯定是去过什么地方。

吴凡检查到舒畅的衣兜时，发现了几张高速公路收费站的收据。他直觉上觉得这几张收据很有用，随手塞进了自己的裤兜。

他从中控台上拿过舒畅的手机，打算查查她的通话记录再放回去。就在这时，突然有种说不出来的寒意袭上心头，他似乎感觉到除了他之外，这附近还有其他东西。

他慢慢转过身，仔细看了一圈周围，仍然没有发现任何可疑之处。这种邪门的事情他还是第一次遇到。

这时候，从车库大门方向有车开进来。

是非之地不可久留，吴凡把舒畅的手机揣进自己的口袋，迅速离开了现场。

但在经过另外一根水泥柱的时候，他忽然停下脚步，神情无比惊愕。

就在水泥柱较低的位置赫然出现了一个猩红色的手掌印。

他绕到水泥柱另一边，又看见了一枚血手印。

他凝视着两枚血手印的位置，下意识地蹲下身，把自己的双手放上去，稍一转头，没想到正好与不远处的舒畅四目相对。

那死不瞑目的双眼把吴凡看得心惊肉跳。

他不知道舒畅扭头往这边看时看到的又是什么。

当吴凡逃回旅馆房间时，已经是通身冷汗。

他从来没有这么狼狈过，回想起舒畅的死状，心口还在“怦怦”乱跳。

这个案子处处透着邪门，先是开车撞白若琳的张星鹏离奇死亡，紧跟着调查案子的舒畅也莫名其妙地死了。吴凡本来是冲着调查预测死亡的兔子来的，没承想不知不觉竟卷进了这个诡异事件。

这件事换成一般记者或许会就此放弃，但这不是吴凡的性格。不管这两起案子与预测死亡的兔子有没有关，他都想弄清楚真相，至少不能让舒畅死得这么不明不白。

他关上房门，坐在椅子上平静了一会儿，从裤兜里掏出刚从舒畅身上找到的东西放在桌上。

他的注意力最先落在了那几张高速公路收费站的收据上。

他对顺德区这边的地理环境不熟悉，对上面打印的高速公路出入口完全不知道是在什么地方。他用带来的笔记本电脑百度了一下才知道，这是一段从顺德区到石头庄的高速路。舒畅从顺德区收费站出发，在燕山市西峻镇的收费站下高速离开，全程三百多公里。这些收据全部都是在这个路段往返的。也就是在前天和昨天，舒畅每天都往返一次。

看到这些，吴凡大概明白了一些。

舒畅最近两天都没有参与付雪晴他们的调查，她玩失踪的原因就是去了外地。那辆红色的广本应该是为了行动方便租的车。

这女人到底想干什么？吴凡不禁纳闷。

来的时候，舒畅从来没提过要去什么西峻镇，也没说过要去见什么熟人，行事又神神秘秘，瞒了付雪晴也瞒了他。

吴凡重新回忆了一下和舒畅在一起的这几天。一开始她处心积虑想要拿到这个采访，又下药算计了吴凡，等得到这个机会了，却突然莫名其妙地失踪了两天。今天又突然跑回来找吴凡，语无伦次地说了一些“信不信鬼”这类的话。随后就离奇地死掉了。

看上去，她似乎一直都没有脱离这个案子。

吴凡脑海中忽然一闪，想起刚才在快餐厅付雪晴提到过的一件事，曾有警察看见舒畅偷偷钻进了张星鹏的轿车，怀疑她拿走了什么东西，但是舒畅矢口否认。

有没有可能舒畅真拿走了什么对破案有帮助的东西，私下里去调查了两天呢？以这个女人嚣张妄为的性格，倒也不是没有这种可能。

这么看来，她似乎真的发现了什么，才会被吓成那样。

吴凡想了想，又拿过舒畅的手机，检查了一下通话记录以及社交软件和短信。并没有发现她与什么可疑的人沟通过。

吴凡现在十分后悔，早知道刚才拉住舒畅，说什么也要问个清楚。现在舒畅就这么死了，他想查，手头的线索又实在有限。

他左思右想着，摆弄着舒畅的手机，无意中点开了手机相册。全是一些缩略照片，模模糊糊的也看不清拍的都是什么。不过日期显示，拍照的时间就在今天。

吴凡呼啦一下坐直了身子，马上点开了照片。

映入眼帘的是一条破败不堪的走廊，看起来阴森森的，似乎是一栋荒弃的旧房子内部。

吴凡又点开下一张照片，是一个堆满了各种破烂的楼梯，几乎找不到下脚的地方。他真猜不出舒畅去的这是什么地方。

吴凡依次往下看照片，由于光线昏暗，很多照片根本看不清楚拍的是什么，好像是在一栋结构古怪的建筑里穿梭，看不出是什么意思。

除了随意拍的这些照片，还有几段短视频。

吴凡又依次点开这些视频，出现在眼中的是更加昏黑的环境，几乎什么都看不清，紧跟着有了一道光亮，晃动着指向前方，似乎舒畅打开了手电。

不过这点光亮在黑暗中实在微不足道。只能跟着不停摇晃的镜头看出一个模糊的轮廓，感觉像是在一条隧道里，还能听见舒畅粗重的喘息。

吴凡不知道舒畅究竟跑去了什么地方，从这些晃得人眼花缭乱的昏暗镜头中实在看不出什么。

猝然！

一个白色的人形东西毫无征兆地出现在镜头中。

由于距离远，看着像一个穿白衣的女人，她白衣及地，脏兮兮的满是泥垢，一动不动地站在远处，垂落在身前的长发几乎快把脸遮住了，只露出一道狭长的缝隙。

“你……你是谁……”视频中传出舒畅颤抖的声音。

那女人不作声，异常安静地站在那里。

舒畅胆子也是够大的，居然往前走了两步，用手电往那女人的脸上照。

就在这时，似乎从哪里刮来一阵风，吹开了挡在女人脸上的长发，赫然露出一张灰白枯槁的脸。

那张脸上没有一丝生气，僵硬的皮肤似乎能轻易打碎一般。

吴凡呆呆地望着屏幕，全身汗毛倒竖，仿佛掉进了冰水中。

手机里传出了舒畅的尖叫声。

之后的视频画面直到结束都在剧烈晃动，什么都看不清楚，只能听见急促的脚步声、舒畅不停的尖叫声，以及上气不接下气的喘息声……

这是最后一段视频录像，吴凡看完把手机放在桌上，依然呆坐在椅子上，久久回不过神。

现在回想起舒畅那天晚上回来找自己，露出种种反常的样子，最先进入吴凡脑海中的就是她问吴凡——你相信这个世界上有鬼吗？

鬼？

舒畅所指的鬼就是视频中看见的这“东西”吧？

尽管吴凡是个很理智的人，但他也没法用更好的词语来形容视频里这个“女鬼”。

关于这两起诡异案子的种种疑点也一股脑儿地呈现在他眼前。

那小巧的手掌印，贴了满屋子的咒符，张星鹏和舒畅离奇惊恐的死亡姿态，似乎一瞬间全都找到了答案。

吴凡许久都不能从震惊中恢复过来，心里不停地问自己——你相信这个世界上有鬼吗？

他没法回答。

就像很多人口口声声说自己唯物主义，却喜欢到庙里烧香拜佛，对风水八卦尤其感兴趣一样。在自然界面前，你信什么或者不信什么都无所谓。人胜不了天，也没有自己想象中那么强大。

吴凡彻底陷入茫然，接下来怎么做？调查预测死亡的兔子还没有眉目，他却卷入到这么一桩诡异的案子里，舒畅死了不说，甚至不知道如果自己把这份视频录像交给警方，警方会做什么反应。

他就这样患得患失地熬到后半夜，忽然响起了急促的敲门声，把他从失神中惊醒，吓了一激灵。

吴凡起身打开房门，看见房间外站着两名身穿警服的人。

吴凡对他们的长相很陌生，看着装应该是刑警。

其中一个年长一点的警察冷冰冰地问：“你是叫吴凡吗？”

“对，是我。”

“你认识舒畅吧？”

吴凡点下头。

“你们是什么关系，来顺德区做什么？”

吴凡简单介绍了自己的身份，然后问两个警察找自己什么事。

其中一个警察说：“你跟我走一趟就知道了。”

“是不是舒畅出什么事了？”吴凡问。

那名警察耐人寻味地打量他两眼，没说什么。

他们带着吴凡下楼，直接出了宾馆，门口停了好几辆警车。

问话的警察走向其中一辆警车，拉开后门让吴凡上去，他随后坐在了吴凡身边。另一个警察一声不吭地钻进驾驶室，直接把车开走了。

半小时后，吴凡透过车窗看见警车开进了一座大院，驶过院门的一刹那，他看见右侧门牌上写着“顺德区刑警支队”。

真是怕什么来什么。

即便吴凡没被戴手铐，但凭他屡进刑警队的经验来看，这次自己又摊上麻烦了。难道他看着就这么不像好人？

果不其然，两个警察把他带进了一间只有简单桌椅的大房间。他们不说，吴凡也知道这里是干什么的。

他皮笑肉不笑地瞧了瞧两个警察，“两位二话不说就带我进审讯室是什么意思？”

两个警察互相看了看，那个年长的警察说：“既然你心里也很清楚，我也打开天窗说亮话，我就是顺德区刑警队队长贾洪涛。之所以把你找来，你心里也应该有数吧？”

“抱歉，还是请你明说吧。我喜欢直截了当。”

贾洪涛好斗似的抽动了一下嘴角，“好。那我告诉你，住在你隔壁房间的那个叫舒畅的女记者死了。”

“什么时候的事情？”

“具体死亡时间稍后法医会给出答案。我们是昨天晚上 11 点接到的报案，赶到现场发现她死在了所住宾馆的地下停车场，尸体就坐在驾驶室里。她死时的样子看上去十分恐惧，明显是在遇害前感受到了死亡威胁。虽然目前还没有发现被害人身上有致命伤，但是我相信这是一起杀人案。”

“所以你们想从我这里找到破案的线索？”

“可以这么说。舒畅是外地人，她才刚来顺德区没几天，不至于得罪什么仇人。如果说是抢劫，看现场的情况也不太像。我听说你是她的同伴，你应该最清楚她的底细吧？”

“抱歉，我也想不出为什么会有人害她。”

“你是想不出，还是不愿意说？”贾洪涛的语气微微有些变化。

“我不明白贾队长你这话什么意思。”

“好，那我就好好给你分析分析。”贾洪涛不紧不慢地说道，“首先来说，舒畅的被害现场选择在地下停车场，被害时间是在晚上，这些都是经过精心挑选的。我推测，凶手是一个十分熟悉舒畅的人，对她的日常作息了如指掌，因此才能抓住漏洞利用合适的机会把她杀死。而在顺德区，熟悉舒畅并且可能与她有仇的人只有你吴记者一个人，因此，我怀疑你有杀人嫌疑不过分吧？”

吴凡默不作声地看了他一会儿，“贾队长的这番推断充其量只能算假设，却没有一点依据证明是我杀的人，我觉得你是在诈我。”

贾洪涛微微一怔，没想到自己的想法如此轻易就被这家伙识破了。

他不怒反笑，“你知道我是从什么时候真正开始怀疑你的吗？”

“从你问我舒畅是不是出事的时候开始。你当时的神情异常沉稳，若非之前已经知道她遇害了，又怎么可能会这样？可是你既然已经知道她遇害了，却不报警，这岂非有问题？甚至现在你都依然保持着沉稳，生怕露出什么破绽，但你没有意识到，你越是这样反而越加深我对你的怀疑。你一直咬定要证据，放心，我们一定会找到的，只要做了，证据迟早都能找到。”

面对这样一个喜欢“动脑子”的警察，吴凡还真挺头疼。

他没报警就是不想给自己找麻烦，没想到更麻烦了。

他对贾洪涛说："那你觉得我应该大惊失色，吓得胡言乱语才算正常吗，那样算不算是做贼心虚呢？"

贾洪涛眼一瞪，"你少废话，我见过的犯罪嫌疑人多了去了。轻易还不会看走眼。你别想着要小聪明就能蒙混过去。不弄个水落石出，你走不了。"

吴凡很无奈，"我其实只是想提醒您，与其您暂时找不到我的作案证据，非要把我关在这，还不如问问我有没有不在场证据。"

贾洪涛狐疑地瞧了吴凡好几眼，"你不会是提前准备好了不在场证据吧？刻意弄好的东西只不过是在浪费我们的时间。"

"是不是刻意准备的，您亲自过问一下就知道了。"

"过问什么？"

吴凡掏出手机，翻出一个电话号码，对贾洪涛说："你直接问她好了，她能给我做不在场证明。"

一个小时后。

付雪晴赶到顺德区刑警队，见到吴凡第一句话便问："你是不是自带招黑体质啊。怎么到哪个地方都要进局子审一通？"

吴凡郁闷地耸耸肩膀，"我也纳闷为什么受伤的总是我。"

贾洪涛已经知道了付雪晴的身份，自然比较客气，不过看看她，又看看吴凡，总是觉得不可思议，不禁问付雪晴："付队长，你说你们这次来是为了查案子，查案子怎么还要带记者啊？"

"这就说来话长了。"付雪晴瞪了一眼吴凡，嘴上还得给他说好话，"这位吴记者是资深的法制记者，与我们警方一直保持着紧密联系，他对我们要查的案子也有深入了解，这次随我一起过来是为了帮助查案。昨天晚上我们就是在聊案子。女记者舒畅为什么来这里我不太清楚，好像是想过来挖新闻吧。她遇害的时候，我一直都和吴凡在一起。我保证吴凡不可能是杀害舒畅的凶手。”

“既然付队长都这么说了，那我们和吴记者之间就是个误会。”贾洪涛朝吴凡礼貌性地点点头，还友好地笑了一下，看着要多尴尬有多尴尬。

“我现在可以走了吗？”吴凡问。

“当然。”

“贾队长，我还有件事希望你允许。”

贾洪涛没想到这家伙还这么多事，“允许什么？”

“你们已经把舒畅的案发现场封锁起来了吧？”

“是啊，我们的刑侦人员正在检查，你问这个干什么？”

“我和付警官想一起去案发现场看看。”

贾洪涛有些不解，但还是同意了。

走出顺德区刑警队，付雪晴对吴凡说：“张星鹏的案子还没有头绪呢，你难道还想插手舒畅的案子？现在可就咱们两个人啊……”

“你对舒畅的死就一点不好奇吗？”吴凡反问。

“我是觉得很奇怪，刚才还特意向贾队长他们打听过。他们认为就是一起普通凶杀案，而且他们已经受理了案子，我想应该没有什么问题吧。”

吴凡摆了摆手指，“这就是问题所在，他们并不了解这个案子。”

“你什么意思，难道你知道什么？”

“不瞒你说，我昨天晚上去过案发现场，应该说，我才是第一个目击者。”

付雪晴倒吸口冷气，“那你当时怎么不报警？”

“我怕警方找不到任何线索，反而怀疑我别有用心。”

“你这担心也太多余了吧。”

吴凡看了看左右，压低声音道：“我见过舒畅死后的样子……简直与张星鹏如出一辙。”

“有这种事？”付雪晴难以置信地望着吴凡，看他表情认真，丝毫没有开玩笑的意思。

“这件事说起来很复杂，简单点说，昨天咱俩在餐厅，舒畅给我打电话的时候，语气就不太对劲，好像被什么吓到了，非要开车来见我。我和你分开后回了宾馆，但是并没有看见她，给她打电话她也不接。我猜她可能租了一辆车，想开车去找我，就到宾馆的地下停车场去碰碰运气。没想到，她死在了车里，身上没有什么伤痕，但是死相特别痛苦，就像张星鹏一样。这么离奇的死亡方式估计任何刑警看见都得发蒙，我怕他们病急乱投医，就没敢声张，直接回了宾馆房间。我本来打算今天和你商量这件事，没想到顺德这帮警察动作还挺快，直接就怀疑上我了。”

“其实顺德警方之所以怀疑你还有个重要原因。”付雪晴说，“地下停车场只有大门口有监控摄像头，因为摄像头作用太小，他们才想找一个突破口。”

“我还真够倒霉的，要不是昨天晚上咱俩在一起，我这还解释不清了。”吴凡松了口气，“但不管怎样，我觉得你很有必要去案发现场看看。”

付雪晴点点头，但是目光忽然盯在了吴凡身上，“你绷带这么快就拆了？胳膊全好了？”

吴凡抡了抡胳膊，“凑合着用。”

在两人打车赶回宾馆的路上，付雪晴告诉吴凡，田鹏刚坐动车今天早上刚到，这两天就让他着手对张星鹏进行尸检。

吴凡心想，这么个诡异的案子，不知道田胖子能不能帮上忙。他真希望能找出一些与预测死亡的兔子相关的线索。

半小时后。

付雪晴和吴凡从停车场正门沿着斜坡走进停车场。

吴凡留意观察了一下四周的监控，正如付雪晴所说，除了门口有两个摄像头，其他地方都没看到。

他们来到舒畅停车的地方，远远地就看见拦了一道蓝色的警戒线。

那辆红色的广本还停在那里，不过舒畅的尸体已经被移走了。有两个戴着手套和鞋套的技术人员正在舒畅的车里车外做勘验。

付雪晴走过去，掏出警官证向两人打过招呼，问他们有没有什么发现。

两个技术员情绪都不太高，告诉付雪晴，他们天没亮就过来了，检查到现在也没有发现可疑的脚印及其他线索。贾队长让他俩仔细勘验被害人的车，他认为凶手是在车内杀人作案，所以一定能找到凶手留下的痕迹。

吴凡这时候插嘴道："这样恐怕找不出什么线索。贾队长对凶手不太了解，从一开始就搞错方向了。"

两个技术人员很诧异地望着吴凡，神情还有些不太高兴。

付雪晴把吴凡拉到旁边，"你这样一上来就质疑人家领导不太好吧？咱们人生地不熟的，以后可能还需要求助人家呢。"

"我是实话实说。"吴凡说，"这位贾洪涛队长把案子想得太简单了，完全靠经验考虑问题。我担心和他合作只会给我们找麻烦。"

"你怎么就那么肯定贾队长不行？也许他真能发现一些什么。"

他俩交谈时故意把声音压低了，还是被那两个技术员听了一句半句。其中一个觉得吴凡说话口气太大，故意对另外一个人说："老孙，我感觉我们贾队应该早就心里有数，十之八九已经锁定凶手了。"

"你怎么知道？"孙警官问。

"不瞒你说，贾队长刚才在这的时候，我听他跟其他人说，一定要找到被害人的手机，那个手机是关键。"

"是吗，那后来找到了吗？"孙警官聚精会神地问。

"没找到。"

"那你怎么说已经锁定凶手了？"

“我看贾队当时笑了一下，通常他这副表情就是胸有成竹了。”

“有吗？我还真没注意。”

“于是我就琢磨这事。后来我想通了，被害人的手机如果没有找到，那十有八九是被凶手拿走了。凶手什么都不拿，就拿走一个手机，这不就是说手机上有他杀人作案的线索吗？这也说明，这个凶手有可能是被害人的熟人，再往下查不就容易多了吗？”

他一边说着，还故意得意扬扬地往付雪晴和吴凡这边看。

吴凡头也不回，急忙拉起付雪晴就走。

付雪晴拽住他，疑惑地问：“哎，你干什么呀，怎么了？”

“这个该死的贾洪涛，跟我这玩明修栈道暗度陈仓呢。”吴凡嘴里骂着，回头瞄瞄那两个技术员，已经距离很远了。

他从衣兜里掏出一个手机，揭开后盖，抠出芯片。

付雪晴疑惑不解，“你在干什么，咦？这不是你的手机吧？”

“这是舒畅的手机。”

“啊？”这下付雪晴可真傻眼了。

“贾洪涛这老小子还跟我这藏了一手。表面上扮老虎吓唬我分散我的注意力，暗中肯定在锁定舒畅的手机信号呢。”

“可是，舒畅的手机怎么会在你这？”

“我不是跟你说，我昨晚上来过一趟案发现场吗？我做过简单的勘查，顺便把舒畅的手机拿走了，还带走了一些其他东西。”

“可是你这么做太冒险了，你又不是警察，很容易被怀疑的。还不如先报警，把这些东西交给警方呢。”付雪晴急道。

“我就算报警了，他们也一样先怀疑我。舒畅临死前只和我在一起待过，只给我打过电话，我就是第一犯罪嫌疑人。何况……”

吴凡神色中现出一丝果决，“舒畅毕竟是为了帮我来这里的，她遇害我也有责任。我必须插手这个案子，其他人我信不过。”

“你……你还真是……”付雪晴一时间也不知该说什么了。

平时看吴凡随随便便的，可这家伙骨子里却有种我行我素的固执，因此才经常离经叛道，做出有违常理的事情。

她也说不出这种性格究竟是好还是坏。也许就是这样的人才敢用胸膛挡住凶手的子弹，这样的人才总要不断惹是生非，给自己找麻烦。

“先带你看一样东西。”吴凡说。

“要去哪？”

“就在这里。”吴凡转身又往回走，在距离警戒带还有六七米的地方站住了，绕到了身旁的水泥柱后面。

付雪晴疑惑地跟在他身后，就见吴凡指着水泥柱较低的位置，“好好看看这里……”

付雪晴顺着他指的地方一看，那里赫然印着两个鲜红的手掌印。

她倒吸口冷气，“怎么这里也有？”

“没想到吧。”吴凡说，“我用手比量过，与张星鹏家里看见的那些血手印大小一样，手印的高度也差不多。现在你知道我为什么要把你叫来了吧。我怀疑舒畅的死和张星鹏的死有某种关联。”

“这些你和贾队长说过吗？”付雪晴问。

“还没有。我猜他们还没有发现这两枚手印，或者是根本没有在意。如果贾洪涛能意识到这两个手印和谋杀案有关，刚才也就不会怀疑我了。”

“那现在怎么办，要不要告诉他一声？”

吴凡摇头，“我觉得就算告诉他用处也不大。他现在对我有所怀疑，告诉他说不定还让他多心。何况你还是一个外来警察，在人家的一亩三分地，你也说不上话。倒不如暂时和县刑警队合作，还能受到一些重视，等查出了一些眉目再说。”

“这样好吗？”付雪晴还有点犹豫。

“不好，他们来了。”吴凡低呼一声。

付雪晴扭头一看，一群身穿警服的人正从大门方向急匆匆往这里赶，走在前面的正是刑警队长贾洪涛。

“他们来干什么？”付雪晴一下还没反应过来。

“当然是因为定位了舒畅的手机，她的手机一直在我身上。”

吴凡没工夫解释更多，拉起付雪晴就跑。

他对地下停车场的地形比贾洪涛他们清楚，用巨大的水泥柱做遮挡，溜到了墙边，那里有扇通往宾馆的门。他们就从那扇门跑了。

付雪晴真是郁闷，“我当了好几年警察，净追别人了，还是头一次被警察追。”

现在她想和贾洪涛合作都没指望了。

吴凡还安慰道：“放心吧，我刚才都把手机芯片抠出来了，贾洪涛找不到我们。”

付雪晴瞅他就来气，“你说你勘查就勘查，非要拿被害人东西，现在贾洪涛追过来了，看你怎么办？”

“先别说那个了。我们先回宾馆房间，我给你看一样东西。”

吴凡神神秘秘地把付雪晴带上楼，进了自己的房间。

关上门，他掏出了舒畅的手机递给付雪晴。

他打开手机相册，从中找出一段视频点开播放，也没告诉付雪晴是什么。

付雪晴莫名其妙地看着视频，一开始只看见黑乎乎一片，然后就是镜头乱晃，忍不住问：“你给我看的这是什么？”

“我不知道该怎么说，你自己继续看就明白了。”

付雪晴耐着性子又往下看了一会儿，手机里突然传出了舒畅的惊叫声。

也不知道付雪晴是被舒畅吓到了，还是被突然冒出来的那张脸吓到了。

她明显哆嗦了一下，差点把手机掉在地上。

“还记得昨天晚上，咱俩因为有鬼没鬼这件事争论过吧。”吴凡问她，“现在你有什么想法？”

付雪晴脸都吓白了，还没回过血色呢。

她直了直腰板，努力装作若无其事的样子，“这有什么，明显就是假的。肯定就是假扮的女鬼吓唬人啊。”

吴凡不置可否。

“你别告诉我，你相信这是鬼啊，呵呵……”付雪晴还想笑话笑话吴凡，随后就发现她其实一点都不想笑。

“是不是鬼我不知道，这也不是我现在考虑的问题。但我知道这段视频就是舒畅昨天白天拍的。晚上她就跑来找我，问我相不相信这个世上有鬼。之后她喝醉了。我去找你打听她的情况。她酒醒后要去找我，结果死在了地下停车场的车里。这就是事件经过。最诡异的地方是，她身上没有任何致命伤，与张星鹏完全一样，连死因我们都不知道。唯一留在现场的最可疑的东西就是那两个血手印。你还记得那辆车的位置吗？如果你站在血手印的地方，正好能看见驾驶室。如果舒畅的尸体还没有搬走的话，你会看见她的脸正好朝向你，你们刚好四目相对。”

“你别说了。”付雪晴听了一身鸡皮疙瘩，急忙打断，“简直让你越说越诡异了，哪有这样的杀人案？”

“我并没有添油加醋，我只是叙述一下我昨晚的亲身经历。你虽然没见过舒畅的尸体，但你应该见过张星鹏的尸体。那个扭头往后看的死亡姿态你应该还记忆犹新吧？薄处长和马所长他们有没有给你看墙上的那些血手印？如果你站在那里的话，只要一扭头就能看见张星鹏的脸，这个难道不够诡异？再则就凭张星鹏这个大老爷们儿，手里还拿着一把斧头，就算有人想杀他也不那么容易吧？从血手印的高度来判断，这个人的个头才一米五几，那双小手比你的手还小。这样一个女人如何能面对面毫发无损地杀了他……”

“行了，你有完没完！你找我上来就为了给我灌输这些封建迷信的东西？我还不如去跟田鹏刚聊聊呢。”

吴凡看付雪晴板着脸，一副不容侵犯的模样，憋不住笑起来。

“你笑什么？”付雪晴瞪起眼。

“你说你不怕杀人犯也不怕尸体，偏偏听我讲鬼故事吓成这样，原来你胆子这么小，这还是大白天呢。”

“谁害怕了，你这人真无聊！”付雪晴一下被惹毛了，气呼呼地转身要离开。

她刚要开门，门铃却响了，紧接着门外有人问：“吴记者在吗？”

付雪晴微微一怔，“这声音好像是贾洪涛啊，他来干什么？”

“当然是来找我麻烦的。”吴凡苦笑。

“在刑警队不是已经解释清楚了吗，难道刚才在地下停车场你被他们看见了？”

“应该没有，谁知道呢，找麻烦还需要理由吗？”

“那怎么办？”

“还能怎么办，是福不是祸，是祸躲不过。”

吴凡硬着头皮把房门打开。

门外站的果然是顺德区刑警队长贾洪涛。跟在他身后还有三名警察，一个个杀气腾腾。

“吴记者怎么这么半天才开门？”贾洪涛耐人寻味地瞅着他，语气虽然平和，目光里却透着寒光。

“我上厕所了。喏，裤子刚提上。”吴凡笑呵呵地拍拍裤腰带。

“真的假的？你不是在藏什么东西吧？”

“我有什么可藏的，不相信的话，你们可以进厕所闻闻。兴许还能残留些味道。”

贾洪涛脸上现出一抹厉色，“吴凡，你少在这里跟我耍花样。我问你，你刚才是不是去过地下停车场？”

“不明白你在说什么。我从你那离开就直接回宾馆了。”

“我问你有没有去过地下停车场，回答我的问题。”

“有啊。去现场看了看，和你们两位物证人员聊聊案子，之前不都跟你打过招呼了吗？”

“是吗。”贾洪涛冷笑一声，往旁边一侧身，“把他铐起来。”

旁边两个警察掏出了手铐。

“等一下。”吴凡举手拦住他们，“贾队长你这是什么意思？想放就放，想抓就抓，总得给我一个理由吧。”

“要理由是吗？那我就给你一个合理的理由。”贾洪涛得意地说道，“我其实在舒畅身上早就发现了一个重要疑点。她一个女记者身上居然没带手机，而且住宿房间里也没有。这一点都不正常，说明肯定是有人拿走了她的手机，这个拿手机的人必然跟这个案子有直接关系。我的直觉告诉我，舒畅的手机里一定有凶手的犯罪证据，因此凶手在作案后才想到把她的手机带走。”

“那万一凶手纯粹是为了打劫呢？”吴凡装出一副很傻的表情问。

姜洪涛鄙夷地瞅了吴凡一眼，颇为自负地说：“如果是抢劫，为什么只抢手机，不抢钱呢？凶手这么做看似聪明，其实欲盖弥彰，反而把自己暴露了。因此，我才断定凶手必然是舒畅的熟人。”

吴凡好像很认真似的想了想，露出疑惑的表情，“听着很有道理啊，可是你在刑警队好像不是这么分析的吧。”

“我那是担心打草惊蛇，担心凶手把舒畅的手机扔了，暂时先稳住他。”

“等我锁定舒畅的手机位置后，就带着人一路跟踪而来。”

“那你抓住凶手了？”

“几乎就要抓住了。”姜洪涛咄咄逼人地盯着吴凡，“手机最后出现的地方就在楼下的停车场。但我没有抓住凶手，而是找到了这个。”

他说着从兜里拿出一个小小的手机芯片，在吴凡眼前晃晃。

吴凡给噎得打了个嗝，“贾队长你太强了，连这么小的东西都能找到。”

“哼，我这双眼睛明察秋毫，这算什么。”贾洪涛扬了扬下巴，“我想凶手刚才应该就在地下停车场里，发现警察赶来，情急之下就把舒畅手机的芯片扔掉了，但是我没有找到舒畅的手机，所以我猜舒畅的手机还在凶手身上。”

“明白了。”吴凡点点头，但脸上又露出疑惑，“不过，贾队长找我干什么？”

“你说呢？”

吴凡露出夸张的表情，“你不会还是怀疑我杀了舒畅吧？”

“我真不知道你是真傻还是装傻，证据确凿，你说呢？”

“有件事你没搞清楚。我刚才虽然去过地下停车场，可不代表我拿了舒畅的手机啊？万一有人能证明我的清白呢。”

“还有什么人能证明？”贾洪涛厉声喝问。

吴凡朝身后说：“拜托快出来吧。”

付雪晴这才磨磨蹭蹭从屋里出来，走到贾洪涛面前。

贾洪涛一凝，表情变得有些古怪，“怎么付队长也在，难道你们都住在……”

付雪晴马上明白了他的意思，恼羞成怒，“我住在公安局招待所，就是过来吴凡这里坐坐。”

“哦，这样啊。”贾洪涛嘴上这样说，可是那眼神里还有几分怀疑。

付雪晴气呼呼地大声道：“是我陪吴凡一起回宾馆的，也是我和他一起进的地下停车场。我看他一切都很正常，没什么问题。难道贾队长还不相信我？”

“我当然相信付队长了，呵呵。”贾洪涛不好当面驳她，打着哈哈，可是没有离开的意思，“但是假如……我是说假如……那个手机真的在吴凡身上，他又偷偷把手机芯片拿出来扔掉了，也许付警官也未必就能发现吧。”

“你这话什么意思？”付雪晴眉梢一挑，“你是怀疑我包庇吴凡？”

“那哪能，您可是江州市的刑警队长，说起来我们还是同事呢，我怎么可能怀疑您呢。”贾洪涛勉强赔笑，可是眼睛却死死盯在吴凡身上，“我只是说假如……既然您昨天晚上住招待所，那您肯定不知道吴凡昨天晚上的具体行踪，已经干了什么。有时候难免会出现灯下黑。”

“你到底想干什么直说吧。”

“我想搜身。”

付雪晴心头一紧。她知道舒畅的手机就在吴凡身上，一搜就麻烦了。

“怎么，付队长还有难言之隐？”贾洪涛将了付雪晴一军。

“当然没有，你搜他关我什么事？”付雪晴暗自焦急，瞅着吴凡。

此时，善于随机应变的吴凡也无计可施，不知所措地呆站在那里。

“那就得罪了。”贾洪涛担心付雪晴变卦，马上就伸手翻吴凡衣服。

吴凡愁眉苦脸地任由他从头摸到脚。

第十章　小心司机！

“这是什么？”贾洪涛从吴凡裤兜里掏出几张纸片，逐一看了看，脸上露出怀疑，“这不是高速公路的收据吗，你这几天怎么还去过燕山市？”

“这也算我作案的嫌疑？”

“这倒不算，就是随便问问。”贾洪涛讪讪地把收据塞回吴凡口袋里，继续翻他其他口袋。

站在一旁的付雪晴眼看着干着急，心里跟着七上八下。

就见贾洪涛上上下下翻了两遍，只翻出了一个手机，一检查还是吴凡的。舒畅那部失踪的手机怎么也没找到。

吴凡问贾洪涛：“贾队长，你就差我背心裤衩没检查了，要不要顺便看看？”

贾洪涛脸红脖子粗地停下手，气急败坏地朝跟来的三个警察挥挥手，“把房间也给我搜了。”

几个警察不由分说走进房间，翻箱倒柜开始找起来。

付雪晴一开始还有点担心，可是看吴凡始终是那副模样，心里不禁有些起疑。

这帮警察找了一大气，果然还是没有发现舒畅的手机。贾洪涛脸都绿了。

吴凡嘲讽道：“贾队长这番辛苦也不白费，至少你能证明我是清白的。”

“你……”贾洪涛忽然特别想抽他。

“怎么，你还怀疑我？我这里能检查的你都检查过了，要是还怀疑，那就剩下付警官没搜身了，不妨你也顺便搜搜？”

付雪晴下巴好悬没脱臼，吴凡这家伙是唯恐天下不乱。

她冷冷瞧着贾洪涛和他带来的几个人，“我借你们一个胆子，谁敢碰我一下试试？”

贾洪涛无比尴尬，脸跟紫茄子一个色，“那怎么可能，付队长真会开玩笑。我刚才只是例行公事，并非针对您，希望您别见怪。行了，既然都检查过了，那我们就告辞了。”

他使劲挥挥手，趁着丢大人之前匆忙带着几个警察撤了。

付雪晴余怒不消，“真是过分。当我不存在吗？”

“是啊，根本就没把你放在眼里嘛。”吴凡及时附和。

“还有你。”付雪晴瞪着眼瞧着吴凡，“我明明记得你把舒畅的手机放进自己口袋了，贾洪涛怎么会没找到呢？”

“是啊，怎么回事？”

“我问你呢。难道你把手机扔了？”

“这么重要的物证我怎么可能扔？”

“你没扔，贾洪涛他们怎么会找不到，难道你藏在特别隐蔽的地方了？”

“隐蔽谈不上，但是他肯定不敢翻。”

付雪晴眼珠子瞪得快赶上鸽子蛋了，急忙摸着自己身上，结果在后屁股兜里把舒畅的手机给拽出来了，“你什么时候塞到我这里的？”

“刚才贾洪涛敲门的时候，我急中生智想到的，你身上最保险了。”吴凡得意扬扬，话音刚落就让付雪晴踢了个马趴。

“你惹祸干吗要把我牵进来！”付雪晴张牙舞爪都能吃人了，“万一让贾洪涛发现，我都得跟你一起吃瓜落儿。我天天努力打拼，不敢有一丝怠慢，好容易才当上刑警队长的。”

“原来你还是个官迷。”吴凡趴在地上说。

“这不是官不官迷的事。我就是要努力证明给那些人看。”

“给哪些人看？”吴凡好奇地翻了个身，胳膊肘撑地托着下巴，姿态迷人地望着付雪晴。

“给我爸看，让他知道我当初选择当警察是正确的。也给那些轻视我的男警察看，女警察也可以比男警察更优秀。还要给……给那个人看……”

“给哪个人？”

“给那个辜负我的人看。我不仅仅是给我一个人当警察，我也是给他当的，替他完成他没有完成的梦想。”付雪晴幽幽地叹一口气。

“那个人是什么人啊，你说得可真深奥，莫非……是你以前的男朋友？”

付雪晴已然神思飘远，眼睛里有晶莹的东西闪动，不经意划过脸颊，悄无声息地落下。

吴凡有些惊讶，心头生出几分怜悯，“我还以为陆恒是你的初恋呢，想不到你还有一段那么纯洁的感情啊，那个男人很爱你吧？”

“我其实不知道他那到底算不算爱我。”付雪晴痴痴惘惘，喃喃自语，忽然回过神问吴凡，“你怎么看出他很爱我的？”

“这个不难想吧，你到现在还是个大姑娘，他和你这个大美女处过一次对象，还没把你办了，说明要么是不行，要么就是真心喜欢你。”

付雪晴瞬间呆滞，紧接着像鸵鸟一样追着吴凡踢。

“慢来，慢来，我还是伤员呢。”吴凡抱头鼠窜，连滚带爬。

“你怎么知道我是那个？”

“难道你不是……哎呀，哎呀，我知道错了……”

“你那天都看到了什么，说！”付雪晴几乎要掏枪灭口了。

生死攸关的一刹那，吴凡急忙大声道：“那个男人一定会为你感到骄傲的！”

付雪晴顿时停止了攻击，看情形吴凡这次没说错话。

付雪晴默然良久，凄然叹息，“也许在那个人心里，从来就没把我当回事。”

吴凡扶着墙好容易站起来，劝她一句：“不管怎么样，过去的都过去了，你现在的人生是你自己的，当好你的警察，珍惜爱你的人，这不就足够了吗？”

付雪晴看着他不吭声。

吴凡心里没底，“我说，我这话是说对了，还是说错了？”

付雪晴没回答，她手机响了。

她接电话一听，是田鹏刚打来的，问她在什么地方，自己要开始尸检了。

付雪晴一拍脑门儿，对吴凡说："我都忘了，胖子现在应该已经到县刑警队了。我要过去看看。你呢？"

"还用问，这种时候还能少的了我？"

走出房门的时候，付雪晴忽然站了站，侧脸看了看吴凡，"谢谢你。"

"谢我什么？"

"你刚才劝我的那些话。"付雪晴说完就快步走了。

剩下吴凡在后面郁闷地嘀咕："我觉得你其实是想谢谢我给你当了那么半天的沙袋。"

两小时后。

付雪晴和吴凡赶到太平县刑警大队。

接待他们的是周警官，叫周宁，三十岁出头，刚刚升任县刑警大队副队长，张星鹏的案子由他主要负责，这几天他一直在张星鹏家指挥现场勘查，已经和付雪晴打过照面。

他与付雪晴的警衔差了一级，但对她不太客气，明显有些排外，好像付雪晴是来抢他功劳似的。要知道，这么一桩大案子在太平县历史上都没有过。大队长快退休了，把案子全权交给周宁负责。正值年富力强的周宁求之不得，正想有个机会一展身手呢。如果能破获此案立个头功，前途一定不可限量。

因为种种心思，他一开始对付雪晴既有轻视，又有提防。但是他没想到，这个案子本身才是真正让他头疼的。实际一插手才发现，张星鹏的案子不但诡异，而且错综复杂，简直不知道该从何下手。

眼下还有从张家地下室里挖出的九具尸体，算上张星鹏本人一共十具尸体放在法医室里，都快把法医室堆满了。警队的两个法医也是一筹莫展。

他想过实在不行向上级请求援助，又担心自己被质疑。正举棋不定，付雪晴从江州那边找来了一个法医，胖乎乎的派头还挺足，不过这家伙一上手就令人刮目相看。行家伸伸手便知有没有，周宁知道这个胖法医的能力远在队里的两个法医之上，要是他真能找出突破口，那也未尝不是好事。

有了这些想法，他对付雪晴的态度有所改善，也客套了不少。

他把付雪晴和吴凡带到了法医室，田鹏刚那边已经开始尸检了。

县城的法医室条件差多了，设备不全，房间也简陋。还有一股说不上来是消毒水还是腐烂的臭味。

眼下，不大的房间里除了刑警队两名法医，又多出来一个大体形的胖子，其余的空间全都被尸体占满了。

这些尸体腐烂程度不一，有的已经变成了一具白骨，有些还依稀能辨认出五官，一个个形貌狰狞，姿态各异，让整个房间笼罩着地狱般的气息。

周宁走到法医室门口就不太想进了，付雪晴要来了两套法医罩衫，和吴凡一人一套穿上，这样能隔离一些臭味，然后二人进了法医室。

周宁见状，只好硬着头皮跟在后面。

田鹏刚正在检查一具已经腐烂发黑的霉尸。

尸体早已面目全非，唯一能认清的五官就是那两排紧闭的牙齿。

田鹏刚知道付雪晴和吴凡进来了，目光仍然看着尸体，嘴里说："我初步对这些高度腐烂的尸体看了一遍。其中有五具尸体是女性，四具是男性。这些人的死亡时间根据腐烂程度大致推算是从四年前到最近两三个月之间。这家伙应该是陆陆续续一直在作案。"

吴凡心头微震，一个不太好的念头出现在脑子里——难道张星鹏与白若琳同居的时候，就已经开始杀人了？

"死因呢？"付雪晴问。

"你们过来之前，我检查了三具尸体，两人是重物击打头部致死，一人是勒死的。眼下正在检查的这具女尸有多处伤，在腹部和大腿上有六处刀具留下的扎伤……"田鹏刚掰开尸体的两排牙，把手伸进尸体的喉咙里摸了摸，

“脖子上被绳索勒过，舌骨断了。”

“那死因是……”

“想要准确判断需要进一步解剖。不过凭经验来说，我觉得凶手应该是先用绳索勒住被害人脖子直至其失去抵抗后，又用刀子乱扎造成的。”

付雪晴倒吸一口凉气，“凶手为什么要这样做？”

“泄愤伤害。”吴凡脱口道，“犯罪行为会反映出凶手的心理状态。这个凶手的杀人手段已经超出了单纯致人死命的目的。他在发泄内心的狂躁和愤怒。”

田鹏刚插了一句嘴：“但是有的尸体怎么就只有一处致命伤呢？手法十分简单。”

吴凡想了想，“也许凶手当时不那么愤怒。”

“你刚刚不还说他为了发泄愤怒吗，不愤怒为什么还要伤人？”

田胖子和吴凡抬杠惯了，无论在哪都忍不住来两句才痛快。

吴凡现在对案子了解太少，还真回答不出来。

站在门口的周宁忍不住问道：“我现在就想弄明白一个问题……他为什么要杀这么多人啊？”

“想了解这一点就需要弄清楚罪犯的犯罪行为模式。”吴凡问周宁，“你们现在能确定凶手是张星鹏吗？”

周宁本来是这么以为的，可是一较起真来，他又有点犹豫了，“也许吧……”

付雪晴接道：“就目前掌握的线索来看，凶手就是张星鹏无疑。他的轿车就是他的作案工具。”

“轿车？”

“嗯。我在他轿车的后备厢里发现了绳子和一些血迹。我推测，他是先把被害人弄死，再装进车里拉回家掩埋。所以这些人只是处于失踪状态，一直没有引起警方的足够重视。”

吴凡忽然联想到刚才田鹏刚的质疑，马上问他：“老坛，我问你一件事，那些男性尸体和女性尸体受的伤有什么区别没有？”

“受的伤都不一样怎么区别？”田鹏刚顿了顿，“还有，不许喊我老坛！在警队谁叫我这个绰号我就跟谁急，你以为我不知道啥意思？”

“好的，老坛。那你就归归类。比如说，男性被害人都受了什么伤，女性被害人受了什么伤？”

“这个啊……”田鹏刚绕过解剖台，笨拙地穿梭在那些腐尸之间，一不小心就碰得那些放尸体的担架来回飘移，场面相当惊悚。

他挨个尸体检查了一圈，然后说道：“一共有四具男性尸体，差不多都是后脑遭到重击，而且是反复击打，头骨碎裂严重。看碎裂情形，两个是斧头砍死的，还有一个是砖头或者石头之类的钝物击打。不过除此之外，好像就没看到其他伤。”

“女性被害人呢，老坛？”

“别叫我老坛，再提醒你一遍。女性被害人有五个，三个人脖子上有绳索勒过的痕迹，还有两个已经腐烂成白骨，其中一个颈骨有轻微骨折，另外一个人还没有检查出来。不过，这些女人身上全部都有多处穿刺伤，是刀子或者其他锋锐工具造成的，多集中在胸腹部和大腿上，伤口很深，足以致命，有些被害人骨头上都留下了刀痕。”

“那么这些人的年龄和高矮呢？我要男女分开计算。”

“你怎么这么麻烦！”田鹏刚怒了。但还是气呼呼地重新把所有尸体测算了一遍，然后告诉吴凡，“四个男人有两个年纪在三十岁到三十五岁之间，还有一个五十岁到五十三岁，另外一个是四十五岁到四十七岁之间。五个女人的年龄相对集中一些，有四人在二十岁到三十岁之间，剩下一个人还未成年，十五岁到十七岁左右。至于身高嘛，那就高矮各异了。你想一个个都知道？”

“不用了，我明白了。”吴凡似有所悟地想了想，“我现在大致能构建出凶手的犯罪行为模式。”

“什么是犯罪行为模式？”周宁不禁问道。

他不认识吴凡，本来没太把他放在眼里，可是听他分析案子的角度十分新奇，似乎还挺有道理，连付雪晴也认真在听，他也不得不重视起来。

“简单说就是这个凶手在作案中所表现出来的某种比较稳定的、习惯化的特征。”吴凡进一步解释，“从杀人手段以及被害人特征来看，凶手对待男性被害人和女性被害人的手段截然不同。显然女被害人，准确说是年轻的女被害人，更能刺激他产生犯罪冲动。他通常会用很繁复的手法来杀死女被害人，他追求的是杀戮过程中的刺激。我甚至怀疑，凶手有可能强奸过这些女人。”

“这个你还真猜对了。”田鹏刚插嘴，“我刚才尸检的时候，在两具相对完整的女尸体下体发现了不同程度的撕裂伤，凶手十有八九对所有女性都进行过性侵。”

“那你刚才怎么不说！”

“我本来想考考你，没想到你小子提前蒙着了。”田鹏刚嘿嘿一乐，摇晃着满身尸臭的庞大身躯，居然还有些心情开玩笑。

吴凡没搭理他，张星鹏对吴凡来说非比寻常，吴凡分析案子，也是在分析他这个人。

他无比专注地继续说道：“我甚至想到了一种假设，张星鹏极有可能是把这些女人勒昏后用车拉回家，再进行性侵和杀害的。他故意挖出的那个地下室有可能是专门用来囚禁那些俘虏来的女人，等他发泄过欲望之后，再把那个女人杀掉，寻找下一个目标。”

吴凡说到这里下意识地停顿了一会儿。

他这才发现，所有人都目瞪口呆地望着他，仿佛有一只野兽正在从他嘴里钻出来似的。

那些原本零碎又没有多大意义的案件细节，经过吴凡的重新串联分析，竟然形成了一幅完整的阴森画面，一个令人发指的变态罪犯从抽象变成有形。

周宁终于意识到自己接手的是个什么案子了。事已至此，他也只能硬着头皮上了，他问吴凡：“听你这么说，这个凶手完全就是一个色情狂啊。那他为什么还要杀那些男人？”

“他只是有性侵的行为，但并不以性侵为主要目的。我在地下室里并没有发现用于囚禁的绳索和人类粪便，这就说明那些女人即使被带回来，也很快就被杀死了。在他房间里也没有发现很多色情类的物品。因为凶手犯罪的核心目的是泄愤，他更渴望通过营造恐怖杀戮来获得信心和力量，收集被害人衣物也是在强化这种心理暗示……

“而你提到的那些男性被害人刚好间接证明了这一点，因为色情狂们的作案目的都是单一的目标人群。我们这个凶手并不是，只不过对他来说，找女性泄愤可以发泄得更痛快罢了。可是，他偏偏还要对付男人，而且手段截然不同，可以概括为两个词致命、简单。并且全部都是偷袭。不同的犯罪手段反映出不同的犯罪目的。凶手杀死男性的目的应该另有原因，考虑到张星鹏的身份，我想到了一个最适合的假设……”

付雪晴豁然明白了吴凡的意思，脱口而出：“他是把自己拉载过的乘客作为目标了。”

吴凡点点头，“他有多重作案意图。这样的罪犯大多是惯犯，有过其他犯罪经历。所以，当他们再次作案时，尽管犯罪目的不同，也会不自觉地反映出之前的习惯。张星鹏原本就是一个多次以抢劫罪反复蹲监狱的累犯。多年的监狱生活淤积了难以根除的怨恨，让他对正常社会充满了敌意。当然，也不是所有蹲过大狱的人都会像他这样，他这可能是逐渐蜕化而成的一种犯罪欲望，也可能是受到了外界的刺激产生的。总之，他的犯罪行为升级了，变成了一个纯粹反社会的亡命徒。”

付雪晴插话道：“那么他开黑车就是为了作案方便吗？看起来好像早有预谋似的。”

“这个现在还不好说，也许吧。但不可否认，开黑车的身份的确为他实施犯罪提供了十分便利的条件。他可以根据实际情况决定是否作案。只要耐心等待，总会有合适的诱饵上钩。把对方拉到偏僻的地方，找借口把被害人骗下车，从背后偷袭，男的直接打死，女人勒昏。洗劫了钱财，再把被害人推进后车厢拉回家，这个人就等于人间蒸发了，连尸体都找不到。如果不是因为他开车跑到外地去撞人，或许我们还很难发现他呢。不过话说回来，他挖那么大一个地下室，难道周围人就没有怀疑过？”

付雪晴说：“我们打听过住在他家附近的人，大约四年前，张星鹏从外地雇来几个人到他家干活儿，他对外说要盖猪圈养猪。有人发现他们一车车往外运了不少土，产生过一些疑心，但是谁也没想到他要计划杀人。

分析了这么多，吴凡也说得差不多了。

但是他的心情却格外沉重，他此刻不仅仅想到凶手，还想到了白若琳。

她和张星鹏同居应该就发生在她与家人断绝联系的这几年，更进一步说，就在她和吴凡认识的两年前。白江明夫妇说女儿被一个男人拐走了，他们误认为是吴凡干的，其实那个男人应该是张星鹏。那个时候差不多就是四年前，而张星鹏杀害的第一个人也是在四年前，这意味着，在白若琳和这个男人同居的时候，他就已经开始杀人了。

吴凡很想问问白若琳，她知不知道和她同居的男人是一个冷血的杀人狂魔？

或许就是因为这个，白若琳最终离开了张星鹏，也可能是逃跑的。张星鹏为此怀恨在心，更可能是担心白若琳向警方举报自己，于是才千方百计找到她，想杀人灭口。

这应该是目前最合理的解释了，也让吴凡认清楚了这个女人的另外一面。但这也仅仅是她的其中一面。吴凡至今还没搞懂，白若琳为什么会听命于预测死亡的兔子。

他不敢再继续往下想了，那个与他同榻而眠，准备共度一生的女人真的吓到他了。

直到如今他才意识到，曾经的每一天他都生活在危险中，而他自己却浑然不觉。这才是最可怕的。

“你还好吧？”付雪晴轻轻碰了碰吴凡。

吴凡仿佛从噩梦中惊醒，激灵灵打了个寒噤，这才想起自己身在何处。实话实说，相比和白若琳一起生活，这满屋子丑陋的尸体，倒是顺眼许多。

田鹏刚看他满头大汗的样子，笑话他，“瞧把你虚的，不就分析个案子吗，还能累成这样？”

吴凡翻了一个白眼给他，不知怎么，一看见这死胖子他就忍不住想掐架，“放心吧，我会把自己的身体保养得好好的，还等着将来帮你坟头拔草呢。”

“给我坟头拔草？我还给你送终呢！”

“你要是能披麻戴孝我也认了。”

“你是不是站累了，想到解剖台上躺会儿？”

“行了。”付雪晴赶在他俩掐起来之前急忙阻拦，在江州刑警队闹闹也就罢了，还跑到几千里外丢脸来了。

她回头向一直捂着鼻子的周宁解释：“让你见笑了，周队长，他们平时打打闹闹惯了。”

周宁一点都没有“见笑”的意思，他都快被解剖室里这股味熏傻了，心里只想着赶紧完事赶紧离开这里。能在死尸堆里打闹的家伙都不是正常人，等办完案子，得赶紧把他们送走。

他勉强朝付雪晴挤出一丝笑意，“没什么，付警官，既然都已经推测出凶手的作案套路了，我现在就去抓紧调查失踪人口，争取早日把被害人都核实出来。”

他转身前脚刚迈出门，田鹏刚忽然喊住他：“周队长你不能走，我尸检还没完事呢。”

周宁腿一软，“还没完事？你不是想把这些尸体全都检查完吧？”

“那当然了。法医工作就要一丝不苟，细致入微。不这样我怎么给你提供破案线索呢？你说你们对我寄予厚望，不远千里把我请来，还请我吃你们当地美食，我不做出点成绩哪好意思？”

一提美食，周宁更觉得恶心，咬着后槽牙问：“那得什么时候检查完啊？”

“我快点的话，今天晚上就能完事，尽量不耽误吃晚饭的时间。”

周宁差点没吐地上。

这时候付雪晴说：“要不暂时还是放一放吧，这些尸体的大致情况我们都已经了解了。”

“是啊，是啊。”周宁急忙附和，“今天大家也很辛苦，我们歇歇吧。”

没想到付雪晴一皱眉，“周队长你忘了，咱们这个案子还没完呢？”

“没、没完？”

“张星鹏的尸体我们还没检查呢，不如趁这个时间一起做了吧。”

“凶手的尸体还需要检查啊？”周宁惊讶道。

“当然了，你不会以为他是自杀吧？”

周宁看了看自己县公安局的两位法医，觉得自己也应该发表发表意见了，“之前两天我们的法医检查过张星鹏，在他身上没有发现外伤。我还听交通局的薄处长他们说，最早赶到案发现场时候，所有门窗都是反锁的，这就说明不可能有外人进屋杀死张星鹏。实话实说，我最开始就怀疑他是自杀的，只是不明白地下室里那些尸体和他有什么关系。刚才听吴警官这么解释，和我之前的推测不谋而合，张星鹏完全有可能是自知恶贯满盈，走投无路之际选择了服毒自杀，因此身上才没有受任何外伤。你们不觉得吗？”周宁自认为他的推理已经够合理了。

付雪晴却不动声色地反问：“那你如何解释窗户上，还有地下室墙上的那些血手印呢？张星鹏死的时候，手里还拿着一把斧头，一个打算自杀的人拿斧头干什么？”

“这个……也许……”周宁一下被问住了，张口结舌回答不上来。

第十一章　心跳

田鹏刚这时候说道："站在我们法医的角度来讲，任何推测都只是推测，只有实际检验才能作数。你刚才说，张星鹏的尸体已经检查过了？"

"对啊，我们的两位法医负责的。"周宁瞅了瞅站在一旁的两位法医。

自始至终，他俩还没来得及插嘴呢，年轻法医还好，那个年纪有些大的法医已然很不高兴。

"我想看一眼尸检报告。"田鹏刚说。

老法医没动，那个年轻法医把尸检报告拿过来，递给了田鹏刚。田鹏刚接过来翻看了两眼，大脸蛋子阴沉得像个黑锅底，一点笑模样都没有了。

周宁忍不住问："怎么样，田法医，没什么问题吧？"

田鹏刚冷笑一声，把尸检报告随便一扔，"我不知道这东西到底有什么用。"

一旁冷眼看着的老法医早就忍不下去了，怒道："田法医，你说这话太过分了吧？"

"我很过分吗？"田鹏刚狠巴巴地龇牙一笑。

"你一个从外地过来的法医，还不了解案情，一过来就要插手尸检。我们碍于面子不好说你什么。但你也不能寸进尺，公开贬低我们，这不是过分是什么？"

田鹏刚就喜欢掐架，方才与吴凡还没斗过瘾呢。他瞪起一对小眼，撇着大嘴叉，露出满脸的不屑一顾，对老法医说："我觉得我刚才的语气还算客气了。你年轻也就罢了，这么大岁数，当了这么多年法医，你都是混饭吃的吗？各种细节都没有说明，连解剖都没有，这就叫尸检了？这样的报告对破案有什么用？我说你混饭吃难道还冤枉你了？”

老法医被呛得脸红脖子粗，强词夺理道：“我当然是详细检查过了。干法医靠的也不是按部就班，如果每一具尸体都不分青红皂白地慢吞吞检查，那得什么年月才能破案？我这是根据案情进行有针对性的检测。”

“你的检查结果证明张星鹏是服毒自尽？”

“是啊。”

“那我问你，张星鹏中的什么毒？”

老法医回答不上来了。

“你确实说不上来，因为你的尸检报告里根本看不到详细的毒理检查，你连被害人中毒的特征都没有写清楚，也没有做过器官病变检查。我真怀疑你这结论是不是你自己随便猜的。”

老法医一时语塞，勉强道：“我那也是结合了现场情况进行的合理推断。张星鹏的体表没有任何致命伤，连防御伤都没有。说明他死前完全没有搏斗过，这些重要的依据都对我的结论产生很大影响。”

“你说这么多，说白了就是你根本没有尸检。如此糊弄，还想破什么案子？”田鹏刚用鼻子冷哼了一声，“我要重新进行尸检，立刻，马上！”

田鹏刚平时一向没个正行，很少发这么大脾气。眼下的他就好像一只发飙的大狗熊，把在场所有人都镇住了。法医室里瞬间变得无比安静，连活着的人都不怎么喘气了。

过了好一会儿，周宁擦擦冷汗才说：“那就开始尸检吧，老胡麻烦你把张星鹏的尸体推出来。”

老法医还在气头上，没动弹，就抬手往停尸柜那指了指。

年轻法医见机行事，急忙跑过去，打开其中一个抽屉，从里面拖出一具尸体，放到移动担架上，然后推到了田鹏刚面前。

田鹏刚掀开盖在尸体上的白布看了一眼，不禁吃了一惊。

他接触过这么多刑事案件，还从来没见过这样的尸体。

白布单下的尸体竟然瞪着眼睛，大张着嘴，仿佛还活着一样。

吴凡笑呵呵凑过来问他：“怎么，连你田大法医都吓到了？”

“你以为我像你，我还能被吓到？”田鹏刚从来嘴上就没服输过，“这个就是张星鹏？”

“就是他。”吴凡点点头。

“我还从来没见过死成这副模样的人，稀罕，稀罕……”田鹏刚双眼冒光，显然是来兴趣了。

他让那个年轻法医帮忙，把躺在解剖台上的腐尸移走，再把张星鹏的尸体搬上来，忙得不亦乐乎。

可能当初张星鹏自己都没想到，有朝一日，他会和那些被他杀害的人放在一起，被一个变态的胖法医检查。

田鹏刚对待张星鹏的尸体格外细心，首先从头到脚一寸寸部位都检查了一遍，连头发和手指缝也没放过。

他略显惊讶道：“这家伙果然是没有任何体表伤，皮肤上连个针孔都没找到。那就把他打开看看吧。”

田鹏刚说着话，手里已经抄起了一把解剖刀，麻利地在张星鹏身上划出一个Y形切口。

周宁站在吴凡和付雪晴身后，看得他头皮直发紧。

他升任副队长这一年多也碰到过几起杀人案，虽然见过尸体，不过基本是两个法医尸检完毕后，他进来扫一眼，聊聊案子。像这样亲眼看见如何把一具完整的尸体解剖他还是头一次看见，而且看这大胖子的意思，还没完。

他猜对了。田鹏刚这才刚刚开始，他接下来开始用骨钳剪肋骨，“咯嘣”

一下就剪断一根。

每听一下，周宁的心就抽搐一下，他默默数了二十四下，张星鹏那些肋骨总算全部剪完了。

现在才正式开始，周宁这才算真正见识了这个大胖子到底有多厉害。他居然一点点把张星鹏的器官往外掏，检查完了一件放在器皿里，然后再继续。

周宁觉得自己实在有必要在崩溃之前提醒一下这个胖子快点，“田……田法医……你检查了这么久，到底发现什么没有？”

田鹏刚回过头，愉快回答道：“还没有……这家伙身体不错，还挺健康的。”

周宁肚子里顿时翻江倒海，急忙扶墙站住。

“你没事吧，周队长？”田鹏刚问。

周宁都顾不上回答了，想着大好前程，奋力把涌进喉咙里的一大股酸水咽回去。

他估计自己这辈子很可能要吃素了。

付雪晴和吴凡虽然也觉得恶心，不过和更恶心的田胖子待久了也习惯了，咬着牙能忍住。

吴凡望着只剩下一个空腔的张星鹏，心里有种说不出的感慨。

这家伙要真是预测死亡的兔子，那可真是够悲哀的，机关算尽也还是落得这样一个下场。

“还没有发现死因吗？”他问田鹏刚。

“是有点邪门啊。”田鹏刚咂巴咂巴嘴，“体表没有致命伤，也没有内出血。如果是服毒的话，一般很多脏器都会发生病变，肉眼也是可以看见的。这家伙看着却很正常……不行，我得做毒理化验，先检查血液。”

那个年轻法医忽然插嘴：“其实我做过血液检测，但是没有发现血液中含有任何重金属超标。”

田鹏刚怀疑地看了看他，又看了看老法医，“你刚才一口咬定张星鹏是被毒死的，怎么血液检测结果你不说？”

老法医狠狠瞪了年轻法医一眼，“我根本不知道什么血液检测，他自己偷偷做的。”

年轻法医小声道：“师傅认为这个人是被毒死的，我就偷偷化验了一下他的血，没想到什么都没检查出来，我也很奇怪。”

田鹏刚没说什么，为了保险起见，他重新做了一次血液化验，结果与年轻法医说的完全一样。张星鹏的血液含量中并没有超标的重金属物质。

这样的结果让田鹏刚很惊讶，“这家伙内脏完好，看不出损伤，又没有中毒迹象。可是这个人却死在眼前了，我还从来没遇见过这样邪门的案子。”

他说这话的时候，吴凡不经意地看了一眼付雪晴，两个人的表情都有些不太正常，似乎想到了什么。

可田鹏刚没打算就这么罢手，他开始逐一检查张星鹏的内脏器官。

老法医见他忙活了大半天也没弄出个名堂，心里有几分得意，忍不住说道：“有个问题我想请教田法医，如果连您也没有检查出结果，那这个尸检报告我们又该怎么写呢？还请赐教。”

田鹏刚翻楞他一眼，气哼哼道：“只要是死亡，就肯定有死因。我至少要弄清楚他是怎么死的。”说着“咔”的一刀切开了试验台上的肝脏。

他逐一把这些内脏做切片，然后再进行化验，分析……

不知不觉已经过了后半夜，付雪晴也不禁有些急了，问道：“怎么样，还没有任何发现吗？”

田鹏刚两眼熬得跟兔子一样，宽脑门儿上也见了汗，看着油光光的。他郁闷地说：“肺叶、肝脏检查了，肠子、肾也都检查了，都没有检查出毒物，连病变的部位都没有。”

“那有没有可能是类似高电压一类的东西，隔着皮肤能伤害到内脏的。”

“那也一样会留下痕迹的，现在的问题是，即便最细微的伤痕都没有，更别说致命伤了。这哥们儿壮得跟头牛一样，怎么看也不应该死啊，可是就这么死了。”

周宁那边实在有些坚持不住了，看了看表，“现在已经凌晨一点了。付队长，要不你们先回招待所休息休息，明天再接着化验也不迟啊。”

“那怎么行！”不等付雪晴回答，田鹏刚断然拒绝，“这么大的疑点摆在眼前，不弄清楚怎么能睡得着觉？”

周宁有点来气，“那如果你一直检查不出原因，就一直待在这里不出去了？”

田鹏刚嘿嘿道：“你知道我在法医室待得最长记录是多久吗？六天……我当时就跟那具已经烧得烂七八糟的尸体耗了六天，总算让我把它鼓捣明白了。”

周宁差点没昏死过去，别说待六天，让他再多待一天他都能疯。

他还想说点什么，田鹏刚忽然挥手打断，“你们先别说话……”

他正用解剖刀剖开张星鹏的心脏，聚精会神地瞅着，看着看着忽然古怪地笑了一下，“居然是这么死的。”

所有人心头一震，一起聚拢上来。付雪晴迫不及待地问：“你看出他的死因了？”

“心肌梗死。”田鹏刚说。

“心梗？”

不仅付雪晴惊讶，其他人也都没料到会是这个检查结果。

“你能确定吗？”那个老法医忍不住说。

“废话。”田鹏刚将心脏托在掌心往他眼前一伸，把所有人都吓得后退了一步，“看到那个很粗的血管没，那是冠状动脉，心肌梗死的区域就在下端靠近心尖的地方，那里有一处很明显的血液凝块，而且还出现了渗血现象，说明局部心肌已经坏死了。准确地说，张星鹏是属于急性心肌梗死。”

吴凡想了想，忽然说道：“如果张星鹏心脏不好，他自己难道一点都没有觉察吗？”

“你这话什么意思？”田鹏刚问。

“我在他家里并没有看到心脏方面的药物和看病的医疗单据啊。”

站在他身旁的付雪晴有点诧异地看了他一眼，“你确定？”

“我记性其实不差，除了车祸前后发生的事情我记不住，其他的事情我记得很清楚。尤其是案发现场见过的东西。”

田鹏刚说：“要不怎么叫急性心肌梗死呢。像张星鹏这种年富力强，身强体壮的人，一般不太容易得什么慢性病，但是心脏病这东西是不分年龄的，尤其是急性心脏病，发病时间短，甚至都没有什么明显的征兆。”

他话虽这样说，但还是重新检查了一遍那两片心脏，大黑脸上的表情非但没有舒展，反而更加凝重了。

他忽然莫名其妙地问付雪晴和吴凡：“我听说张星鹏死时候的样子十分奇特？”

“是啊，怎么了？”付雪晴不解其意。

“怎么个奇特法？”

“就是……”付雪晴一时间也不好形容。

吴凡说：“他当时是坐在地下室的椅子上，脑袋十分夸张地扭向身后，表情……和你现在看见的差不多，可能更恐怖一点。”

“难道他在看什么东西？”

“他看的地方只有一面墙，不过我在墙上看见了一些血手印……”吴凡想起什么，回头问县公安局那两位法医，“在张星鹏家发现的那些红色的手掌印是鲜血吧？”

老法医点头确认，“是鲜血没错，这个我化验过，而且还是人血。”

“那么那些血手印是谁印上去的？张星鹏吗？”田鹏刚好奇地追问。

付雪晴皱了皱眉，“胖子你问这干什么，跟张星鹏的死有什么关系吗？”

不等田鹏刚回答，吴凡先回答了他的问题：“肯定不是张星鹏的手印。那些手印很小，比付雪晴的手还小。”

“是吗？”田鹏刚更加惊奇，似有所悟道，“张星鹏不会是看到了墙上那些血手印吧？”

“看到血手印怎么了？”付雪晴问。

田鹏刚露出很奇怪的表情，“虽然有点不可思议，但我想我很快就能给你们解释。”

他起身走到解剖台前，重新检查张星鹏的尸体。

张星鹏的尸体此时已经变成了一个空腔，田鹏刚这次感兴趣的却是他的胳膊和腿。

他伸出两只大手，在张星鹏的胳膊和大腿上用力地捏来捏去，又拿起他的两只手试着掰开他蜷缩的十根手指，看着就好像在按摩一样。

周宁问付雪晴：“付警官，您这位田法医又在干什么？”

付雪晴无奈地摇摇头，她也不知道。

田鹏刚紧接着做的事情，他们就更看不懂了。

他用手术刀打开了张星鹏手臂的皮肤，仔细观察里面的肌肉，甚至还取下来几块，用放大镜观察了好一会儿。折腾够了，他这才把手术刀“当啷”一声扔在了托盘里。

“您这是检查完了？”周宁问。

“是啊！”田鹏刚说，“总算没白忙活，一会儿我要好好吃一顿。”

付雪晴催促他：“你别卖关子了，说吧，你要给我们解释什么？”

“自然是张星鹏的死因。”

“你不是说他得了急性心肌梗死吗？”

“是啊，不过那只是症状，为什么会得心梗才是关键。吴凡刚才说没发现张星鹏家里有心脏病药，他没说错，因为张星鹏本来也没有心脏病。我刚才仔细检查过他的心脏冠状动脉。心梗发作的病人一般都会先出现冠状动脉粥样硬化，一种由血管壁的纤维组织增生及钙质沉着所造成的动脉狭窄，一般出现了这种病变才会导致心梗发作。但是张星鹏完全不一样，他的心血管内部没有出现任何冠状动脉粥样硬化的迹象，但冠状动脉却出现了剧烈的收缩，就是这种突然收缩导致了急性心肌梗死。”

“我听不太明白，他这到底算不算心脏病啊？”

“也算，也不算。”田鹏刚的大胖脸上露出一丝神秘的表情，“为了进一步确认，我检查了死者的四肢。结果我注意到，他两只胳膊以及双手的肌肉状态竟然还是僵硬绷紧的，再加上他那离奇夸张的死亡表情。我可以得出一个大胆的结论——他是被活活吓死的。”

众人刹那间全都呆在那里，难以置信地瞅着田鹏刚。

“喂，你们这是什么反应？我这可是经过科学推断的结论。”田鹏刚说。

老法医忍不住笑呵呵道：“恕我直言，田法医，我觉得你这个结论听着更不靠谱。平时谁见过有人是被吓死的，就算有，那也是很罕见，再说，张星鹏这么一个身强力壮的男人，而且本身就是一个连环杀人犯，他的心理承受能力肯定要比常人强很多。说他能被活活吓死，这不是笑话吗？”

“不是我想打击你老廖，咱们做法医的首要依据的是客观事实，不是想象。任何结论都是根据事实依据进行推测。再说了，你知道的委实不多，想象力更有限。”

“你敢口出不逊！”廖法医又怒了。

“我可没有人身攻击的意思，老人家。喏，我顺便再为您做一些科普——人为什么能被吓死？当一个人感到极度恐惧时，身体会分泌必要的肾上腺素，来刺激身体对抗所面临的危险或者作出逃跑。当大量肾上腺素抵达心脏，心血管会急剧收缩，心肌过快运动，从而导致心律失常，血压下降，大脑缺血。通常这种恐惧感只是瞬间产生的反应，不会对人体造成太大伤害。但是每个人心脏能承受的压力是一定的。简单说，一旦恐惧超过这个人心脏能承受的极限，导致心脏无法恢复对脑部供血，人就会立刻失去意识，严重的就会死亡。如果还不相信我说的，那就好好看看张星鹏的表情，你不会以为他临死前是在朝你做鬼脸吧？”

吴凡这时候接道：“我赞同老坛的想法，我亲自进入案发现场，我也做过犯罪重建。张星鹏离奇死亡的那天夜里必然发生过令他极度恐惧的事情。他从睡梦中惊醒后看到窗外趴着一个人。他没敢反抗也没敢往外跑，而是直接钻进了地下室，坐在椅子上，紧攥着斧头防身。他当时一点都不像一个穷凶极恶的连环杀人犯，倒像是一副走投无路的样子……”

第十二章　像素解密

“他死亡的姿态尤其奇特。如果你们看过现场照片就会明白我的意思，那就像是一个死亡瞬间的定格。他临死之前回头张望，肯定是看到了什么，看到墙上那些血手印的时候，我首先想到的就是那里当时应该站着一个人，或者说是杀死张星鹏的凶手，这才符合逻辑。但是我始终弄不明白，凶手究竟是用什么手段把他杀死的。而且还是一个身高只有一米五几，娇小瘦弱的凶手。但如果说张星鹏是被吓死的，这个难题似乎一下子就解决了。”

田鹏刚说：“虽然你站在我这边，但你对我的称呼让我想抽你。”

原本一心想离开的周宁听完田鹏刚和吴凡的分析，也来了精神，插嘴道：“但我觉得这里面有个明显不合理的地方。现场那些血手印我也见过了，确实很小。但就像吴警官说的，假如这是个只有一米五几的凶手，看起来要么是个女人，要么就是一个小孩。我不知道他手上的血是怎么弄上去的，可就算他全身是血，也不至于把张星鹏活活吓死吧。”

“那如果他没有脚呢？”吴凡说。

“你说什么？”周宁一脸茫然。

“交通队和派出所的人没对你说起过吗？在发现血手印的地方都没有发现凶手的脚印。”

周宁脸色有些苍白，“这大晚上的，你别开玩笑啊，吴警官。”

“我说的是真的，我和付警官都知道。”

周宁看向付雪晴，付雪晴点点头。

她说：“这的确是本案的一大疑点。事实上，在案发现场除了血手印之外，我们没有发现杀死张星鹏的人留下过任何痕迹。我们甚至不知道他是如何进入到完全封闭的房间的。”

周宁简直都有点听傻了，一时间也没有了主意，“那你们……你们有什么想法？”

付雪晴摇摇头。

“总不能一点头绪都没有吧？张星鹏埋在地下室里这么多尸体你们不都分析出来了吗？”

“张星鹏只是作案隐蔽，他的抢劫杀人手法单一，动机也简单，一旦露出马脚，顺藤摸瓜就不难侦破。这和他被杀完全不是一个性质，杀死张星鹏的案子才是一个更棘手的案子。”

“那怎么办，我总不能向上级汇报工作，说张星鹏就是被莫名其妙吓死的吧？”

吴凡这时对付雪晴说：“要不要告诉他们？”

付雪晴神色有些异样，似乎在犹豫。

“告诉我们什么？”周宁不解地望着他俩，“难道你们还知道什么重要情况没说？”

付雪晴犹犹豫豫道：“那也算不上什么重要情况……或许和张星鹏的案子根本无关，说出来也只是给大家找烦恼，还不如踏踏实实就从张星鹏这里调查呢。”

她越这样遮遮掩掩，周宁和廖法医他们就越感觉奇怪，一个个的眼神中都露出了猜疑。

看到这样的情形，吴凡索性道：“既然周队长这么感兴趣，告诉你也无妨，但在说之前，我有一个要求。”

“还有要求？什么要求？”

“一会儿不管你们看到什么，都请严格保守秘密。这件事最好只限于我们几个人知道。”

周宁见他如此郑重，更觉得疑惑，“这个我可以答应你。我们都不会往外传的。”

于是吴凡掏出一部手机，从相册里找到舒畅探险隧道的那段视频，递给周宁，“这是与我们同来的一个女记者前两天拍下的一段的视频。她之前也参与了这个案子的调查。”

“女记者？”周宁微微一怔，“你说的莫非是舒畅？”

“就是她。”

“她还能发现什么线索？”周宁有些将信将疑，“话说已经有几天看不到她的人影了。她还能自己去查案子不成？”

“总之，你先看看这段视频再说吧。”

周宁点开视频，看到的却是不停摇晃的昏暗画面，好像就是用手机一边走一边拍的。他一时间也没看出什么，还不太明白吴凡的意思。

廖法医和徒弟也都凑过来一起看，就连田鹏刚都没忍住好奇，背手站在后面，伸着个大脑袋，瞪圆了小眼睛仔细瞧着。

一开始大家什么都没看出来，甚至感觉有些无聊，直到手机里突然传出舒畅的尖叫声，所有人的脸色都变了。吴凡知道他们看到了什么。

法医室里的气氛一瞬间变得有些诡异。

周宁费力地吞咽口水，“吴警官，你让我看的这个视频里的这个……这个是什么？

“看着像一个穿白衣的女人。”

“我知道是个女人，可是……可是哪有女人长成这样的？这是在哪里拍的视频？”

“还不知道。看着好像是在一条隧道里。”

那个年轻法医显然是被吓到了，喋喋不休道：“一个女人怎么会穿成这样躲在隧道！你们没注意到吗，她是突然一下冒出来的，连一点声音都没有，而且就站在那里一动也不动，连一点表情都没有。这明显不合常理啊，就像这个案子一样，我从一开始就感觉张星鹏死得太蹊跷，简直……”

“行了，够了。”老法医喝止他，“你这越说越离谱了，你一个法医还这么迷信？不怕江州的同志笑话？”

年轻法医理直气壮，“我这是实话实说，我不相信你心里就不怀疑，要不然你怎么在去过案发现场之后，草草就结束了张星鹏的尸检。因为你根本就不认为他是被人杀死的……"

"你，你胡说……"老法医又羞又恼，指着年轻法医的鼻子，只想骂他。

"行了，你俩也别争了。"周宁插嘴道，"事已至此，把那个女记者找来一问不就清楚了吗。是不是，吴警官？不知道怎么联系她？"

"她已经死了。"吴凡说。

"你说什么？"

"就在她拍完这段视频的当天晚上，她死在了地下停车场里。她的死状也和张星鹏十分相似。身上看不到任何伤，死亡的表情却异常恐怖，好像受到了什么惊吓似的。在她双眼直视的不远处，我在水泥柱上发现了和张星鹏家里同样的血手印，高度、大小都一样。"

吴凡话音刚落，那个年轻法医颤声道："我刚才说什么来着。视频里拍到的那个东西根本就不是人，张星鹏才会被它活活吓死。那个女记者肯定也一样！"

老法医骂道："简直一派胡言，这种话都能说出来，亏你还是法医！"

"你就别装了，老廖，谁还不知道你，说一套想一套。"年轻法医也撕破脸，豁出去了。

"都安静！我说两句！"眼看着大家都有点情绪失控，付雪晴急忙出头制止，"之所以之前不想告诉各位，就是因为这个案情属实诡异，怕误导了各位。但我要说句心里话，我是不相信什么鬼神说的，不管案情看上去有多么出人意料，我相信总会有合理的解释，只是我们现在还未想到而已。至于你们看到的视频中那个白衣女人，我倒觉得那说不定就是个活人。可能因为某种原因躲进了隧道里，恰好被舒畅拍到了。"

年轻法医忍不住道："可是张星鹏和女记者的死又该怎么解释？一个活人就算能假扮女鬼充其量也只不过吓人一跳，多说能把人吓昏过去。张星鹏和女记者都正值壮年，身体好得很，怎么可能会被轻易吓死？我们刚才也看见了，我们不也没有被吓死吗？"

他反驳得还真有些道理，付雪晴一时间很难辩驳。她说："我们现在辩论的这些全部都只是假设，并不能算作依据，除非我们能找到更确实的证据，只有证据才最可信。”

“证据不是就在眼前吗？”年轻法医指着周宁手里刚刚播过视频的手机。

“那还不算证据，除非真有女鬼站在我面前，让我检查检查，否则我是不信的。”付雪晴道。

年轻法医嘟囔了一句：“或许那个女记者当初也这么想……”

付雪晴脸一沉，他不敢往下说了。

忽然有一个人说：“我倒是想到了一个眼前的办法，不知道可不可行……”

说话的人正是田鹏刚，大家争执的时候，他罕见地站在一旁一声没吭，直到现在才开口说话。

“什么办法？”付雪晴问。

“如果能让我看清楚那个白衣女人，或许能给些专业分析。我虽然不知道鬼长什么样，但我对人体十分了解。如果是活人假扮的，我一眼就能看出来。”

周宁说：“可是看见白衣女人的张星鹏和女记者全都死了，你上哪去找她？”

“也用不着找到人，哪怕只要看视频也可以，我看刚才那个手机的摄像挺清楚的，能不能想办法进一步提高一下清晰度？”

“这个不太容易办到吧。”周宁很为难，“我们县刑警队很难做到。”

付雪晴说：“不如我把视频发回江州刑警队，让赵楠他们看看？”

吴凡低声说：“万一卢广通知道了，问起这件事我们怎么解释？说我们就是想鉴定视频里这个是不是人，你猜他会怎么想？”

付雪晴想想也有道理，在没弄清楚情况之前让卢广通插一脚很麻烦。

“我倒是想到了一个解决办法。”吴凡说。

“什么办法？”

欧阳姗姗大半夜的忽然接到吴凡打来的电话，耷拉着眼皮，哈欠连连地问他：“你知道现在几点了吗，爹地？我现在还在发育阶段，睡眠不足会影响我长个的。”

“我现在手里有个棘手的案子，想把视频里的嫌疑人做锐化处理，最大限度地提高清晰度。你能办到吗？”

“这有什么难办的，随便找个公安局搞电脑技术的人很容易就能做到吧，这么简单还用得着我？”欧阳姗姗打着哈欠，“没什么事，我先睡了……”

“他们虽然能做，可是效果很不理想。赵楠说除非能找到一个黑客级别的电脑高手才行。”

一听吴凡这么说，欧阳姗姗马上撑开眼皮，好奇地问：“有这么难吗？”

“反正没人能弄得了，我就问问你能不能帮我推荐一个电脑高手。”

“这话说的，还用推荐吗，我什么水平你还不了解？干脆你把那个视频发到我电脑上，我给你瞧瞧。”

“好嘞。”

吴凡马上用舒畅的手机登录自己邮箱，把视频文件发送给欧阳姗姗。

欧阳姗姗穿着睡衣，光着脚丫子跑到她的地下游戏室，兴致勃勃地打开电脑邮箱，下载了那段视频。

吴凡还着重向她强调：“大概播到十七分钟左右，会出现一个穿白衣服的姐姐，你把她的长相尽量清晰放大就行了。完事把截图发到我邮箱里就行。别忘了告诉我一声啊。”说完挂了电话。

付雪晴觉得有点不妥，“你就这么跟她说好吗？”

“这有什么啊，耐心等一会儿吧。我相信我干女儿的实力。”

过了大约半个小时，吴凡的手机就响了。

“我说什么来着，这么快就搞定了，这小丫头可是天才儿童。”

他刚一接听，耳朵差点没让欧阳姗姗喊聋了，“大半夜的，你给我发的这是什么鬼东西啊！你想吓死我啊！”

“不就一个白衣姐姐吗，你看到了？”

“这算哪门子白衣姐姐！”

“难道是阿姨？”

“我不跟你废话了，我命令你半小时之内马上赶到我家，把我护送到楼上。

我现在连上厕所都不敢了。”

“你忘了吗，姗姗，我现在出差在外地呀。就算现在坐火车往回赶也得明天中午才能到家。”

“你啊——”话筒里传出欧阳姗姗撒泼抓狂，痛不欲生的尖叫声。

吴凡实在不忍心听下去，把手机关了，打开邮箱一看，欧阳姗姗已经给他发来了剪辑好的视频截图。

他让周宁找来一台电脑，登录邮箱，下载了视频截图。

点开截图的一瞬间，整个电脑屏幕变成一片漆黑。

众人一下子都愣住了，议论纷纷。

“这是电脑坏了吗？”

吴凡也有点傻眼。心里正在犯嘀咕，忽听周宁惊呼：“那是血吗？”

再一看，屏幕正慢慢由黑转白，大量猩红色的液体从屏幕上方往下淌，仿佛把黑色的屏幕都冲洗干净了。

但是随着血水慢慢褪去，竟然露出了一张血迹斑斑，瞪大眼睛朝屏幕外张望的女人脸。电脑音箱中同时传出了女人的哭声。

所有人一时之间都惊呆了，没反应过来这是怎么一回事。

就在这时，屏幕里那个女人猝不及防地咧开血盆大口，露出恐怖的牙齿，似乎就要扑出来咬人。

站在吴凡身边的年轻法医大叫一声，一不留神被绊倒，直接坐在了地上。

其他人也被吓得不轻。

这时候从音箱中传出了欧阳姗姗的笑声，“活该，让你吓唬我，我这叫以其人之道还治其人之身。”

付雪晴好气又好笑，瞪了吴凡一眼，“真是有其父必有其女，你回去好好管管你那熊孩子吧，这节骨眼儿上还有心情开玩笑？现在怎么办，我们找谁帮忙？”

她话音刚落，屏幕上画面一闪，那个裂口女人消失了，突然出现了另外一张巨大的脸。

这张脸被两边的长发截成了窄窄的一条，惨白得看不到一丝血色，也没有一丝表情，只是呆滞地望着屏幕外。

就是这样一副表情让众人都感到骨头里发冷，就仿佛屏幕里的女人是在盯着他们。

他们随即意识到，这张脸就是女记者舒畅在隧道里拍到的那个白衣女人。

欧阳姗姗居然把这张脸放大了好几倍，而且锐化的画面异常清晰。

田鹏刚把坐在电脑前的吴凡连人带椅子拽到旁边，挤到屏幕前，仔细观察着屏幕里那张女人的脸孔，一张大脸都快把电脑屏幕占满了。

他一声不吭，仔仔细细地端详了老半天。

“怎么样，能看出什么不能？”付雪晴问。

田鹏刚慢慢从电脑屏幕上把自己的脸拽回来，所有人都目不转睛地注视着他的表情，等待他的回答。

田鹏刚深深喘了一口气，“这是真正的人脸，不是面具，脸上的皱纹和毛孔都能看见。”

还未等付雪晴说话，老法医故意大声道：“我就说嘛，怎么可能会有女鬼。肯定因为脸上化了妆，再加上隧道里光线暗，拍出的照片让人产生了错觉。”

“她脸上没化什么妆，几乎就是素颜。”田鹏刚说。

老法医一愣，“是吗，没化妆？那就是个长相奇特的女人吧？”

“她长相其实很普通，你们看着奇特是因为她面部的毛细血管全都萎缩了，皮肤出现了严重的脱水现象，而且表面还出现了皂化现象，看着才会觉得白森森的，准确说是灰白色……”

老法医听到这里似乎明白了什么，呆呆地站在那里说不出话了。

其他人却还没听明白，付雪晴追问田鹏刚：“你刚才解释的那些到底是什么意思？什么是皂化现象？”

“说白了，她其实是一个死人。”

“你说什么？”付雪晴打个冷战，“你是说视频里的这个白衣女人已经死了？这怎么可能？”

“千真万确。”田鹏刚的神色凝重异常，“皂化现象是尸体在缺氧又潮湿的环境中形成的独有状态。简单说就是皮下组织水解成脂肪酸，渍润于尸体组织，形成蜡状物质，也叫尸蜡。这个女尸灰白的脸上其实就是一层尸蜡。”

田鹏刚见付雪晴和其他人还有些迟疑，接着说：“我见过太多的尸体了。活人和死人一眼就能区分开。如果你想看最直接的特征，就看她的一对眼睛。现在截图足够清晰，完全可以看清楚。”

付雪晴照田鹏刚说的，仔细观察白衣女人的那双眼睛。先前在视频中一闪而过，只是感觉这个女人的眼睛有些呆滞空洞。如今仔细一瞧，那对眼珠确实与常人不一样，竟然没有黑眼仁，就像两颗混浊的灰色玻璃珠镶嵌在低垂的眼睑里。

“怎么会这样？”付雪晴都看傻了。

“死人的眼睛在腐败的过程中，晶状体就会变浑浊。这也是法医判断死亡时间的一个方法。”

“难道这具尸体一直都放在那个隧道里，被舒畅不小心撞见？”付雪晴试着假设一种更合理的可能。

田鹏刚摸着大脑袋，“这个我就不知道了，反正我就是根据这个白衣女人的外表做一次客观评价，至于这个死人为什么会穿成那样会跑到视频里，为什么被拍到，那我可就不知道了。”

付雪晴拿起舒畅的手机，把那段视频重新播放了一遍，似乎为了肯定自己的假设，大声道：“视频里那个白衣女人的确没有动弹过，似乎就一直矗立在那里，有可能是被人为放在那里的。”

“那你觉得摆放尸体的人能是谁呢？”吴凡冒出一句。

“很可能就是凶手本人。”

吴凡继续问：“那么张星鹏和舒畅两起案发现场发现的那些血手印，以及把两个人通通吓死，也是凶手利用尸体搞的鬼了？”

“也许吧……”付雪晴有些不太肯定，猜测道，“有没有可能凶手把这具女尸当作凶器呢？”

一时间无人搭话，这个假设实在是够大胆的。

付雪晴也是被吴凡问得没有退路才突然冒出来这么个假设。

吴凡见其他人都不说话，只好开口道："在案情真相还没弄清楚之前，现在需要的就是集思广益，各种假设和想法大家都可以探讨，说不定什么地方就能引导出正确的线索。咱们现在就研究研究付警官这个假设，假如凶手真是用这具女尸当凶器，你怎么解释张星鹏和舒畅这两起案子？"

付雪晴想了想，"如果想杀死张星鹏的话，凶手可能先把尸体放在窗外吓唬张星鹏，把他逼进地下室……"

周宁插嘴道："然后搬着尸体穿过完全封闭的房间再吓唬张星鹏？这根本不可能做到吧？我们都去过案发现场，想从窗外马上转移到地下室，就算是凶手自己都很难做到，何况还要带着一具尸体？"

付雪晴稍稍迟疑，目光闪亮，"或者还有更巧妙的办法，如果凶手先趁着张星鹏不在家的时候，把尸体放进地下室里。然后自己化妆成尸体的样子躲在窗外吓唬张星鹏。这样不就能解决密室杀人的问题了吗？等张星鹏躲进地下室恰好看见了尸体，以为遇见了鬼，结果被活活被吓死了。这样的解释怎么样？"

吴凡点点头，"逻辑上倒还合理，照你这样说，地下室墙上那些血手印应该也是凶手提前搬运尸体的时候一并印上去的。不过还有个问题，案发现场并没有发现疑凶的脚印。这个怎么解释？"

"我猜测是凶手在作案后故意把脚印清理掉了，就是为了伪装成鬼杀人的假象。这个解释怎么样？"

"实际操作起来会很麻烦，不过也算合理。"

付雪晴接着说："同样的方法要杀死舒畅相对要容易一点。我记得吴凡说过，舒畅遇害那天晚上宾馆停过电。我怀疑有没有可能是凶手故意捣鬼，故意吓唬舒畅，逼着她逃出宾馆？其实他早已经在地下停车场准备好了尸体，等待舒畅自投罗网。"

吴凡想了想，"这段推理有些不太严谨，但也马马虎虎。"

"但我觉得这里面有个不合实际的大问题。"田鹏刚忽然开口道。

“什么问题？”吴凡问。

“我是法医，姑且不考虑案发现场环境因素是不是方便搬运尸体，单纯从法医的角度来说，搬运一具尸体其实要比搬运一个活人困难得多。活人的身体是柔软的，可以通过调整姿态来改变她的重心。死人则不同，尤其是视频里这具看着已经完全僵硬的尸体。即使这个人活着的时候只有几十斤，你想要移动她的尸体也不是一件容易的事情。就连我这体格都做不到。除非这个凶手有着异常惊人的体力，这是其一……”

“其二，即便凶手能解决搬运尸体的问题。他又怎么确定自己大费周章就一定能杀死被害人呢？把人吓出心脏病致死，这是一个概率上的问题，并不像普通的杀人手法那样可以产生直接的效果。凶手如何保证自己一定能成功呢？”

田鹏刚的话一下子把吴凡和付雪晴都说没词了。

那个年轻法医忽然发出几声冷笑，有些神经质地说：“说一千道一万，你们就是在不停地给自己找理由让自己相信这个案子是人做的，哪怕你们解释得有多么不合理。”

刑警队长周宁这时候也六神无主了，他看看这个，又瞧瞧那个，最后问田鹏刚：“田法医，那你怎么看啊，你觉得到底是人干的，还是……还是那具女尸干的？”

田鹏刚呲着大牙，露出阴森森的笑容，“我是一个怀疑论者。对这个案子，我暂时也束手无策。我只能说，假如凶手是个人，那就应该有个更合理的作案手段。但假如真是那具女尸干的，那就说明凶手利用了这具女尸，拥有了我们尚不清楚的某种力量。”

周宁回头看了一眼警队里的两个法医，他们脸都吓白了，连句话都说不出来。

周宁无比沮丧，“照这么说，我们岂不是没有任何办法了？”

他现在真后悔自己怎么会接下这么个倒霉案子，这哪里是什么升迁的机会，摆明了是走了霉运，搞不好连命都得搭上。

“你也不用这么悲观，周队长，我现在只是在分析案子。真正查案的不还要靠你们吗？”田鹏刚还安慰他，“反正凶手究竟是谁，你们查到最后肯定会知道的。当这么多年法医，我还从来没遇到过这样的奇案，我对你们充满了期待。”

周宁都快哭了。

吴凡没想到案子分析到最后，大家更心神不宁了，除了原本就变态的田胖子，其他人都跟躺在周围的那些尸体一样，沉默不语。

他说：“依我看，我们眼前的线索还是不够。哪怕这个白衣女尸真是鬼，她也应该是因为某种原因才会找上张星鹏。同样的道理，记者舒畅或许是查出了什么关键，才遇见了那具女尸，但我们还没有遇见。说明还有些线索我们不知道。”

第十三章　石膏雕像

周宁像瞅怪物一样瞅着吴凡，“你该不会是一心想要找到那个白衣女尸吧？”

“自然要找到它，只有找到它才可能找到真相。”吴凡眼神中放射出灼热的光彩，就好像他一点都不担心自己要面对什么。

周宁不知道该说什么好，他现在才发现这家伙和那个大胖子法医都不是正常人。

果然，吴凡话音刚落，田鹏刚马上迫不及待地问：“那该如何找到那个白衣女尸？你想到什么办法了？”

“最好的办法就是从舒畅身上入手，查一查她失踪那两天究竟去了哪里，做过些什么，或许什么地方就隐藏着我们要找到的线索。”

付雪晴这时候插话道：“我刚想起来一件事，我之前只和吴凡提过。就在舒畅失踪的前一天，有交警曾看见她钻进张星鹏的轿车里，似乎偷了什么东西，但他也说不准。随后舒畅就失踪了两天，再之后她便离奇死在了宾馆停车场里。会不会是她当时真是发现了什么线索，在调查的过程中碰见了那个白衣女尸，才因此遇害的？”

吴凡听她说完，伸手从口袋里掏出了几张纸递给付雪晴。

付雪晴昨天在宾馆里曾经看见贾洪涛给吴凡搜身时掏出过这几张纸，好像是什么收据，当时她并没有太在意。

“这是什么？”她问。

“这是我在舒畅衣兜里翻出的高速公路收据，她租了一辆车，在失踪的这两天，去了一个叫燕山的地方。我一直怀疑这和她的死有关。会不会是她真从张星鹏的车里找到了什么线索，然后抛开你们，独自去调查了呢？”

付雪晴觉得吴凡的分析有道理，可就是不知道，舒畅究竟拿走的是什么东西。

她问吴凡：“舒畅遇害的那天晚上，你不是最先检查过她的车辆吗？除了她的手机和高速公路收据之外，就没有发现什么其他可疑的东西？”

“当时事情紧急，我根本来不及仔细检查。”吴凡说到这里停顿了一下，“但我想，如果真有那个东西，现在或许就在某个人手里……”

付雪晴瞳仁微微收缩，“你是说贾洪涛。”

下午 1 点 30 分。

付雪晴和吴凡找到了顺德区刑警支队。

他俩昨天在法医室待到凌晨 4 点才走，各自回到宾馆打了一个盹，简单收拾一下就来了。

付雪晴的身份确实好用，门卫一听说她是外市的刑警队长，二话不说，急忙放行。

半小时后，开完会的贾洪涛回到办公室，一眼就看见了等在门外的付雪晴和吴凡，先是愣了几秒钟，随即露出一副玩世不恭的表情，“付队长过来怎么连个招呼也不打，我好亲自出门迎接啊。”

“贾队长太客气了，我今天过来只是想向贾队长了解下情况。”

“找我了解情况？”贾洪涛稍一迟疑，随即就猜到了，“你是来打听那个女记者舒畅的吧？”

“就是她，方便的话……”

还没等付雪晴把话说完，贾洪涛就一口回绝：“这个恐怕我恕难从命，我个人肯定想给付警官这个面子。只可惜这桩人命案还没有侦破，有些疑点没有弄清楚，按照规定，我是不能向办案民警之外的人透露信息的，以免传到某些别有用的心的人耳朵里……”他说到这里故意瞄了吴凡一眼。

付雪晴没想到一上来就被对方回绝了，这还真有点麻烦。

这时候，吴凡开口道："贾队长如果换个角度想，没准我们这次来能给贾队长一些帮助呢？"

"给我帮助？"贾洪涛被气笑了，"那我就问问你，你能给我什么帮助？"

"其实我今天来……是来给贾队长抓的。就算我今天不来，说不定贾队长过两天也会带人去抓我。"

贾洪涛没料到他会冒出这么一句话，惊讶地望着他，确定这家伙没病，"你这是什么话，难不成你是过来自首的？"

"这么说也差不多吧。上次贾队长带人去抓我时，其实我没有实话实说。"

贾洪涛霍然瞪圆了双眼，咄咄逼人地盯着吴凡，"那你的实话是什么？"

吴凡张嘴刚要说，忽然看了看左右，"在走廊里不太方便讲吧，有些话最好还是进办公室说。"

贾洪涛实在搞不清这家伙葫芦里卖的什么药，他打量着吴凡，总觉得看不透这家伙，心里直犯嘀咕，这小子难道还能把我骗进办公室里再动手收拾我？看他的样子好像没带什么凶器，再说付雪晴好歹也是江州市的刑警队长，还不至于和他同流合污。

就这样贾洪涛犹犹豫豫地把两个人带进了办公室，不过他马上走到办公桌后面坐下，抽屉里放着他的手枪，他必须以防万一。

"你要坦白什么现在说吧。"贾洪涛表面上装作若无其事，暗中把抽屉缓缓拉开，伸手去摸枪。

"我和你正在查的死者舒畅之间还有一些事情上次没告诉你。"

"难道是你杀了她？"贾洪涛半开玩笑地冒出一句。

"那倒不是，但我有一些关于她死的证据上次没有告诉你。我这也算是隐瞒不报，理应来'坦白'。"

贾洪涛忽然有种被耍了的感觉，压着火气问："你说证据，什么证据？"

"舒畅在遇害之前状态就很反常，那天晚上我们聊过一会儿天，她当时莫名其妙问我，相不相信这个世界上有鬼。她的样子看上去就好像受到了什么惊吓似的。当时她还掏出了几张高速公路的收据……”

吴凡说着把那几张收据掏出来放在贾洪涛桌上，“没想到，我离开后她就离奇遇害了。你找到我时，我没有告诉你太多，担心你怀疑我。但我过后仔细想了想，觉得舒畅在临死之前肯定是去过什么地方，在进行调查时遭遇了某种危险。如果你能顺着这个线索往下查，或许能查到一些破案的线索。”

听完吴凡一番话，贾洪涛难以捉摸地看了看吴凡和付雪晴，“你们今天来就是为了告诉我这些？”

“差不多吧。当然还有一点小小的请求。”

“什么请求？”

“关于舒畅的所有证物应该都在你这里吧，我们想看一眼。”

贾洪涛终于忍不住笑起来，“闹了半天，你们是为了这个。按理来说，付警官如果提出来，我或许还会考虑，不过你们找的这个借口未免太离谱了。还说什么舒畅临死前问你相不相信有鬼，言外之意，她就是被鬼害死的，你对一个刑警队长说这些话，是觉得我看上去很傻吗？”

“舒畅这个案子并不像看上去那么简单。你们应该已经对她进行过尸检了，尸检结果是什么？”

贾洪涛皱起鼻子，“你问这个干什么？”

“她的死因是不是心肌梗死？”

贾洪涛眉头一紧，厉声问：“你从哪里听说的？”

“我猜的。”

贾洪涛呼啦一下站起身，额头青筋迸起，目光骇人地盯着吴凡。

吴凡与他四目相对，泰然自若地说道：“即便你认为我就是杀害舒畅的凶手，也应该耐心地找出我的杀人证据不是？”

贾洪涛注视他许久，安静的房间里都能听见他锉牙的声响。

许久，从他齿缝里挤出几个字：“好，我就让你们去看物证。我甚至还可以让你们去看舒畅的尸体……"

"那么就多谢贾队长了。"

"不谢。只希望你别让我失望。"

贾洪涛把吴凡和付雪晴带进了物证科。

付雪晴找机会小声问吴凡："你为什么不实话实说？"

"我信不过这家伙。如果他像卢广通那样刚愎自用，没准就随意把案子结了。我们身在外地，毫无办法。既然要插手这个案子，不弄个水落石出，我决不罢休。"

贾洪涛看他俩嘀嘀咕咕，也不知道在说什么，沉着脸走过来告诉他们："你们要的物证都拿出来了，跟我过来吧。"

两人跟着贾洪涛走进里间屋，贾洪涛指了指一张长条桌，上面分门别类地摆满了各种收集来的东西，有些放在物证袋里，有些贴着标签。

"左边这些东西是从舒畅车里收集来的，右边的是舒畅身上的。不过始终没有找到舒畅的手机。"贾洪涛看了吴凡一眼。

吴凡不露声色地问："除了丢失的手机之外，你有没有发现其他可疑的东西？"

"还没有。"贾洪涛实话实说。

吴凡伸手拿起舒畅那双旅游鞋，看了看黏在鞋底已经干了的淤泥，脑海中回想起那天晚上，她敲开自己房门惊慌失措的样子，还有踩了一地的泥脚印。

"她在遇害前那两天肯定是去过什么地方，这才是案子的关键。"吴凡看了看贾洪涛，"不知道贾队长对她的行踪有没有了解。"他放下旅游鞋，又从一堆零碎中拿起一支红色的记号笔。

"我查过了，听说她好像是市交通局请来的，参与采访一起肇事案。那些交警应该不会有什么嫌疑。我就没有继续往下查。"

吴凡拔下笔帽，发现笔头都磨秃了，在手上试了试，也几乎用光了。

"喂，不要随便碰物证。"贾洪涛提醒他。

吴凡忽然说："我们想看看舒畅的尸体，可以吗？"

贾洪涛犹豫了一下，想到自己刚才答应过了，不太情愿地点下头，"可以。"

吴凡提出这个要求其实是找借口把田鹏刚拉进来。

想依靠技术手段从舒畅身上找出蛛丝马迹，非得靠大胖子不可。

得知田鹏刚是名法医，贾洪涛一点都不欢迎他。

他向来不喜欢别人插手自己的案子，可在和吴凡针锋相对的时候一不小心说了大话，也不好往回收。

他带着几个人走进法医室，让法医把舒畅的尸体取来。

舒畅的尸检已经完成了，掀起白布单，在她苍白的身体上有一个鲜明的 Y 字形刀口。而她的脸上依然保留着那天晚上的骇人表情，犹如一个石膏雕像一般。

吴凡只瞅了一眼就有些看不下去。

眼前这具尸体与他之前看到的尸体不一样，这个人他不但认识，还很熟。看到那个曾经活蹦乱跳的人变成了一具苍白冰冷的尸体，那种震撼超乎想象。他们一起相处的经历，一股脑儿全都涌现在眼前，不管是愉快的还是不愉快的，哪怕是那些早已遗忘了的细节，此刻都清晰地出现在脑海中。

吴凡胃里翻涌，有些想吐。

细心的付雪晴低声询问他，"你还好吧，要不要出去歇息一会儿？"

"不用。"吴凡摇摇头，固执地说道，"我就在这里。"

田鹏刚那边一边向法医了解情况一边观察尸体。

市刑警队的耿法医老成持重，明显比县法医专业严谨得多，基本上田鹏刚问到的问题都能做出回答。

"总体来说，死者身上没有发现明显伤痕，只是在双手上有一些轻微的擦伤，还有左脚腕有瘀血，我推测是摔倒所致，因为被害人双手没有防御型伤，所以她的摔倒与死亡没有直接关系，应该只是一个意外。"中年法医不带任何感情色彩地叙述着情况。

“那么她的死因呢？”田鹏刚问。

“由于心肌梗死导致的脑部严重缺氧。”

田鹏刚拿起装心脏的玻璃杯往里瞅了瞅，试探着问：“那么耿医生，你觉得可能是什么原因导致的心梗呢？这个女人毕竟才二十几岁，这个年纪得心梗的几率并不大，您觉得呢？”

“是啊，这种情况我也是第一次遇到。”耿法医瞅了一眼舒畅那张狰狞的脸，“看起来死者当时很痛苦。从现场死者的状态来看，她是坐在驾驶室里死的，发病应该很快。不过稍稍有点奇怪的是，她的冠状动脉血管里没有发现粥样硬化的迹象，造成血栓形成的根本原因是动脉的异常收缩。”耿研的检查结果与田鹏刚的如出一辙。

“那你觉得能是什么原因造成这种情况发生，莫非死者有心脏病史？”田鹏刚的语气中暗含几分挑衅。

“我查过死者的资料，她从来没有过心脏病史。她这应该属于突发病。关于成因我倒是想到了一个原因。”

“哦？什么原因？”田鹏刚追问。

“你看这里。”耿法医伸出双手，把死者的大腿向两边掰开一些，“在死者的大腿根部出现了一些瘀青，死者的下体部位也有损伤。鉴于这些特征以及死者临死时的表情，我怀疑……她是在被人暴力强奸的情形下，精神过于紧张激动引起心血管突然收缩，导致了突发心肌梗死。”

站在他俩身后的吴凡突然一通剧烈咳嗽，连连捶心口，差点没把肝给咳出来。

耿法医惊讶地回头瞅着他，又瞅瞅付雪晴和田鹏刚，“他没事吧？”

“没事，他心脏也有点毛病。”付雪晴回道。

吴凡勉强喘上一口气，质问耿法医：“合着按照你这样说，舒畅就是被强奸致死的啦？那你想过没有，她可是在驾驶室里坐着死的。你就说凶手是怎么强奸她的。”

“这个……”耿法医想了想，“有可能那里不是作案现场，凶手把被害人强奸之后，发现她不行了，又把她送回车上了。”

吴凡刚喘上一口气，又咳嗽不止。

田鹏刚问耿法医：“那你觉得被害人有没有可是受到了过度惊吓，从而引发的心梗呢？”

“过度惊吓？”耿法医皱眉想了想，“你得出这个结论有什么依据没有，还是就凭你的猜测？”

“我猜的。”

耿法医背着手，老成持重地晃晃头，“就凭猜测明显还不够严谨。至少要像我这样有充分证据支持，才能做出最合理的判断。”

“就你这证据也能叫充分？”吴凡实在是忍不住了。

耿法医脸色变得有些难看，“你这话什么意思，难不成你还有更合理的解释？”

“我……”吴凡张张嘴，欲言又止。

吴凡憋了一肚子气离开法医室，见田鹏刚还乐呵呵的，怒道：“别笑了，有什么好笑的，我心里难过着呢。”

“好好，那你说吧，找我来还想干什么？”

吴凡压压火气，“我其实就是想弄清楚舒畅遇害前两天究竟去过什么地方。看贾洪涛这边好像并没有查出什么。我想让你试试。”

“这个难度是不是太大了，整个刑警队都查不出来，你就信得过我行？”

吴凡看了看左右没人，只有付雪晴站在旁边，低声对田鹏刚说：“舒畅遇害那天晚上曾经找过我，当时我就发现她鞋底沾了不少淤泥。咱们不是看过她的手机视频吗，好像是在隧道里拍的。我怀疑她就是在那时候踩上的淤泥。我现在想知道那个隧道在什么地方。你有没有办法查出来？”

田鹏鹏咂巴咂巴嘴，“办法倒是有，但是能不能查出来可就不好说了。往往只能圈定一个大概的范围，有没有帮助我可不确定。”

虽然田鹏刚一上来就唱衰，三个人还是去了物证科，找到了舒畅那双旅游鞋。

田鹏刚执意要进行化验，那些技术员尽管不太情愿，也勉强答应了。

田鹏刚用从旅游鞋底取下了些许泥土样本，先是放在电子显微镜下观察了一段时间，没说什么。

然后又把这些样本放到气相色谱仪中进行物质种类鉴别。泥土中的各种物质含量以曲线形式显示在检测器上。

他端详着屏幕上的数据，好半天都一声不吭。

吴凡和付雪晴完全看不懂那些波浪数据都代表着什么意思。

"怎么样，能看出什么来吗？"吴凡问。

"嗯……"田鹏刚挠了挠分不清下巴还是脖子的部位，比较为难地说，"津北省这边的土质和咱们那边有很大区别，土壤有机质含量多，成分多样，还含有很多矿物质。分析起来也比较麻烦。不过呢，倒还算有一个疑点……"

"你这大喘气，直接说什么疑点不就得了。你发现什么了？"

"就是这个东西。"

田鹏刚把剩下的一点土样在手里捻碎，托在掌中给吴凡和付雪晴看，"看见了吗？"

"我就看见土了。"吴凡没好气地说。

"难道你就没看见里面那些黑色的小颗粒？"

"你就别卖关子了，到底是什么？"

"煤。"

"煤炭？"

田鹏刚点点头，"舒畅鞋底的淤泥中有不少这样的煤渣，你们能联想到什么？"

"难道是矿井？"吴凡几乎脱口而出，"莫非舒畅拍的那些视频就是在矿井里拍摄的？"

“你先别急，我还要告诉你一件事，除了这些煤渣之外，我还发现了大量的单细胞微生物。”

“那是什么？”

“说白了就是水藻。这说明舒畅还去过河边。”

“河边？”这可是吴凡没想到的，他看了看付雪晴。

付雪晴也有些疑惑。但不管怎样，他们已经有了调查方向。

“要不要告诉那个贾队长，让这边的刑警队帮忙查一查。”田鹏刚问付雪晴。

付雪晴和吴凡眼神交流了一下，决定暂时先不告诉贾洪涛。

如果真能得到贾洪涛的帮忙那是最好不过，可是他始终对付雪晴和吴凡抱有几分怀疑，加上对整个案情还不了解，想说服他插手恐怕也不容易，倒不如继续和周宁合作。县刑警队的那些人能力虽差，但也能起到一些作用。

拿定主意后，三个人离开顺德区刑警队，回到太平县。

可是让他们万万没想到的是，周宁那边已经准备结案了。

“案子才刚刚调查到一半怎么就能草草结案呢？”付雪晴质问周宁。

周宁早已经没有了刚开始时的那股劲头，有气无力地说：“我们已经成功破获了一起连环杀人案，凶手也逮到了。这就已经足够了。剩下的工作就是找到那些被害人的家属，核实他们的身份，这就尽到我们职责了。”

“那张星鹏的死呢？”

“田法医不是已经得出结果了吗，因为突发心脏病死亡了。身上也没有什么伤，这完全解释得通。像这种恶贯满盈的家伙抓住也是个死罪。死了倒是大快人心。”

付雪晴的火气已经开始往上顶了，“那女记者舒畅呢？跟我们一起调查案子，现在就这么稀里糊涂地白白死了。你能安心吗？”

周宁满脸愧疚，咬牙辩解：“我对她的死完全不了解，也看不出她和张星鹏的案子有什么关联，根本没必要牵扯到一起。”

“周队长，我真想不到你会说出这种话，昨天我们把所有情况都告诉你了，一起看过舒畅拍的视频，也看到了那个白衣女尸，你全忘了吗？”

周宁被她说得无地自容，恼羞成怒，“你什么都别说了，你跟我来。”

“去哪？”

“去见一个人，到时候你就全明白了。”

周宁气呼呼地转身下了楼，钻进一辆警车，等付雪晴和吴凡上了车，他二话不说便开车上路了。

吴凡用眼神询问付雪晴，付雪晴摇摇头。

大约过了半个小时，眼见着车开进了一座镇子。付雪晴和吴凡都熟悉，正是张星鹏家住的那个小镇。

两人都纳闷，这家伙怎么把他们拉回来了，莫非又在案发现场发现了什么线索？

不过，周宁并没有去张星鹏家，而是把车开到镇子里一家寿衣店门口，把两人都搞愣了。

“跟我进来吧。”周宁丢下一句，下车就推门进了寿衣店。

吴凡和付雪晴随后跟进去，满眼见的全是各式各样的骨灰盒和色彩缤纷的花圈，虽说他们没少见过死人，不过来这里还是觉得别扭，尤其是屋里没有一个人影，只有一堆死人的东西。

“有人在吗？”周宁大声问。

话音刚落，忽听付雪晴身后传来一个苍老的声音，“哪位呀，在这里可不能大声说话。”

付雪晴被吓得跟被踩了尾巴一样，奇快无比地蹿到吴凡身后。

吴凡纳闷，“你不是从来不信鬼吗？”

“我不信，但是我怕，不行吗？”付雪晴理直气壮地说。

两个人这才看见，从挂了一排寿衣的后面慢吞吞地钻出一个瘦小枯干的老太太，背还有些驼。

老太太眯缝着一对混浊叵测的老眼看了看吴凡和付雪晴，问道：“你们要选什么啊，花圈还是寿衣？”

“我们什么都不要。”付雪晴说。

她问周宁：“你把我们带到这里来究竟要干什么？”

“我带你们来见她。”周宁走到老太太面前，问她，“您还认得我吧？”

老太太抬头瞅了瞅他，眼皮撑开了一些，笑了笑，露出一嘴大黄牙，“您一早不是来过吗，我还能不记得。”

“那就麻烦您把早上跟我说的那些话跟这两位警察同志说说吧。”

付雪晴疑惑地看着周宁，“这个人就是寿衣店的店主吧，她跟我们有什么说的？”

“你不知道，她在这座镇子里，不，应该说是在这附近可是名气不小呢。别人都管她叫王大仙。”

“王大仙？”付雪晴听这个名字挺奇怪，但也有所耳闻，“你是说她平时还给人算命？”

“在我们这叫‘看事’。平时谁家想看看风水什么的，或者遇到一些怪病和弄不明白的事就喜欢找她帮着看看。”

付雪晴哑然失笑，“你不会是找她帮着破案了吧？”

“当然没有。”周宁差点没急了，“是张星鹏来找过她。”

“张星鹏？”付雪晴一凛，“找她做什么？”

周宁对老太太说：“王老太，您就给他们讲讲张星鹏找您的经过吧，把您上午对我说过的话都告诉他们就行。”

老太太慢慢点头，絮絮叨叨地讲起来：“张星鹏大概是两周多以前来我这里的，具体哪天我想不起来了。反正我记得之前他从来没来过。当时我这里还有其他人在呢，他急急忙忙地非要先问我。我问他有什么事，他一声不吭，我看他那样子有些不正常，于是就请来仙人帮他看看，发现他惹上脏东西了……”

付雪晴扑哧笑出声来，“都什么年代了还有人信这个？”

老太太翻楞翻楞眼珠，十分不满。

吴凡捅捅付雪晴，附耳道：“你别跟着打岔，惹得人家不高兴，一会儿来神吓死你。”

老太太继续往下讲：“我告诉他惹上东西了。他马上脸色就全变了。然后他突然问我，‘万一看见了死去的人代表什么’？”

“他为什么要这样问？”付雪晴忍不住道。

老太太哼了一声，“自然是不干净的东西找上他了，人在家中坐，祸从天上来。命里注定的东西是躲不掉的。”

“那然后呢？”吴凡问。

“我告诉他，这是让某个厉害的东西缠上了。他连连点头，问我该如何破解。于是我就特意去了一趟他家，一进门就感觉阴气很重。我给他写了不少咒符，按照阴阳五行的方位贴在指定的位置上，并叮嘱他这个月初八之前尽量不要出屋。”

付雪晴和吴凡交流了一下眼神。还别说，这老太太也没说错，张星鹏家里埋了九具尸体，可不阴气重嘛。

“可张星鹏还是死了，你的符没管用啊。”付雪晴故意挤对王大仙，“假如你不叮嘱他必须躲在家里，没准他还跑了呢。”

老太太翻着白眼，侃侃而谈：“我这点雕虫小技哪能胜得了天意。他杀了那么多人，多行不义必自毙，他的祸都是他自己招惹上的，谁也救不了他。他上次来，我也告诉他，如果能躲过这一劫，一定要多行善事，要不然，还会有大麻烦。”

付雪晴笑道：“你可真是事后诸葛亮。人也死了，你也什么都明白了。”

老太太怒道：“我说这话的时候还有其他人在场呢。他们也都听到了，不少人都知道张星鹏撞邪了，也都知道我是怎么劝他的。不相信你可以去打听打听……”

话不投机半句多，老太太似乎跟付雪晴犯相，再也不想搭理她，转身拿着一块抹布去擦那些骨灰盒去了。

周宁出了寿衣店对付雪晴和吴凡说："你们也不用再问了。我是先听到镇子里有关于张星鹏的一些流言，之后才找王大仙问情况的。她跟你说的都是实情。张星鹏的死从某种程度来说并不算一个意外，甚至连他自己都清楚。"

"所以你也相信张星鹏是遭报应了。"付雪晴说。

周宁叹口气，不想再和付雪晴争辩下去，"总之，这种案子我不想再继续查了，继续查也没有任何意义。"

"那舒畅的死你也不管了吗？我们现在已经可以断定，她就是因为调查这个案子才死的。"

"正因为如此……"周宁气急败坏地吼了一声，愤怒的表情里带着畏缩，"正因为如此，我们又何必给自己找麻烦。她就是太多事了，才招惹上麻烦的。"

"想省事就不要当警察。"吴凡说，"不管真相是什么，我们都有必要弄清楚。"

周宁冷笑，"你们不怕死，你们了不起。那你们现在去查吧。"

他气呼呼地一头钻进车里，直接把车开走了。

付雪晴长叹一声，"没想到都什么年月了，还有这么多封建迷信的人。"

吴凡瞥了瞥她，"刚才是谁在寿衣店里吓得连蹦带跳的？"

付雪晴狠狠刨了他一脚，怒冲冲走到路边一个改装的三轮蹦的前，拍拍一碰乱响的车窗，"去太平县。"

"太平县太远了，去不了。"司机一口回绝道。

"给你一百块。"

司机有点犹豫，瞅瞅自己那辆破车，心疼地晃晃脑袋。

"二百。"

司机一狠心，"再加五十。"

"行。"

付雪晴爽快地答应了，朝吴凡招招手，"快点！"

“就坐这个？”吴凡很担心这辆三蹦子走半道就散了架。

“不坐拉倒。”付雪晴自己进了车厢。

吴凡一看附近也确实没有其他的交通工具，只好一瘸一拐地跑过来，费力地钻进了狭小的车厢。他还不能和付雪晴并排坐，容易压翻车，只能坐在对面，俩人傻乎乎地脸对脸。

两个人就这样一路颠簸了一个钟头才回到县公安局。

付雪晴推开车门钻出车厢，回头对吴凡说：“二百五。”

“你骂谁呢？”

“我说的是车钱。”

“凭什么我掏钱呀？”

“我没带钱。”付雪晴说完理直气壮地走了。

吴凡相当郁闷，掏掏口袋，不多不少刚好二百五十元整。

他和付雪晴回到刑警队，周宁早就躲了。

吴凡说：“得。费了半天劲，现在就剩咱俩了，你说下一步怎么办吧？”

“两个人也能查。”付雪晴说，“胖子不是给我们找出了一些线索吗，咱们就按照这个查。”

“老坛找的线索既笼统又矛盾。按照他的线索来推测，舒畅拍摄视频的地方像是在一处煤矿的矿井里，但是化验结果又好像在河边。你说哪个矿井会挨着河挖呢，明显不合逻辑啊……”

他正说着呢，就听身后有人说：“谁在别人背后说人坏话呢，还给人起外号？”

吴凡一回头就看见田鹏刚那硕大的身躯堵在自己身后，“我这不是在分析案情吗，那你说我们该如何查？”

“考我呢是不是？”田鹏刚眯起一对小眼睛，摆出一副发大招的架势，“你以为就你到处跑腿查案子，我天天摆弄摆弄尸体就完事了？告诉你，我足不出屋也照样能把案子破了。”

吴凡听他话里有话，“你什么意思，难道你又有什么重要发现了？”

“算你说着了。”田鹏刚挺了挺大肚子，得意扬扬地说，“你不是说舒畅失踪那两天开车去了两趟燕山市吗？我今天没干别的，就在网上搜索燕山市来着。你还真别说，燕山市附近大大小小有四家煤矿。舒畅十有八九就是去了其中一个煤矿。”

“那她鞋底上的水藻又怎么解释？”

田鹏刚眼睛一瞪，“你不会一样样查啊，先找到她拍视频的地方再说呗。”

吴凡看了看付雪晴，眼下也只能照田鹏刚说的做了，先走一步看一步。

当晚，三个人回了顺德区，付雪晴从租车公司租了一辆轿车，准备第二天启程。

第十四章　重返红星矿

第二天一早，付雪晴开车来到宾馆楼下接吴凡。

吴凡下楼一看只有付雪晴一个人，“田胖子呢？”

“他闹肚子，今天来不了了。”付雪晴说。

“闹了半天连他都临阵脱逃了。”

吴凡拉开副驾驶门坐进了轿车。

付雪晴打开手机上的道路导航，把目的地定位在燕山市西崚镇，驾车离开了顺德区。

在高速公路进口，付雪晴开了一张收据，与舒畅的收据一模一样。

吴凡随口道：“感觉就像是在走舒畅的老路，猜猜等待咱俩的又是什么？”

“别开这种无聊的玩笑。”付雪晴瞪了他一眼。

她嘴上说不信邪，但也很忌讳吴凡这种口无遮拦。

两个多小时后，轿车开到了西崚镇收费站，从这条岔路下去可以直接开到燕山市。舒畅那天就是从这条路下去的，但是之后去了哪里就没人知道了。

来之前，付雪晴曾拜托交警队的薄处长找人利用道路监控查了一下舒畅的行踪，发现她并没有进燕山市，最后一次出现是在西崚镇往北的一条省道上。

付雪晴找到了这条偏僻的公路，沿着公路一直往前开，发现了很多岔路，不知道舒畅是从哪条岔路下去的。

付雪晴问吴凡：“你看看地图，这附近有没有煤矿？”

吴凡拿出来之前标记好的交通地图查了一会儿，对付雪晴说：“附近有两处煤矿，最近的一处在四十公里外，是个私营煤矿。”

付雪晴和吴凡看着眼前的煤矿，这个煤矿依山而建，前面是挺大一个院子，高高耸起几座煤山，运煤的卡车往来穿梭，到处都是机器的轰鸣声。

两个人在门口下车，付雪晴拿出警官证，让门卫把负责人找来。

过了好半天，一个五十多岁，戴着安全帽的胖男人走过来。

他对付雪晴和吴凡说，他是煤矿经理，姓邹，也是这里的负责人。

付雪晴简单说明来意，拿出手机，调出一张舒畅在隧道里的视频截图给邹经理看，问他矿井里有没有类似的地方。

邹经理看了半天说："这地方应该是矿井的巷道，是运输巷，这还能看见铁轨呢。但是矿井里面都大同小异，类似的地方有的是。"

"那你们这井下最有可能偷偷进去人的地方是在哪里？"

邹经理忽然笑了，对付雪晴说："警察同志，不瞒你说，我觉得你可能是找错地方了。我们这矿井是坐升降机下井的，井深几百米，没有我们控制，普通人根本下不去。"

"这样啊。"这可是付雪晴事前没想到的，她想了想又问，"据我了解，燕山市周边有好些煤矿，都是你们这样的吗？"

"大同小异吧，再说了，煤矿容易发生事故，二十四小时都有值班人监控着，很难有人进得来。"

付雪晴和吴凡互相交换一下目光，难不成，他们找错了地方？

那么舒畅到底去了什么地方呢？

付雪晴不甘心，又问邹经理："你们除了矿井之外还有什么隧道，或者防空洞之类普通人也可以随便进出的地方吗？"

邹经理想了想摇摇头。

这时候，旁边那个老门卫忽然插句嘴："你说的不是红星矿吧？"

"红星矿怎么了？也是煤矿吗？"

"当然是煤矿了，要说起来，红星矿还是燕山这一带最早的煤矿呢，那可是刚解放的年月建的呢，公家的煤矿，我年轻的时候还在那里干过两年呢。”

“可是我们查过，并没有这个煤矿啊？”

“那是因为它早就倒闭了，说起来都过了二十年了。现在不少年轻人都不知道有这个地方。”

“那个地方现在还在吗？”

“当然还在了，不过早就是一片废墟了。”

“那地方离这里远吗？”

“这个还真不好说。我这一晃也有二十年没去过那里了。”

“那你知道怎么找到那里吗？”付雪晴追问。

老头背着手走出传达室，辨别了一下东南西北，指了指煤山另外一边，“大概就是在西北那边，嗯……从大门出去，往北走，那有一条公路，从那条公路一直下去。遇到大河的时候往西走，应该就近了，具体怎么走你们再打听吧。”

付雪晴和吴凡终于见到一点光亮。既有废弃煤矿，又有大河，隐隐觉得，舒畅走的就是这条路。

他们出了煤矿，上车往回走了一段果然看见了一条往北去的公路。往前开了一段路，眼前果然出现了一条大河拦住去路。

付雪晴按照老头指点的方向调头往西开，渐渐进入了山区。

吴凡心里却有了一丝疑惑，对付雪晴说：“有件事我搞不懂，假如舒畅去的地方真是红星煤矿。她究竟是怎么找到那里的？”

“看来她确实是拿走了张星鹏什么东西，那个东西可能就和这个煤矿有直接联系。”

“就是不知道她拿走的到底是什么，说不定对咱们破案有很大帮助呢。”

付雪晴无奈地叹口气，“这下可倒好，她给咱们侦破平添了不少麻烦。结果自己的头版新闻没弄到手，还把命给搭上了。想想多不值啊。”

轿车颠簸过一处山洼，山脚下有一座村子。

两人下车一打听，村里居然有不少人知道那个红星煤矿，不过在他们嘴里只称呼那个地方叫废矿场。说矿场在大山深处，现在根本没有人去，除了一些探险的人去那找找刺激。

在聊天的过程中，付雪晴居然还打听出了舒畅的下落。有个村民说，大约在一周以前，有个自称是记者的女人到这里打听过红星煤矿，说要做一个采访，前后一直来了两天。

“当时只有她一个人吗？”舒畅问那个村民。

小伙子说：“就她一个人，胆子还挺大的。说起来还是我给她带路进山的，她还给我做过采访呢……”

吴凡忽然想到了什么，打断道：“她有没有用录音笔给你录过音？”

“录音笔？”小伙子回忆了一下，“她当时手里好像是拿了一个银色的小东西。”

“那应该就是舒畅的录音笔了。现在记者现场采访时都习惯用录音笔录音。”吴凡对付雪晴说，“不过我在舒畅身上并没有发现。”

“你是说那天晚上？会不会是你太匆忙看漏了。”付雪晴猜。

“我当时找得很仔细。”吴凡肯定地说，“而且我们在刑警队物证科里检查舒畅的遗物时，我也没有看见她的录音笔。”

“那么多东西你都能记住？”付雪晴有些惊讶。

吴凡点下头，“如果能找到她的录音笔，或许我们要省很多力气。”

那个小伙子站在一旁，有一句没一句地听着，好奇地问：“你们跟那个女记者认识？你们也是记者？”

吴凡没解释，问小伙子：“你能不能也给我们带个路？”

“你们也要去那个煤矿？”

“嗯，现在就想去。你把我们带到地方就行，不让你白跑。”

小伙子爽快地答应了，嘴里嘟嘟囔囔：“那么个破地方有什么可采访的，真是搞不懂。”

付雪晴把轿车停在了小伙子家，简单收拾了一下，带了两瓶矿泉水。小伙子还给了他俩两瓶风油精，告诉他们山里蚊子邪乎，暴露在外面的部位都得涂上风油精。

准备完毕，他们就出发了。

一开始还有弯弯曲曲的羊肠小路，越往山上爬，路越不好走。低矮的底灌木刮着裤腿，前后左右全是树，远看近看全是树。如果没有人带路，吴凡和付雪晴早就迷路了。

爬了一个多小时山路，忽然拐上了一条宽阔的大路，尽管路面的水泥早已经龟裂破碎得不成样子，但还是比陡峭的山路好走多了。

小伙子指了指山坡上面，“走到头就是红星煤矿了。那个地方我觉得瘆得慌，就在这里等你们吧。记得下午 4 点之前回来呀，如果天黑了，下山容易迷路。”说着一屁股坐在了路边的一块大石头上。

付雪晴掏出手机看了看时间，现在是上午 11 点左右，还有五个小时。抓紧点时间或许够用。但她也发现这个地方手机信号很弱。

两个人一口气爬上山坡，眼前出现了一大片寂静荒凉的建筑。

这些简陋粗旷的房屋早已与杂草枯枝相伴，随处可见极具年代感的五角星标志，和“抓革命，促生产，促工作，促备战”这类口号标语。

与这片突兀建筑成鲜明反差的是这里一个人影都见不到，仿佛这里已经被时间隔绝，成为了一段被遗弃的文明。

置身于此，付雪晴和吴凡都有些傻眼。这么大的地方，他们怎么知道舒畅到底去了什么地方。

“是不是得先找到矿井的入口啊。”付雪晴说。

“我们对矿井的结构不太了解，可能比地面建筑还复杂。”吴凡说，“咱们先往前走走看，实在不行今天就当是来探路。安全第一位。”

付雪晴明白吴凡的意思，他们过来是查案，不是冒险，可不想当第二个舒畅。

两个人一边往里走，一边观察周围的环境。连付雪晴心里也有种莫名的紧张。

在这个反常的环境里，感觉到处都可疑，那一扇扇破碎的玻璃窗黑洞洞的后面，或者再普通不过的一阵风吹草动，都似乎隐藏着未知的危险。

“等一下。”

吴凡忽然伸手挡住付雪晴刚要迈下去的脚，把付雪晴吓了一跳，急忙往后躲开，“怎么了？”

“你看！”吴凡指了指付雪晴刚要落脚的地方。

那里用粉笔画着一个红色的三角符号。

在荒无人烟的地方发现这么个标记还真有点出人意料。

“看看附近还有没有其他的符号？”吴凡边说边开始在地上搜索。

在距离上一个符号十几米远处，付雪晴又发现了一个红色粉笔画的三角形。再过二十米，又发现了一个，看形状好像是同一个人画的。

“是舒畅画的吗？”付雪晴说。

“或许吧。”

“她难道还能猜到我们要来，故意给我们指路？”

“也许是怕迷路画的吧。”吴凡说，“我们就跟着这些符号走，看看能到什么地方……”

两个人打起了精神，继续向前寻找三角形符号，几乎每隔十米二十米左右，不管是在地上，墙上或者树上，就会出现一个红色的三角符号。

两个人就跟着这些符号逐渐深入到矿场内部，绕过一个巨大的水泥墙，付雪晴忽然抬手一指，“看那里！”

她所指的地方是一个半圆形的月亮门，黑洞洞的深不见底，两条长长的铁轨穿过丛生的杂草，深入洞穴内部。

目测这条路应该深入山腹，这里应该就是矿井的入口了。

两人走进井口，在入口的一段距离还有外面照进来的光亮，井道倾斜向下，有一个明显的坡度。

两个人小心翼翼地往下走了一段距离，在尖石嶙峋的石壁上，又看见了那个红色的三角形符号。

继续往下走，光亮就不够用了。两个人打开早就准备好的手电，在黑暗中划开两道明亮的椭圆空间，推着黑暗一步步往前走。

付雪晴不知不觉地走在了吴凡后面，还小声说："越看越像视频里拍的那段路了，你说舒畅是在哪里碰见那东西的？"

"不知道，也许还要深一点。"

又往下走了一段，前面的巷道出现了岔路。墙壁上的红色三角指的就是岔路。

这条巷道狭窄一些，依然往下。可能是墙壁返潮的原因，墙上那些红色的三角形变得越发模糊。

但吴凡很快就发现，在那些三角形的下面，又多出来一排红色的三角形符号，继续往下指着路。

他伸手蹭了蹭下面那个红色的三角符号，忽然意识到了什么，对付雪晴说："这上下两排三角形符号不是一个人画的。上面的是粉笔，下面的好像是油彩。"

"你是说除了舒畅之外还有人来过这里？"

"而且那个人应该是在舒畅之前来的。我们在矿井外面看见那些粉笔符号就是这个人留下的。我猜舒畅找到这里后，也是看见了这些三角符号才找到这里的。当她发现墙上的符号不清楚了，担心迷路，就用自己的记号笔在下面重新做了标记。"

"你怎么确定舒畅用的是记号笔，而不是粉笔？"

"我在舒畅的遗物中看见过一支几乎磨秃的记号笔，当时还不知道干什么用的，原来是用在了这里。"

吴凡对细节的洞察和惊人的记忆力付雪晴已经不止一次领教过，她真心觉得这家伙不适合做记者。

吴凡若有所思道："舒畅找到这里是为了调查张星鹏的死因，她又是偷拿了张星鹏的东西才受到启发找到红星矿井的，莫非……"

“你是说在舒畅之前找到这里的人是张星鹏？”付雪晴脱口道。

“很有这种可能。”

“那张星鹏又是如何找到这里的？”

“这我就不知道了，总之咱俩是第三拨，前两拨人都死了。”

“这个用不着你提醒我。”

付雪晴拔出手枪，拉开保险，吴凡识趣地闭上嘴巴。

两个人沿着坡度很大的巷道跟随着三角形标记继续往下走。

越走遇到的岔路越多，一开始他们还记得方向，拐的岔路多了就转了向，感觉已经深入到了这个地下迷宫的中心。他们更加谨慎，还要提防着眼前可能突然冒出什么意想不到的东西。

吴凡小声建议付雪晴：“我说，你拿着枪，是不是应该走在我前面啊？”

“少废话，快走。”付雪晴催促吴凡。

吴凡忽然停下脚步，不往前走了。

“怎么了？”付雪晴问。

吴凡用手电照着墙壁，“找不到标记了。”

“怎么会这样？”

“我猜……”吴凡声音有些异样，“舒畅就是在这附近碰到的那个白衣女尸。”

付雪晴激灵灵打个寒战，说话有点结巴，“那……那我们怎么办？”

“你害怕了，不信邪的大侦探？”

“我怎么可能会怕，真是开玩笑。”付雪晴故意逞强地冷笑两声，“我看是你怕了吧，怎么，你想回去了？”

吴凡用手电照着自己脸，“你看我像害怕的样子吗？”

付雪晴“哎呀”一声，跟踩了电门一样蹦出老远，“你能不能别用手电从下往上照！”

“哦。”吴凡把手电放下来。

付雪晴忽然“咦”了一声，“我怎么感觉我好像踩到什么东西了？”

她用手电往脚下一照，这才发现脚下踩着一个黑色的单肩挎包。

她拿起包看了看，“好像还是一个新包呢。”

吴凡走过来一看，“这是舒畅的包。”

“舒畅的包？”付雪晴一惊，“这么说，她真是在这里遭遇了意外。”

“可能是在逃跑的时候不小心把包掉了。”吴凡猜测。

他打开挎包，看到里面还有些防晒油、遮阳帽之类零七八碎的东西。

“地上还有一些，到处都是。”付雪晴扫动手电，四处照着，“这是把包都扔了，当时她一定吓坏了。”

“舒畅包里没有录音笔，可能是甩到地上了，帮我找找。”吴凡说。

两个人弯腰在泥地上找了半天，付雪晴似乎看到了什么，紧走几步，从不远的地上捡起一个东西。

“找到了吗？”吴凡问。

“确实找到了一个东西，不过不是录音笔。”

付雪晴用手电一照，吴凡看见是一部白壳手机，连个牌子都没有，明显就是个山寨货。

“看起来还挺新的，这也是舒畅的手机吗？”付雪晴猜。

“舒畅从来不用山寨货。这是别人的。”

吴凡拿过手机按了一下开关键，还剩下一格电量。

他想点进去看看，发现有图案密码，便试验了几个常用的划动手势，结果还真打开了。

他翻动菜单看了看，发现了一个行车导航软件，心头一动，打开软件检查了一下导航记录，忽然喜道：“我知道舒畅是怎么找到这里的了。她从张星鹏车里偷走的东西就是这个。”

“这是张星鹏的手机？”付雪晴很惊讶。

“我猜应该是。而且在行车导航仪里我还发现了一个更有趣的东西。你看看。”

付雪晴看见吴凡指给她看的那条行车记录是在一个月前，起始地点在汤庄镇，到达地点在马鞍乡红旗岭村。

“汤庄镇就是张星鹏的家……红旗岭村……那不是咱们刚到过的那个村子吗？”付雪晴顺着这个思路往下想，“这么说，一个月前，张星鹏曾开车找到了这里，进过矿场。舒畅后来在他车里发现了这部手机，看见了导航记录。她或许觉得这可能和张星鹏的死有关，于是就亲自过来调查……”

她一边说，一边翻看张星鹏的手机，发现浏览器最近的浏览记录全是关于红星煤矿的，而在网页上也只有零零散散一些描述，这更加印证了付雪晴的猜疑。舒畅是个相当厉害的记者，肯定是从这些蛛丝马迹中窥探出了破案线索。可惜她千算万算，没算到危险因素，再聪明的脑袋，如果命都保不住也是白费。

吴凡的想法和付雪晴一样，但是他还有一个疑问：“如果张星鹏是最早寻找红星煤矿的人，他的目的又是什么呢？”

这个问题把两个人都难住了。

他们目前只知道张星鹏一个月前来过这里，回去后不久就离奇死了。两周前，舒畅也找到了这里，回去后也死了。

难道这座矿井里真的隐藏着一具白衣女鬼不成？

吴凡把手电指向前方，化不透的黑暗不知还有多深，那个白衣女人会在什么时候出现谁也说不准。

现在已经没有了路标，他们的前方充满了未知和危险。

吴凡在舒畅的挎包里找出了一支记号笔，贴着墙根继续往前走。

付雪晴拿着枪，谨慎地跟在他身后。

吴凡学着舒畅的样子，边走边在墙上做记号。

脚下的路忽然变得陡峭起来，空气也越发稀薄，吴凡和付雪晴感觉有些胸闷气短，扶着墙更加小心地往下走，也不敢走太快。

走着走着，感觉脚下湿滑，用手电一照，地上居然有水，而且越往下走，水面越深。

“矿井里怎么会有水？”付雪晴问吴凡。

“我也不太清楚，但至少我们知道舒畅鞋底的淤泥里为什么会有那么多水藻了，看来这矿井里常年有水。”

两个人挽起裤腿，继续往下走，大约又走了百十米，水已经没过了小腿肚子，这时候，眼前再次出现了岔路。

这可有点麻烦了。

吴凡拿着手电筒往其中一条岔路照了照，在有限的光域没看出有什么特殊的地方，连水面也看不出深浅。

身后的付雪晴忽然碰碰他胳膊，“你看这里有扇门。”

吴凡扭头看见付雪晴正用手电指着另外一个岔路，那其实是一条死路，只有六七米深，尽头是一扇锈迹斑斑的大铁门。

两个人沿路也看见过一些铁门，那些门都是两两相对安装在巷道两边，而且全都是敞开的，不知道是干什么用的。但眼前这扇门看上去好像是屋门，而且地势较高，水面堪堪没过门槛。

两人在地下矿井里转了这么久，还是头一次看见屋子。

“要进去看看吗？”付雪晴问。

其实不用问，两个人也都感觉有些好奇，何况前面被水淹没了，不知深浅，他们也不可能走太远。

“可能二十多年都没打开过了，不知道还能不能进去。”吴凡一边说着，蹚水走到铁门前，用手电上下照了照，并没有发现锁孔，只有两个用来挂锁头的铁圈，看上去是够落后的。

他伸手抓住冰冷的门把手，用了用力，铁门微微颤动了一下，似乎里面也没有上锁。

于是，他用力往外拉，沉甸甸的铁门忽然发出磨心的噪声，缓缓地被拉开了。

也许是封闭的时间太久，一股腐朽的腥气从黑暗中散出。

抓凶手时一向都身先士卒的付雪晴这次依然礼貌地站在吴凡身后。

为了安全起见，吴凡举起手电先往房间里照了照，感觉里面空间不小，是个筒子屋，看着能有百八十平方米。他还看见了一些大型的机械，形状像一个个巨大的罐子，上面连着一些管道，直接穿过了石壁，不知通向哪里。

吴凡没发现什么危险，率先迈进了铁门，付雪晴随后跟进。

由于地势高，这里没有积水，但是落脚之处全是淤泥，踩上去又湿又滑。

付雪晴抱怨："咱们出去吧，也没什么好看的，这里全是泥，还有很多滑溜溜的石头，一不留神就能滑倒……"

她话音刚落，正好踩在一块圆石头上，一不留神滑了一跤，坐在烂泥里。

"真是够倒霉的。"付雪晴抱怨着爬起身，无意中碰到了那块石头，感觉跟正常石头不太一样。

她用手电照了照淤泥中那块石头，形状有些古怪，不禁伸手抠了抠，那个圆石头滚了一圈，清晰地暴露在手电光下。

付雪晴猛地发出一声尖叫，一下跳了起来。

"怎么了？"吴凡连忙转过身，伸手拉她。

付雪晴都吓掉魂了，大脑一片空白，下意识地躲在了吴凡怀里，结结巴巴道："人……人头……人头……"

吴凡忙用手电往地上照，一颗沾满淤泥的干瘪人头出现在眼中。

他又往人头旁边照，这才注意到那颗头还连接着更大的躯干，似乎脖子已经断了，让付雪晴刚才一碰，整个头都折叠过来躺在了后背上，犹如一个离奇的生物。在它身上还覆盖着未腐烂彻底的衣物。

"这是一具尸体。"吴凡说。

经过了刚才突然一吓，付雪晴冷静下来，才发现自己还躲在吴凡怀里呢。幸亏现在一团黑什么都看不见，她赶忙从吴凡怀里逃出来，权当什么都没发生。

她卡着腰，故意拿出平素的派头说："这个人看上去死了很久，不知道是干什么的，尸体怎么会在这个地方？"

她的疑问也是吴凡的疑问，真是没想到在矿井地下深处还能发现一具无名尸。不知道这和他们正在查的案子有没有关联。

吴凡开始留意地面，拿着手电仔细搜索了一下，没想到真有了更惊人的发现。

就在他和付雪晴周围，陆陆续续又看见了好几具骸骨，有的还能看见外面穿的衣服，有的衣服已经烂得跟泥一样。

两人这才意识到，他们居然就站在一堆死尸中间。

吴凡回头问付雪晴："你觉得张星鹏找到这里，与这些尸体有关吗？"

付雪晴看着吴凡正要回答，忽然脸上的表情慢慢改变，似乎充满了惊恐。

"你怎么了？我可没用手电往上照我的脸啊。"

"你身后……你身后站着一个人……"付雪晴颤声道。

这话说得可够瘆人的。

吴凡胆子再大，后脖颈都冒凉气了。

他咬牙转过身，惊骇地发现昏暗中有个模模糊糊的白色影子伫立在不远处。

他急忙举起手电照过去。

强光下，一个白衣女人毫无征兆地出现了。

她的脸被长发遮挡住了，只留中间一道狭窄的缝隙，露出惨白的一张脸。

这个女人一动不动，凝视着两个冒冒失失的闯入者。

吴凡和付雪晴脑海中刹那之间闪现出视频中的那个白衣女人。

一模一样。

她终于还是毫无征兆地出现了。

恐惧像子弹一样同时击中了两个人，付雪晴失控地举起手枪，对着白衣女人连开两枪。

一枪打偏了，另一枪正中白衣女人。

那颗长发低垂的头突然被炸飞，在空中滚了几圈掉在了两人脚下。

长发散开，露出了一张灰白枯槁的人脸，竟然就是视频中女尸的那张脸，几乎瘦成骷髅的五官带着古怪虚无的表情。

就在两人骇然注视着那颗人头的时候，身后那扇厚重的大铁门带着磨心的噪声缓缓关上。

等两个人反应过来，跑过去推门的时候，那扇厚重的大铁门却说什么也打不开了。

“怎么会这样？”付雪晴彻底慌神了。

“不知道，我明明记得这扇门没有锁啊。”吴凡额头青筋迸出，用尽全力推门，甚至用身体往上撞，铁门依然纹丝未动。

“我也记得这扇门没有锁啊！”付雪晴情绪激动，猛然一扭头看见墙角那具已经被轰掉头的白衣女尸，浑身哆嗦起来，“难道……难道是她？”

“你在说什么？”

“刚才我开枪的时候，铁门同时关上，这是不是意味着……意味着我们已经惊动了她？”

吴凡当然知道她口中的“她”是指谁。

那具白衣女尸尽管已经被轰掉了脑袋，却依然伫立在墙角，不，应该说是靠在墙上，充满讽刺地面对着他们，面对着那颗掉在脚下的头。

吴凡掏出手机，看看能不能求救，结果发现完全没有信号。

他马上又去找其他出口，把整个房间全都检查了一遍，除了那些铁罐子就是石头——石头墙壁、石头棚顶，连一个老鼠洞都没有发现。他甚至都想过，能不能钻进那些罐子，从管道里爬出去。

就在这时候他忽然听到两声枪响，急忙跑过去，看见付雪晴拿着枪呆呆地望着大铁门。子弹只不过在门上留下两个弹坑而已。

“咱们是被困死了，是吗？”付雪晴的声音里透着绝望。

她转过身，那张娇美的脸庞已经血色全无，苍白得犹如一张纸，吴凡倒吸一口冷气。

他不知该如何劝她，连他自己现在都充满了无助。

每一个遇到白衣女尸的人或许都不得好死，但是相比张星鹏和舒畅，吴凡和付雪晴无疑是最倒霉的，他俩现在已经被活活困在几百米深的地下了。如果没人来救他们，这里就会成为他们的墓穴。

他不敢再往下想了，更不敢对付雪晴说，眼下他俩必须有一个头脑冷静的，否则全都得发疯。

他勉强开玩笑道："你不是从来不信邪吗，怎么也讲起鬼故事来了。难道你觉得是这具女尸想把我们留下？"

话一出口，他才发现这个玩笑一点都不可笑。

"你以为她不是这么做的吗？"付雪晴颤声道。

"也许只是个巧合。"

"那么重的铁门，门轴都锈蚀了，怎么可能自己关上，除非是有某种力量在控制，就算没有锁，我们也打不开……"付雪晴似乎想到了更恐怖的事情，眼睛直勾勾地盯着地上那些尸骸，"这些死人是不是当初也像我们这样，不小心走进了这里，然后就被一个个困死在这了？难道我们也会这样？"

"行了！你不要胡思乱想了！"吴凡打断她。

付雪晴忽然把手枪递给他。

"你这是做什么？"

"我不想活活饿死在这里，那样太难看了。万一我撑不下去，请你帮我解脱吧。"

吴凡没接她的手枪，"哎，这可不像你说的话啊。我认识的付雪晴一直都是勇往直前，毫不退缩的女警官。我还要靠你救我出去呢。"

付雪晴凄然苦笑，"谁告诉你我勇往直前，毫不退缩的？其实我当初根本就没想要当警察。"

"那你怎么会走上这条路的，难道是你爸爸付局长希望你当警察？"吴凡有意转移她的注意力。

付雪晴叹了口气，找了一个还算干净的地方坐下，望着手电光的尽头，喃喃道："其实我还有一个哥，大我五岁。"

"你还有哥？我还从来没见过他呢，他在外地上班吗？"

"他也是警察。我上高三那年，他刚刚警校毕业参加工作，干的就是刑警，刚干了不到半年就在一次执行任务中殉职了。这件事太突然，我们一家都毫无心理准备，所以到现在都不愿意提这件事。”

“那你当警察是因为你哥？”

“我哥去世时，我刚参加完高考，本来报考的是传媒大学，差点就和你成同行了，后来临时改的志愿。当时也不知怎的，头脑一热就改成了警官学院，选的专业还是刑侦，就是奔着当刑警去的。我爸知道以后骂了我一通，他认为我性格软弱，优柔寡断，又是女的，根本就干不了刑警。可是木已成舟，他也没有办法。”

吴凡安慰她：“不过事实证明，你干刑警干得很好啊，都当上了副支队长，这是你爸没想到的吧？”

“你这么说，是因为你没见过当初的我是什么样子。”付雪晴自嘲道，“我刚上警官学院时，文化理论课倒还凑合，可是实战课程最头疼，一上课就要面对那些血淋淋的刑事案件照片，听教授讲解这些人是怎么被杀的，课后还要写作业分析。你知道我那时候都没见过杀鱼是什么样的。几乎每次上课，我都要中途去厕所吐一通。本来学刑侦的就几乎没有女生，唯独我这么一个自然引人注意，结果我就成了那帮男生的笑话，更过分的是有人还给我起绰号，叫我‘呕像’。”

吴凡没忍住笑了一下，赶紧一本正经地继续问：“那你后来是怎么适应过来的？”

“我遇到了一个很特别的人。”

“很特别？”

第十五章　无稽之谈

“第一次碰见他的时候是在一次实践课上，当时我们这组的学生被带去当地刑警队，听刑警队长亲自讲解一起刚侦破的刑事案件，那是我第一次目睹真正的尸体，一个被碎尸的被害人。我当时没忍住直接吐在了当场。大概我是当时唯一吐的人，那个场面别提有多丢人了。我们带队的学长居然还当着大家的面问我是不是侦查系一年级的那个‘呕像’。我当时恨不能一头撞死算了。这还没完，回到学校第二天赶上一个周末，这个学长忽然来宿舍找我。我硬着头皮下楼去见他，却稀里糊涂地被他带到实验室，他直接扔给我一条活鱼，让我马上解剖，而且必须把所有器官一样样分离出来。你说这个人是不是很特别？”

“是够特别的，不过话说回来，他让你做你就做？”

“能不做吗？他是学生助教，得罪了他，他给我使坏怎么办？我本来在学校就够出名了，他要再给我添油加醋，我实践课就别想过了。对我来说，那可是我第一次杀生，我几乎是忍着恶心硬着头皮把那条鱼解剖完了。”

“其实就解剖一条鱼也不算什么，跟做菜一样。”

“第二天晚上，他让我解剖的是一只活青蛙。”

吴凡忍不住笑道：“你这位学长不是特别，他是变态。”

“我当时也这么觉得。你知道青蛙长得跟鱼完全不一样，有胳膊有腿的，解剖它的时候，感觉就像宰一个活人。我解剖到一半就吐得不行了。”

“看来你这位学长不会放过你了。”

“他是没放过我，之后，我整整解剖了一个月青蛙。我敢保证，我现在对青蛙的身体构造比田鹏刚还清楚。”

“你的折磨到此结束了？”

“哪能呢。一个月后，这家伙开始让我解剖活鸡。”

“你没问问他为什么要这样折腾你吗？”

“我当然问了。我说我又不当厨子干吗让我杀这些东西，他居然说我连厨子都当不了，更别说当警察了。我当时气愤极了，骂他是变态，我说这些活物也都是生命，不是用来杀着玩的，杀他们就跟杀人一样。没想到他听我骂他不生气还乐了，随后他居然很无耻地告诉我，他逼我这么做就是想让我体验杀人的感觉。”

“这哥们儿是有点疯狂。”

“我当时气极了，我说我要当的是警察不是杀人犯，他却振振有词，说一个体验不了杀人的警察破不了案，破不了案的警察就是在纵容罪犯。他强迫我杀这些活物就是在避免我将来成为罪犯的帮凶。你听过这么强词夺理的狡辩吗？”

“我觉得这家伙是在调戏你，你应该揍他。”吴凡说。

“如果换成现在，我肯定先给他一顿胖揍，可是那时候我还没学过散打擒拿。总之，我足足忍了大半年这家伙的各种变态折磨，都快变成一个职业屠夫了，浑身都带着一股血腥味。”

“除了培养你当屠夫，他没干点别的？”

“偶尔他没买到给我下刀的活物，就带着我看各种恶心的恐怖片，或者是尸体照片。我当时最大的愿望就是早点摆脱这个变态学长的纠缠……”付雪晴说到这里停顿了一下，“不过，不知道从什么时候开始，我确实开始适应各种尸体了。虽然还有不少人管我叫‘呕像’，但我的期末成绩是全系第二，连我那些老师都很惊讶。”

“这么说，那个变态学长还起了些作用。”

“多年以后，我偶然听说临床心理学中有一种治疗心理焦虑和心理恐惧的办法叫‘脱敏治疗’。我才恍然大悟，那家伙当年是在一步步地帮我克服心理恐惧。虽说手段不敢恭维，但如果没有他，我可能也走不到今天……”

吴凡在昏暗的光亮中只能看见付雪晴模糊的剪影，“你上次跟我提过一个男人，说你当警察是为了替他完成梦想，说的就是这位学长吧？那你走到今天到底是为你哥哥，还是为了他？”

付雪晴一滞，“说不好，也许都有吧。”

“我感觉你上学的时候就喜欢上了这位学长。”

付雪晴沉默了一会儿，幽幽道：“其实我自己也说不太清楚。遇到他之前，我从来没谈过恋爱，只是觉得跟他在一起的时候很有安全感，如果真能一直交往下去，或许会在一起吧。”

“那你们后来怎么没在一起呢，难道他已经有女朋友了？”

“他没有女朋友。”付雪晴说到这里，冷得哆嗦了一下，不自觉地蜷缩起身子。

“你冷吗？”吴凡用手电照了一下她，“你裤子全湿了，刚才摔那一跤沾了不少水吧。赶紧把裤子脱了吧，免得着凉。”

“那怎么行？”付雪晴急忙拒绝。

“这都什么时候了，还顾及那么多！”吴凡脱下自己的外衣扔给她，“把湿裤子脱了，用这个裹上腿，就不会着凉。在这种地方还能在乎那么多，保住命才最要紧。”

他转身背对付雪晴，避免她尴尬。

付雪晴消沉地叹口气，“现在这种处境，保不保命还有什么区别吗？”

“你怎么忘了，那个领咱俩上山的小伙子还在矿场外等着呢，如果我们一直不回去，他肯定会意识到我们遇到危险了，就会去找人救咱们的。”

“万一他没去找人呢，或者没有人愿意冒险进矿井呢？”

“无论遇到多大的麻烦，都要为希望做准备，只要活着就不要轻易放弃。”

付雪晴没再说什么，默默地褪下湿透的裤子，用吴凡的衣服把下身裹住，感觉暖和了许多。

她坐在吴凡身边，其中一个手电的电池快用光了。吴凡取出一个新电池换上，有亮光，就有了希望。

为了分散注意力，吴凡故意说：“咱们聊到哪了……对了，聊到你喜欢的那个变态学长。你说他没有女朋友，你们最后怎么没在一起呢？你俩性格不合，分手了？还是他另有新欢，又跑去给别的女生做脱敏治疗去了？”

“你怎么那么八卦啊！”付雪晴骂了他一句，但眼下确实也没有其他事情做，索性说道，“我们其实根本就没有开始交往。我那最多只能算是单恋吧。”

“不至于吧，站在男人的角度，我说句良心话，一个男人如果肯那么帮一个女人，十有八九是对她有好感。你喜欢他，他不至于看不出来呀，为什么不接受呢？你这长相也拿得出手，当年的性格也肯定比现在温柔得多。他还有什么地方不满意的？”

“行啦，你别瞎猜了，其实是出了意外。”

“什么意外？你出了意外还是他？”

付雪晴又陷入了沉默，这一次沉默了很久，就在吴凡以为她不会回答了，付雪晴叹息道：“他被学校开除了。”

“开除了？”吴凡一愣，“因为什么？”

“他杀了人。”

“啊？”这可是吴凡没有想到的，“不会是弄错了吧？”

“不止一个目击者看到他杀人，并且还报了警。警方是根据多条线索找到他的，不会有差错。”

“那现在他在监狱里还是……”

“他畏罪潜逃了，至今都没有落网，依然是公安网上追捕的头号杀人犯。”

“在如今科技这么发达的时代，能潜逃这么多年，也真算是本事。”吴凡这句话还真是由衷的。

“他当初就是警官学院的优秀学生，如果能顺利毕业，一定会成为了不起的警探。可惜一念之差让他走了邪路，一身杰出的才干变成了超强的反侦察能力……”

付雪晴有些感伤，“回过头看，我和他还真是讽刺，他把我这个菜鸟打造成了刑警队长，而他自己却变成了一个超级罪犯。你说滑稽不滑稽？有时候，我真希望能知道他在哪，亲自见见他，问问他为什么会变成现在这个样子。”

“恐怕他也不敢回答你。”

“是啊，我和他的身份已经完全变了。如果真见了面，说不定就是一场你死我活。”付雪晴忽然自嘲地笑了笑，“不过想想我眼下的处境，还不如他呢。”

“话不能这么说，你可比他强多了，你身边至少还有一个高大威猛的男士保护你，他身边肯定找不到这样的男人。”

付雪晴扑哧一下被逗乐了。

她用胳膊肘捅捅吴凡，“我刚才那番心里话可从来没对其他人讲过，让你这个大记者全给套出来了。你说怎么报偿我吧？”

“我保证烂在心里，不对任何人讲。”

“那不行，你还是知道了。干脆现在说说你自己吧，你有什么见不得人的事情啊？”

“我没什么见不得人的，说得好像我怎么了别人似的。”

“那就随便聊聊，什么都行。”

“我实在没有什么好聊的，要聊只能聊惨了。你不过是被初恋背叛过，至少还有当公安局局长的爹，还有个心疼你的妈。我就一孤儿，从小到大都没受人待见过，好容易熬到了参加工作能自己赚钱了，终于有了女朋友，结果她还送了我一顶大绿帽……你说我惨不惨？”

“是挺惨的，哈哈。不过我还见过比你更惨的。”

“谁呀说来听听……”

“你怎么那么八卦？”

“我这是优秀记者的职业修养。”

两个人东一句西一句地瞎侃，努力忽视眼前的处境，似乎站在远处的那个无头女尸也不足为惧了。

时间在黑暗中完全没有了概念，一开始他们还时不时地掏出手机算算过去了几个小时，到后来索性连看都懒得看了。

这里呼吸困难，很容易疲倦，他们聊了一会儿聊累了，靠在墙上迷迷糊糊打盹。

不知道过了多久，吴凡睁开眼，眼前看见的净是黑暗，两个手电都熄灭了。

他感觉到付雪晴的身子靠着他，发出轻轻的鼾声。

人在极度紧张和恐惧的状态下特别容易疲倦，有时候一睡不醒，其实也是一种潜意识的自我逃避。

吴凡从来没有见过这样的付雪晴，不再是女战士，而是小女人的付雪晴。

她在睡梦中冷得直打哆嗦，但仍然固执地不愿醒来。

吴凡把她轻轻抱起，放在自己温暖的怀中，在伸手不见五指的黑暗里，只能用体温和身体去感觉，他从来没有注意到，原来她如此柔弱可怜，让他不忍心松开怀抱。

他望着没有远近的黑暗，喃喃自语：“如果没有陆恒，你会喜欢上我吗？”

这个愚蠢的问题也只能在这样倒霉的地穴里才能讲出来。他也没指望有谁能回答，除了那些不解风情的烂骨头。

不知又过了多久，付雪晴忽然小声问：“你说那个村里人会来救咱们吗？”

吴凡十分吃惊。

他不知道付雪晴是刚刚醒过来，还是早就醒了。黑暗遮挡住了他的表情，他只能感觉到自己心跳加速，感觉到怀中那个娇小的身躯也在发烫。

他不敢动了，付雪晴似乎也不敢动，两个人就这么僵持着，跟两只抱在一起的刺猬一样。

就在这个时候，黑暗中忽然响起一丝声响，嘎吱嘎吱，似乎生锈的东西在摩擦。

紧接着，无数道手电光刺破黑暗，照亮了小半个房间。

吴凡和付雪晴在黑暗中待得太久，一时间还没有反应过来就暴露在刺眼的光亮中。

当那些举着强光手电的人看清楚了房间里的景象，一时间也都目瞪口呆。

映入他们眼帘的是一具无头的白衣女尸，以及两个搂抱在一起的人。

“是付队长和吴记者吗？”忽然传来一个男人的声音。

付雪晴猛然清醒过来，好像自己坐在仙人球上似的一下从吴凡怀里跳出来。

她回过头，这才看清楚说话的人竟然是贾洪涛。他跟一群身穿警服的警员们站在门口，齐齐地望向她。

贾洪涛挨个打量两人的奇葩装束，先看了看只穿背心的吴凡，又扫了一眼拿外套当裙子系在腰上的付雪晴，表情里带着几分坏笑，对付雪晴说：“是不是我进来的不是时候，没打搅到你们吧？”

付雪晴慌忙辩解：“我和吴凡被困在这里了，刚才……那是在互相取暖……”

“理解理解。”贾洪涛敷衍的连连点头，“不过……”

他回头瞅了一眼门外，“我是沿着墙上的红色三角标识找过来的，那是你们留下的符号吧？有了这个符号怎么会被困住呢？”

“是那扇铁门被锁住了，我们出不去。”

听付雪晴这样说，贾洪涛忍俊不禁，“那扇门根本也没上锁啊，要不然你们是怎么进来的。就是有点锈了，使点劲门就开了。”

“那怎么可能！刚才我和吴凡费尽力气根本打不开。要不然我们早出去了。”付雪晴难以置信地说。

“是啊，说起来还真奇怪，这扇门怎么就莫名其妙地坏了呢？”贾洪涛笑嘻嘻的，满脸戏谑，朝付雪晴摆摆手，“放心吧，刚才我什么都没看到。不过你俩也真是够找刺激的，居然能在一具干尸旁边浪漫了这么长时间，可别冻着啊。”

“说什么呢，我都说了我和吴凡是被困住的。”付雪晴怒不可遏地指着自己下边的“短裙”，“我刚才不小心滑倒裤子湿了，临时借用一下吴凡的衣服不可以吗？”

“对对。”吴凡急忙附和，“湿裤子还在那边放着呢，全湿透了，要不信我拿过来给你们看看？”

“说什么呢？”

付雪晴给了他一胳膊肘，把吴凡捶得直咳嗽，一下给打清醒了，对贾洪涛说：“算了，别解释了，挑重点说吧。贾队长，其实你站错地方了。”

“我站错什么地方了？”贾洪涛莫名其妙，用手电往脚下一照，猛地看见自己正踩在一具枯瘦的干尸上，惊得他急忙往旁边一蹿，结果又踩在了一根骨头上。

他用手电仔细往地上照了一圈，这才惊愕地发现，到处都是尸体，“这到底是怎么回事，这里怎么会有这么多尸骨？”

“我们也还没有弄明白呢，这里的疑点太多了。”吴凡说。

“你们不会什么都不知道吧？那你们又怎么可能找到这里？”贾洪涛语气里充满了怀疑。

“这个说起来话就长了，不知道该从什么地方说起。”

“别跟我打哑谜了，吴记者。实话告诉你，我可是一路跟踪你们找到这里的，我相信你们一定是掌握了什么重要线索，但是瞒了我，偷偷跑过来调查。”

“你是跟踪我们过来的？”这可让吴凡没有想到。

“你以为呢，你和付队长跟我一唱一和地演戏，以为我看不出来吗？我就知道你俩准有事，所以我给你们的手机卫星定位了。你俩今天早上一动身我就知道了，一路跟着你们进了大山里，结果没有信号了，费了好大一番力气才找到这个弃矿场。幸亏你们留下了标记，要不然还真找不到你俩。”

吴凡和付雪晴原以为是那个带路的小伙子发现他俩没回去报警了，没想到是贾洪涛要心眼一路带人跟过来的。也幸亏了这家伙自作聪明，要不然，他俩还真有可能被活活困死在这里。

但是贾洪涛一口咬定那扇铁门没锁，这岂非证实了这个房间确实邪门。

他们刚才明明无论如何也弄不开的铁门居然根本没有上锁，是不是无形之中有种力量想要置他们于死地？

他俩不约而同地看着靠墙站立的那具白衣女尸，自始至终连姿势都没改变过，却透着一股说不出来的邪气。

事到如今，吴凡也没有必要再隐瞒下去了，他掏出舒畅的手机递给贾洪涛，“这就是你要找的舒畅的手机，我就是根据这个找到这里的……”

贾洪涛脸上闪过一抹厉色，冷笑道：“果然是在你这……”

“事出有因，望贾队长体谅。但我好歹也算帮你查出了舒畅的死因，算得上将功补过吧。”

“你知道她是怎么死的？凶手是谁？”

“就在你身后。”

“什么？”贾洪涛下意识地转过身，一眼看见靠墙而立的那具白衣女尸，“你又在跟我开玩笑。”

“我说的是真的，证据就在舒畅的手机里。”

见贾洪涛满脸困惑，吴凡打开舒畅的手机，从里面找到了那段视频打开。

贾洪涛端着手机，一开始还一脸的不以为然，可是当那个白衣女人突然出现时，他的神情立刻就变了，整个人都仿佛僵在了那里。直到视频播放完了，他还没有缓过神。

吴凡说："舒畅遇害那天晚上举止就很反常，之后我发现这段视频时更加震惊，所以我必须查出真相，费了很多周折才找到她视频中拍到的这个地方，以及那个白衣女人。"

"你是说……"贾洪涛抬头看着眼前的无头女尸，猛然大笑起来，"你在跟我讲鬼故事吗，吴记者？这不就是一具干尸吗，跟视频里那个白衣女人根本就是两码事。"

"是啊，这样看起来是不太像。"吴凡低头在地上找了找，弯腰把那颗被付雪晴轰掉的人头捡起来，走到无头女尸跟前，插在她脖子上，再把头发帘往前面拢拢，"这样再看看，是不是跟视频里那个女人差不多了。"

贾洪涛和付雪晴下巴全脱臼了，哑口无言地望着他。

"顺便再告诉你一句，我请江州那边的技术人员把视频里那个白衣女人的脸部做了放大，让田鹏刚检查过，他能确定视频里的女人其实是一具女尸，你仔细看看，与这具女尸是不是很像？"

"无、无稽之谈。"贾洪涛努力保持着镇定，故意大声冷笑，"怎么可能会有死人杀人这种事情。这肯定是什么人在捣鬼！我不相信就这么一具不知道死了多久的骷髅会跑来跑去杀人。"

他大步走到女尸近前，抓起她两只手，"你告诉我她怎么杀，像鬼片里那样把人掐死吗……"

突然，他后半句话仿佛被掐断了，惊愕地望着女尸的双手。

那双干枯梆硬的手掌上竟然粘着血迹。

第十六章　漫灌

“怎么会有这种事？”贾洪涛难以置信地说，“在舒畅遇害的停车场我就看见过两个红色的手掌印。”

“原来你也注意到了。那是血手印，千真万确。”吴凡凝视着女尸那双枯瘦得好像爪子一样的小手。之前他和付雪晴都没有注意到这个细节。

“但是我从来没把那两个血手印和舒畅的遇害往一起联想过。按照常理，凶手杀人也没有必要留一双血手印吧？”

“可惜你遇到的偏偏就不是一个遵循常理的案子。你现在看见的还只是案件的一部分，早在舒畅遇害之前，我和付雪晴已经领略过了这种诡异的杀人手段。”

贾洪涛一怔，“怎么，难道之前还发生过其他案子？”

吴凡点点头，“舒畅不是第一个死者，在她之前已经死了一个叫张星鹏的男人。准确地说，舒畅是在调查张星鹏死因的过程中遇害的。如果你感兴趣，我可以现在从头到尾讲给你听，这一次肯定毫无保留。”

“你说吧。”

吴凡正要开始讲，付雪晴忽然喊贾洪涛带来的那些警员：“你们别都待在这里，出去几个守在门外，万一大门再突然关上怎么办？”

那些警员傻傻的都听不太明白，他们不知道付雪晴刚才都经历过什么，虽然照她说的出去了几个人，但还是笑嘻嘻的没当回事。

吴凡于是把整件事的来龙去脉讲述了一遍，除了预测死亡的兔子的那一段略去了，但凡与白衣女人杀人相关的细节全都告诉了贾洪涛。

贾洪涛听完沉默了许久，忽然问吴凡："你怎么想？"

"你问我？"

"对。你也相信是这个白衣女尸杀人吗？"

吴凡望着近在咫尺的女尸，她的头放得有些歪，似乎也在专心地听他们交谈。她此时看上去格外安静，没有再弄出什么诡异事件，但又似乎在做着下一次预谋。

他说："我现在并不想花心思去区分女鬼、女尸还是女人，那是生物学家和神学家们的事情，我就是一个懂一些犯罪心理学的记者，我只要把全部精力放在破案上就够了。现在，我最感兴趣的是这具白衣女尸究竟是谁，为什么会死在这里？"

贾洪涛若有所思，用另外一种眼光重新打量吴凡，"我看人一向很准，但你是个例外。"

"哦？"

"我忽然发现，我看不透你。"

"你对我感兴趣？"

"有点。"

付雪晴气哼哼地走过来，"我说你们两个大老爷们儿在这个墓穴里有完没完，还想不想走了？"

付雪晴现在一分钟也不想在地底下多待。

而且眼下这种场面，光凭这些人没法处理。

贾洪涛留下几名警察看护现场，同吴凡和付雪晴一起出去通知市刑警队，请求支援。

在漆黑的巷道里，如果没有墙上那些标记，在这迷宫一样的地下矿井中想走出去还真不容易。

他们回到地面时天都黑了，付雪晴贪婪地呼吸着夜风中新鲜的空气，有种获得新生的感觉，不经意间与吴凡目光相碰，刚才在昏暗的矿井中还没觉得怎样，此时却像被炭火炙烤着，让她浑身发烫，面红耳赤，急忙转身背对着吴凡。

吴凡更加忐忑。不久之前刚把人家看光光，现在又得寸进尺搂搂抱抱。付雪晴就算杀他灭口也不过分啊。他要早知道能这么容易获救，打死他也不敢吃付雪晴豆腐。

他赶紧往贾洪涛身边凑凑。

贾洪涛那边正顾着打电话，这里手机终于有了信号，他考虑了一下，决定绕过当地公安局，直接调自己的人过来勘验现场，这就等于把这个案子揽下了。看这架势他也是一个不怕麻烦的人。

忙活到第二天早上，吴凡和付雪晴才回到顺德区，先回宾馆睡了一觉。贾洪涛中午刚过就打电话给付雪晴，说要进行尸检，问她想不想过去看看。

付雪晴没想到贾洪涛会主动邀请，看来之前的经历无形中消除了他们之间的误解。

付雪晴联系上吴凡，捎带着开车把田鹏刚也一起带到顺德区刑警队。田大胖子这两天无所事事，整晚上看恐怖片，玩手游，黑白都颠倒了，一上车倒头便睡，鼾声浑厚。剩下吴凡和付雪晴两个人一句话不说，气氛显得挺尴尬。

吴凡暗自察言观色，发现付雪晴特能装，就跟没事人一样，也不知道心里是怎么想的。

他小心翼翼地试探道：“我昨天晚上在矿井里肯定是缺氧时间太长了。脑子晕晕乎乎的，好像又失忆了。咱俩究竟是怎么出来的？”

“贾洪涛把咱们救出来的。”付雪晴专心开车，不咸不淡地回答。

“哦，是这样啊……那我之前头脑不清晰的时候咱们都干什么了？”

“我们聊了一会儿，讲了讲我上学时候的一位学长。”

“哦，那我说什么了？”

“你什么也没说，就老老实实坐着呢。”

“哦，那就好，那就好，你看看我这脑子，一点都想不起来了。”

“记性差好，记性差的人一般都活得长。”

“那是，那是。”吴凡暗自擦了一把冷汗。

赶到刑警队，见到贾洪涛，贾洪涛对他们还算客气，不过提出了一个要求，这个案子只能由顺德区刑警队负责，他们只是来观摩的。尤其是田鹏刚，不能参与尸检。付雪晴答应了。田鹏刚很郁闷。

顺德区刑警队法医室的条件虽然赶不上江州警队，但也差不太多。

他们之前来过一次，还跟首席法医耿研起了一点争执。

这次主要负责尸检的还是这位耿法医。

他穿着法医罩袍，戴着口罩、手套，往解剖台前一站就有股强大的气场。

付雪晴三个人走进法医室后，他连头都没抬，只是从眼角瞥了一眼，继续进行尸检，还跟两个年轻的法医讲解着什么。两个法医不住地点头，显得毕恭毕敬。

贾洪涛和付雪晴站在远处，趁这个时间和付雪晴聊了聊关于红星矿井的调查情况。

他告诉付雪晴，那个矿场早些年是一家国营煤矿，但由于过度开采，造成了地下河道严重透水，在二十世纪九十年代发生了一起重大透水事故，造成巷道塌方，上百名工人被困井下，最后淹死了十几个人。从那之后矿井便被迫关闭了，经年累月变成了一片废墟。至于发现尸体的地方是在矿井的泵房，处于矿井较底层的位置。

付雪晴向他打听那些尸体是什么情况。

“我们一共找到了四具尸体，经过确认是两男两女，年纪都不大，都只有二十多岁。他们的具体身份还有待确认。不过从穿着和随身携带的旅行包来看，我觉得很有可能是几个探险过来的旅友。”贾洪涛猜测。

“旅友？”付雪晴有些惊讶，“还有人会跑到这种地方来探险？”

“寻找刺激嘛。红星煤矿的曝光率不高，平时几乎没人知道这个地方。但是在那些旅友圈子里，还是有人听说过的。听说偶尔也会有一些喜欢冒险的人组队跑来这里找刺激。”

付雪晴望着解剖台上那四具已经变成泥色的干枯尸骸，“这些人看着死了也挺长时间吧，难道一直都没有人发现？”

“你们过来之前，我刚接触过民间探险圈子的几个人，他们中间有人去过红星矿场，也有人进过矿井。他们说那个矿井特别深，地形又复杂，太往地下了空气稀薄，之前又发生过事故，谁都不敢往太深的地方走。一般也就是在井口附近转转……”

付雪晴想了想：“也对，我和吴凡一直往里面走了一个多小时呢。这还是靠着墙上的那些记号才找到那个泵房。”

耿研这时候刚刚对其中一个解剖台上的尸体完成了尸检，把提材样品交给一个年轻法医交代他去化验什么，年轻法医连连应声，拿着样品走了。

耿研这才抽空对贾洪涛说：“根据发现这几具尸体的死亡环境以及尸蜡现象，我推测这些死者的死亡时间是在四年之前，五年左右。而且他们的死亡时间很接近，极有可能是同一时间死的。”

“死了这么久？”贾洪涛很意外。

付雪晴听耿研说“尸蜡现象”，觉得耳熟，似乎听田鹏刚提过一次，便问耿法医：“您刚才说尸体出现尸蜡现象，这该如何解释？我看见的都是干尸啊。这两者有区别吗？”

“当然有区别了。”耿研不以为然地瞧了瞧付雪晴，略显轻视，“这完全就是两码事，蜡尸也算是一种常见的尸体状态，江州那边不会没出现过这样的案子吧？”

付雪晴显出一丝不快，觉得这个耿法医有些盛气凌人。

一直站在旁边歪着个大脑袋，手脚刺痒，很不痛快的田鹏刚重新为付雪晴解释了一遍：“干尸一般都是干燥的环境中，尸体脱水的速度超过了腐败速度，最后变成了人干。但如果尸体埋于潮湿的泥土里或长期浸泡在水中，身体里的脂肪会水解成脂肪酸和甘油，甘油溶于水，而脂肪酸与蛋白质继续反应成脂肪酸铵，再与水中的钙、镁离子结合成坚硬的蜡样物质，这就是蜡尸。相比柔软的干尸而言，蜡尸是硬的。但都是停止了腐烂，有利于保存线索。不过你没见过也不奇怪，因为江州的气候比较温暖潮湿，几乎不具备形成尸蜡的条件。相反津北省气候比较寒冷，低温有水的环境最利于形成尸蜡了，所以某些人大惊小怪，自以为知道很多，不过是因为自己见识浅罢了。”

他虽然是笑呵呵地对付雪晴说话，可是谁都能听出来他是在指桑骂槐地挖苦耿研。

耿研脸色难看，但又没法还口。

贾洪涛看这情形只好岔开话题，他问耿研：“老耿，我倒有个疑问。如果按照田法医刚才的说法，那些尸体都应该是淹没在水里的或者是埋在土里才能变成蜡尸，可是我看见那些尸体几乎都暴露在外啊。”

“你这个问题我正要说明。”耿研顺着他的话解释道，“我怀疑那个泵房被水淹过，也许曾经矿井里的水位比现在还高，正好把那几个死者的尸体都淹没了，之后水位才慢慢退下去的。一般尸蜡形成的时间大约需要三个月到一年，而且你应该还记得，头些年有涝灾，咱们这连续两年一到夏天就狂降暴雨，我觉得那个时候的矿井地下很可能都被水淹了。”

耿研的分析不无道理，贾洪涛说：“那这么说起来，这些人都是淹死的喽。会不会是这些人当年钻进矿井里探险，不小心迷了路溺水身亡了呢？”

“首先，我可以确定他们都不是溺水身亡的。”耿研直接就给贾洪涛的猜测否定了，“我对这些人的肺部和鼻腔、肺叶都做过化验，并没有发现溺水身亡应有的症状，或者应该这样说，这些人在被水淹没之前就已经死了。”

“那他们的死因是……”

付雪晴突然插嘴道：“不会是被困在泵房里活活饿死的吧？”

这个想法可是够残忍的，一时间没人吭声，连耿研都有些错愕。

他们不知道这是付雪晴差点就经历的，直到现在依然惊魂未定的原因。

“老耿，不会真是这样吧？”贾洪涛见耿法医不言语，不禁问道。

“这个……”耿研的反应有些奇特，既没表示出赞同付雪晴，也没有明确反对，“这些被害人的胃里确实没有发现很多食物，倒是很有可能当年是被困在了泵房里出不去了。他们在矿井里迷了路，涌进矿井里的水又越来越多，他们只好暂时躲进泵房里。我检查过，那个铁门的密封性还好，短时间能阻挡住外面的水。但可惜，他们这个做法彻底葬送了逃生的希望。门外巷道里的水位越升越高，最后他们根本都出不去了，只能活活等死。”

这时候，冒出一个闷声闷气的声音：“这些人要真是被活活饿死的，他们为什么不吃人呢？”

这话把所有人都吓了一跳，纷纷扭头看向说话的人。

就见田鹏刚这个大家伙不知道什么时候蹲到了其中一个解剖台前面，正专心打量着那具蜡尸，仿佛毫无觉察众人都在用看变态的眼神看着他。他自己还在那叨咕：“这具尸体身上好像也没有割肉的痕迹，连个牙印都没有，我再看看其他人……”

他转过身，正好和虎视眈眈的耿法医脸对脸，他腼腆地露出一丝笑容，“您别这么一直盯着我看，别人一这么瞅我，我就不好意思。”

“我没心情跟你开玩笑，田法医。你能不能尊重一下我的工作，别在这里添乱？”耿法医沉着脸说。

“我哪里添乱了，我说的是心里话。这些尸体外表上没看到什么伤痕，没准真是被活活困死的呢。一旦人陷入绝境，没有吃的，很容易陷入疯狂，甚至互相残杀这也是常有的事情。这一点都不稀奇，在古代打仗的时候，如果军粮不够……”

“行了，打住。我现在不想和你争论人吃人的事情，但我可以告诉你，他们不是被困死的。”

“不是被困死的？那是怎么死的？”田鹏刚起了强烈的好奇心。

“哼，肉眼看不见伤不代表就没有伤。蜡尸质地坚硬，不适合解剖，但是还有其他办法检测。比如说 X 射线。”

他让助手拿来一台便携式 X 射线检测仪，把探头对准了手边一具尸体的脖颈部位，显示器中呈现出内部颈椎骨的图像。

耿研对大家说：“当我用 X 射线给死者做扫描的时候，终于发现了一些体表看不见的伤痕。像这具尸体，死者的颈椎骨出现了错位和骨折，这是受到外力强烈拉拽导致的，极有可能就是这名死者的致命伤。其他死者的状况也大同小异，有两个人的颈椎骨也都出现了类似的损伤。”

“那您觉得什么状况下能造成这种伤？”贾洪涛追问。

耿研很谨慎地做出判断，说：“有可能是这些人在走投无路的情况下被迫上吊自杀了。”

“可是我们发现尸体的时候，它们都是躺在地上的。”付雪晴说。

“有可能是上吊用的绳子或者带子腐烂断掉了，混在了淤泥里你们没有发现。这个我会进一步确定的……”

“除此之外就没有别的伤了？”田鹏刚端详着尸体，似乎还想抢过检测仪亲自扫描一下尸体。

耿研不太想搭理他，随口说道：“再就是胸口有些轻微的骨折，完全不足以致命。”

“骨折？我能看看吗？”

耿研耐着性子把检测探头移到了死者胸口，屏幕上出现了胸骨和肋骨部位，“看到没有，胸骨板附近那些细微的裂痕？仅此而已，很可能是死者在跌落时摔的，这不重要。”

田鹏刚若有所思地打量着耿研，“那么其他尸体呢？”

“其他尸体的肋骨上多多少少也有一些骨裂，和这具尸体差不多。”

“你是指所有尸体吗？”

耿研有些迟疑，“有三具尸体是这样。”

“我刚才听你说话的意思，颈椎骨断裂的尸体也是有三具，是这样吗？”

“你到底想问什么？”耿研被问得不耐烦了。

“我就是觉着你对自己的判断不太确信，心里好奇，就想弄清楚你到底哪里还有疑问……”

耿研微微一怔，眼神马上变得凌厉起来，斗架似的打量着田鹏刚。

他虽然不想搭理这个死胖子，可这家伙句句挑衅，实在欺人太甚，他高声道：“我有什么不确信的？尸检的结果已经很清楚了……”

“您先别急，别急。”田鹏刚仰着一张大饼子脸，“我把您刚才所说的尸检结果整理一下，您看看我说得对不对。这四具尸体中，有三具尸体的颈椎骨都有断裂痕迹，并且胸前骨头有轻微骨折对吧？”

“没错。”

“那也就是说，还有一具尸体身上你没有发现致命伤，你其实还不知道他的死因，所以你就根据其他尸体上的伤势做了一个笼统的估计，是这样吧？”

“这有什么含糊的，我检查过，唯一没受伤的那具尸体的胃里没有一丁点食物，却有不少泥沙，而且可以排除淹死的假设。这就意味着这个死者是活活饿死的。由于没有食物和干净的水，他只能靠喝地下的脏水维持生命。”

田鹏刚挠了挠大脸蛋子，“照你这么说，这四个被害人有三位是上吊自尽了，还有一位是活活饿死的，听上去是不是挺奇怪的？”

“这有什么可奇怪的，被困在矿井里的人走投无路，所以选择了集体自杀，但是有一个人没有那个胆量，所以活活饿死了。这比起你那个什么人吃人的假设合理多了。”

“宁可活活饿死也不敢自杀。好吧，听起来倒也勉强能解释，不过你为什么就没想过或许还有其他更好的解释呢？”

“什么解释？”

“譬如说，这个饿死的人把另外三个人给勒死了呢？”

“那绝对不可能。”耿研断然否认。

“你怎么这么确信？”

耿研走到其中一个解剖台前，上面的蜡尸已经尸首两分，正是被付雪晴用枪轰掉脑袋的白衣女尸。

耿研指着尸体对田鹏刚说：“这是一具女尸，身高只有一米五五左右。在这四名死者中，她是最为瘦小的。而另外三个人中两个是男人，她根本没有能力把其他三个人一一勒死。所以你的假设完全就不可能成立。”

谁都没想到这次例行常规的尸检居然演变成了两位法医较技争斗的擂台，没动刀枪，却搞得火药味十足。

贾洪涛毕竟是东道主，这时候只能由他出面调解，给双方一个台阶下。

他对耿研说：“老耿，破案经常靠的是集思广益，田法医也算是说出了自己的想法，可能还有不够成熟的地方，但也是想帮着我们破案。”

“哼，我看是有点不知天高地厚。”耿研说话声音不大，有点想发牢骚。但周围的人还是隐约听见了。

田鹏刚终于又找到了掐架的沸点，撇着大嘴嘿嘿冷笑，“我话还没说完呢，你就下结论，太早了吧？我马上就让你看看什么叫真正的不知天高地厚。”

付雪晴担心这个惹祸精真把这边的警队惹翻了，不好收场，正要开口阻止，却被吴凡拉了拉胳膊，低声说：“先别动，让他说。”

“打起来怎么办？”

“不会的，这家伙虽然说话贱，可脑子好使着呢，我感觉他是有什么想法才故意挑事的。”

付雪晴将信将疑。

这时候耿研也不甘示弱，“好啊，田法医，那我倒要听听，你还能有什么不知天高地厚的见解。”

“不客气。”田鹏刚摇晃着庞大的身躯走到那具断头的女尸旁边，盯着她瞅了一会儿说道，“如果是使用蛮力想把人勒死当然很难做到。不过要是考虑到案发现场的情况那就另说了。总结起来有三个疑点。”

“哪三个疑点？”耿研不由得拧起眉心。

“第一个疑点。我刚才仔细观察过 X 射线照片，我发现死者颈椎骨的错位方向是向前的，而骨裂出现的位置也是在胫骨后面，这个力度感觉应该是从脖颈后用力向前拉扯，我猜测其余两具颈骨断裂的死者很可能大同小异。”

“即便是这样又如何？可能跟被害人上吊的姿势有关。”

“那就说说第二个疑点，这三名颈骨断裂的死者胸部和肋部也都不约而同地出现了骨折或者骨裂痕迹。你认为是死者落地时摔断的，我倒觉得另外一个解释更合理。”

“什么解释？”

“凶手是把这些被害人压在地上，用膝盖顶住胸部，同时用绳索带子勒住被害人脖子全身用力把他们勒死的。因为只有这个动作才能够同时满足颈椎骨向前错位，同时胸骨骨折的可能。即便凶手只是一个瘦小的女人，也一样能够做到。”

耿研不无讥讽道：“可你有一个问题没有想到啊。就算你说的这种方法能杀人，这些死者也不可能躺在地上任由对方勒死自己吧？说到底你怀疑的这个女人还是不具备凶手的条件。”

“这就是我要说的第三个疑点。”田鹏刚双眼放光，兴奋地说道，“我虽然没去过案发现场，但是我了解过情况，也见过现场的尸体照片。这些死者的姿态全都是仰卧，平整得就好像躺在解剖台上一样。你就不觉得很可疑？”

“那也完全可能是这个最后饿死的女人，在同伴死后把他们的尸体重新摆放过。”

田鹏刚晃晃大脑袋，显得不以为然。

“你又有什么解释？”耿研反问。

“如果这个女人提前给这些人吃过安眠药一类的东西，让他们失去反抗能力，他们不就不会反抗了吗？”

耿研一皱眉，“合着你是非要把这些人的死解释成谋杀是吗？”

田鹏刚阴鸷鸷地笑道：“我就喜欢这种刺激点的解释，不然这个白衣女尸又怎么出来祸害人呢？”

“你这是什么话？”耿研惊愕地瞧着田鹏刚，面露不快，以为他又在搞怪耍宝。

可是，付雪晴、吴凡，甚至贾洪涛全都一副严肃的表情。他们全都知道整个案子的来龙去脉，也看见过女鬼现身的恐怖视频，不管他们信不信邪，视频里的白衣女人竟然真的就是一具白衣女尸，这实在匪夷所思。

贾洪涛这时候打断他们，“老耿，田法医，你们两位暂时先不要争，我倒是还有个问题想问问你们二位。你们有没有注意到这具白衣女尸的双手啊，上面的血迹你们有什么想说的？”

“尸体手上还有血迹，这可真是邪了门了。”田鹏刚马上凑过去仔细看。

耿研也露出了古怪的表情，看起来他早就注意到那个白衣女尸双手的血迹了。他说：“我让小汪对那些血迹进行过检查，与之前在停车场里的那些血手印是同一个人的血迹。为什么会出现在尸体手上，这个……我暂时也还没想通。”

田鹏刚插嘴道：“你应该化验一下尸体的双手和那两双血手印是不是相同，没准就是这具女尸跑到宾馆地下车库里把舒畅活活吓死了呢。”

“荒唐，怎么会有这种可能呢！”耿研怒道。

“但不得不承认，这是眼下最合理的解释，对吧？”田鹏刚笑嘻嘻地故意挤对他。

这时候，给耿研当助手的那个汪法医小声道：“耿老师，那个血手印你不是让我检查过吗，血手印和女尸的手掌纹都看不清了，不过大小和形状都差不多……”

田鹏刚耳朵有多尖，他们小声嘀咕也被他听到了，大声笑话耿研：“看你装得跟个大科学家似的，原来你也怀疑有鬼啊，哈哈哈……”

耿研脸都气紫了，“我这是严谨治学行不行？”

事实上，除了没心没肺的田鹏刚大嘴咧咧地笑个没完，其他人根本笑不出来，尤其是贾洪涛、付雪晴、吴凡这三个知道内情的人。

他们还从来没遇见过这种离奇杀人案，好不容易找到点头绪，没想到竟发现了一堆死因不明的无名尸，其中居然就有那个白衣女尸。这该如何解释？

此时，那个女尸纹丝未动地躺在不远处，那颗被付雪晴一枪轰掉的脑袋稳稳地摆放在尸体旁边，蓬乱的长发从解剖台上散落下来，让人看着总是有些心神不宁。

“事到如今，你们有什么想法吗？”贾洪涛问付雪晴和吴凡。看得出，他现在也无计可施了。

付雪晴看了看吴凡，吴凡说道：“眼前的案子其实很清晰，无外乎两种可能，要么真是鬼做的，可大家都相信这世上没有鬼，那么就是什么人使出的阴谋。当年在矿井里肯定发生过什么，这件事或许就是白衣女尸出现的原因……”

贾洪涛琢磨着他的话，“看来首先还是要尽快弄清楚这四位死者的身份。”

付雪晴说：“这四个人既然死在矿井里无人发现，那他们应该一直都是失踪状态。或许公安局这边还有失踪人员记录呢，我们可以通过这些人的体貌特征和 DNA 寻找一下。”

贾洪涛点点头，这也是目前唯一的办法了。

第十七章　坦白谎言

贾洪涛效率蛮高，四天后就有了调查结果。便又把付雪晴和吴凡找到了刑警队。

“你已经确定这些死者的身份了？”付雪晴问。

贾洪涛点头，“这些人还上过报纸呢，我好容易从报社找到了一份当年的报纸。”说着把一份半新不旧的报纸递给了付雪晴。

付雪晴接过报纸一看日期，确实是四年前的报纸。

当她的目光扫到下面的头版头条，便凝在了上面。

醒目的标题上写着：多名旅友遇山洪失联，各方全力搜救。

还配上了一张洪水汹涌的照片。

新闻内容很简短，介绍由市“黑狼探险俱乐部”组织的一队旅友在专业领队带领下前去红旗岭探险，结果一行人遭遇暴雨和山洪，与外界失去联系。探险俱乐部方面已经报警，并积极与各方配合，努力营救被困人员。

不过新闻里并没有提及这些失踪人员都有谁。

贾洪涛这时又把一份名单放在报纸上，对付雪晴说：“这是当年那家探险俱乐部提供的探险队员名单。就像耿法医说的，那两年津北这边赶上了洪涝灾害，这种时候去山里探险是很危险的，但还是有人为了找刺激去冒险，结果遭遇了这种事情。那次失联的这些人最终只有三个人获救了，其余的人一直都没有找到……”

贾洪涛正说着，付雪晴忽然惊呼一声，“这两个人居然也在里面……”

“哪两个人？”贾洪涛忙问。

“张星鹏和白若琳。这两个人我们都认识。”

“是吗，他们是干什么的？”

“张星鹏就是我之前告诉你的被白衣女尸吓死的第一个人。”

“居然是他。”贾洪涛眼中闪过了一丝异样，“这两个人就是获救的那两个。而且我还发现了一件可疑的事情。”

“什么可疑的事情？”付雪晴问。

“张星鹏和白若琳是在探险队失踪后第三天被发现的，当时还接受了记者简短的采访。据张星鹏所说，他们探险队是在穿过红旗岭北山时候，突然遭遇了山洪，他和白若琳都掉进水里，经过挣扎才爬上岸，而其他人都下落不明。随后搜救队员就按照他们两人提供的线索沿着山洪经过的路段寻找，一直找到了山下的海河，也没有发现其他探险旅友。当时，所有人都以为这些人溺水身亡，被冲到了什么地方。可是实际上，我们刚刚是在红星矿井里发现的其他旅友尸体，这和张星鹏告诉那些记者的完全是两个地方……”

“红旗岭北山和红星煤矿相距很远吗？”付雪晴问。

“完全是两个地方。红旗岭方圆几十里，北山有一条河谷，也就是张星鹏口中所说的遇险的地方。而红星煤矿却在南山，相距十里地呢，中间只有山路相连，这些人就算当时能够侥幸脱险，也不太可能横跨山脉跑到另外一端吧，更不可能钻进煤矿吧？这完全不合逻辑。”

“所以你怀疑张星鹏当年撒了谎？”

“不错。”贾洪涛说，“但是既然张星鹏已经死了，那我就只能去打听另外两个幸存者了。不过遇到了一些麻烦，白若琳最近几年的行踪查不到，至今还没有联系上。另外一个幸存者叫史云，发生意外的时候还是一名学生，去他学校打听，听说他已经出国留学了，暂时也没有联系上。不知道你们有什么想法没有，你们之前不是一直在调查张星鹏这个人吗？”

付雪晴和吴凡互相看了看，吴凡说："张星鹏这个人我们现在了解得也很有限，还有很多疑点没弄清楚。不过白若琳的线索我们倒是有。"

"你们能找到白若琳？"贾洪涛急忙问。

"能，她现在人就在江州市。不过也有点麻烦，她之前由于车祸昏迷住院呢。"

"啊？"贾洪涛一时间呆住了。既有惊讶，又有失望。

付雪晴说："我可以现在马上去和江州那边联系一下，看看白若琳的情况怎么样了。"

付雪晴拿出手机，一个电话打给江州刑警队。她和吴凡一晃来顺德区快一个月了，对那边的情况不太了解。

贾洪涛焦急地看着付雪晴打电话，忽然见她面露喜色，马上问："怎么样？"

"白若琳已经醒了。"

"太好了。"

此时，站在旁边的吴凡没有吭声，但他脸上的表情却变得有些复杂。

他恨不能马上回到江州，马上与白若琳见面，他还有很重要的问题要当面问她。

即便这个世界上真有白衣女鬼，现在也提不起吴凡的兴趣，他最想知道的是预测死亡的兔子究竟是不是张星鹏。他查了这么长时间也没查出什么线索，反倒卷入了另外一起不相干的案子里脱不了身。现在吴凡唯一能寄希望的人只有白若琳了。

付雪晴马上向江州那边的警员传达了信息，让他们尽快找白若琳了解情况，务必要问出四年前她参加探险活动遇险的全部经过。

之后就是等待了。

江州警队那边迟迟没有回信，眼看着大半天过去了，付雪晴、贾洪涛这边等得焦急万分。

终于，快到傍晚时分，付雪晴接到了赵楠打来的电话，说白若琳已经认罪了，并且写了一份坦白书。

付雪晴和吴凡完全被搞蒙了，当他们拿起传真过来的那份坦白书，一段早已掩埋于地下的真相悄然浮现于眼前——

我冥冥中早就有过这种预感。

这个恐怖的秘密早晚会被人发现，人在做，天在看，做过的事早晚都会有人知道。

四年前的那个暑假，我当时才刚从学校毕业，整天下雨，到处都是防汛防洪，弄得工作都不好找。我实在心烦，鬼使神差地就联系到一家野外探险俱乐部，参加了一次野外探险。我本来只是想体验一把刺激，没想到却差点连命都搭上，我倒霉的命运也从此开始了……

记得我们一行是七个人，有一个带队的男向导。还有四个正在念研究生的大学生，比我年纪稍微大一些。另外一个人是个中年男人，阴鸷鸷的也不怎么爱讲话，看着像个劳改犯似的。后来我才知道他当时刚从监狱里放出来不久。

我们这个奇葩的队伍就这样稀里糊涂地跑到燕山市郊区的一个偏僻的大山里，名义上是搞野外生存探险，其实也就是找个人迹罕见的荒山爬爬山，搞点野味吃吃。

我们上山的那天还在下雨呢，当时大家也没太当真，只是觉得冒雨爬山更刺激。

后来爬到一半的时候，大家开始抱怨下雨下得路太不好走。于是有人说，听说山里有个很大的废弃矿场挺有意思的，要不就去那里玩玩儿，既能躲雨，又能探险，肯定还有下山的大路，玩够了，等雨停了就一起下山。

大家一想这个建议不错，就都同意了。

我们的向导倒还真知道这个地方，便带着我们找到了那个矿场。

当时大家都挺兴奋的，还从来没有钻过矿井呢，正好有人带着手电，于是我们就一起进去了。可是万万没想到这一进去就迷了路，怎么都找不到出口了。所有的路看着都差不多，等到往回走的时候，全都是挡着铁门的死路。手机偏偏又没信号，跟外界完全联系不上。

一开始大家还能沉住气，后来就开始互相埋怨不该来这里，一度吵起来差点都动手了。

可是更倒霉的还在后头。

我们怎么也没料到矿井里还漏水了，越走水越深，大家这时候都害怕了。再这样下去我们都得淹死。这个时候，那个中年大叔倒挺冷静，也挺热心，主动帮大家背包裹，让其他人走得轻松一些。我那个时候还挺感动的。

这时有人发现了一个地势较高的屋子，还有一扇挺严实的大铁门。有人建议不如先进去避避水，等雨停了，水自然就下去了，我们再走不迟。

当时大家谁都没有经验，就一股脑儿地跑进了那个房间。结果躲了一整天，外面的水也没见少，反而越来越多，都没到门了。大家更慌了。有人说这么困着不是办法，不如出去找出路。有人担心水太深，乱走会淹死。他们七嘴八舌地争吵，连那个男向导也都慌神了。我根本也插不上嘴，赶上那天还来事了，就顾着自己偷偷去找地方方便。

有一次我出去方便，回来的时候正看见那个中年男人站在门外，手里正拎着一个沉甸甸的背包，他当时的表情看着十分奇怪。

我已经知道他叫张星鹏，就问他在干什么。

他当时紧紧盯着我，那眼神十分吓人。他问我要不要进去。

我被他那样子吓到了，心里有些不好的预感，就没敢开门进去。我偷眼打量他，发现他手里拿着一截生锈的钢筋，也不知道是从哪里找到的。

我忽然打了个寒战，就像意识到了他想干什么。

张星鹏似乎看出来了，突然扑上来，一把就掐住了我的脖子把我按在墙上。他是怕我喊出声来惊动屋里的人。

我眼看着他把那截钢筋慢慢地插进两个锁环里，把那扇门给别住了。屋里那帮人光顾着争吵，还什么都不知道呢。

我当时吓坏了，屋里那些人岂不是都得活活困死在里面。

张星鹏冷笑着告诉我，他说我们带的这些食物多说能支撑三天，如果三天之内找不到出路，那就全都得饿死在矿井里。但如果这些东西养活他一个人，那还能支撑个十天半个月，他就能想办法逃出去。

我说万一你最后也没逃出去呢。

他说那他至少也是最后一个死的，也是赚了。

我这才恍然大悟，这个人从一开始帮人背包裹就没安好心，就是想着趁别人麻痹大意，把那些食物都集中到一起，方便带走。

我当时意识到，他接下来就要把我也杀了。

为了活命，我跪在地上求他。

他一开始不屑一顾地瞧着我，说就算他饶了我，我也会饿死在这里，还不如给我一个痛快。

我就求他带我一起逃。

他就笑了，问我，他凭什么要分一部分救命的食物给我。

我当时为了活下去，已经什么都不顾了。我说，只要他救我出去，我就是他的女人，一生一世都跟着他，让我当牛做马我都愿意。

他瞧着我琢磨了一会儿，指了指地上，我看见扔着一些铜线、木棍之类的东西。

他吩咐我，用这些东西把插在门上的钢筋固定牢，绝不能让里面的人逃出来。

我不敢，可是我知道，如果我不照他吩咐的去做，他就会立刻杀了我的。

于是，我只能违心地强迫自己拿起那些东西把那扇铁门死死地固定住了。

也许是听到响动了，屋里的人走过来推门。当他们发现怎么都推不开，终于意识到有人要害他们了。

他们歇斯底里地撞门、尖叫，我还听见里面有人号啕大哭，我当时都吓得瘫坐在地上。

张星鹏站在我身后，笑着说，现在他相信我是不可能背叛他了，因为我和他联手杀了这些人，我们必须守护着相同的秘密。

他说得没错，从那时候开始，我就和他彻底地绑在一起了。

但我得承认，张星鹏虽然心狠手辣，可他遇事沉稳，而且脑子非常好使。

我猜他早就计划这样做了。他不仅仅带出了食物，还带着手电筒和所有的电池，甚至还找来一块石头，一边走一边在墙上做记号，然后用排除法，把不能走的路全都排除掉。

就这样，我俩在矿井里一直转悠了两天，终于逃了出来。

当时外面在下暴雨，我俩根本都辨不清路了。在山里又转了一天多，遇到山溪涨水，差一点就被水冲走。后来沿着河走才下了山，遇上救援队总算是得救了。

但是紧接着就遇到了一个大麻烦，他们追问我们其他旅友都去哪了。

我当时都吓傻了，不知道该如何回答。

张星鹏沉着脸，一开始说不知道，可是那些人一直在不停地问，后来他说，我们大家在爬山过河的时候遇到了山洪，然后就失散了。其实当时真的发生了山洪，张星鹏随口编的谎话居然蒙上了。这些救援队的人就不再问了，转而去沿着河岸搜索其他人。

我和张星鹏当时都心照不宣，谁也没敢提那个矿场。后来我才知道，那个弃矿在大山的南边，他们发现我们的时候，我们已经转到了北山。所以这些人就没往矿井那边找。

获救之后，张星鹏就带着我逃出了燕山市。

那段时间我俩提心吊胆，总担心那些同伴的尸体被发现，警察会到处通缉我们。我哪也不敢去，都不敢跟家里人联系，就跟着张星鹏跑到乡下，躲到了一个小镇里。他在那里有自己的房子。

我俩就这样住在一起了。

一晃过去了几个月也没听到什么风声，我和张星鹏这才慢慢放松了警惕。张星鹏还买了一辆车，做跑长途的买卖。那个时候，我也开始适应了和这个男人一起生活，我当时甚至都在想，也许这就是我的命，我这辈子注定就要和这个男人在一起。

但是，我怎么也没想到，厄运还没有结束。

真正让我恐惧的不是那些被我困死的旅友，而是我身旁的这个男人。

他一开始看着还和正常人一样，只是有点阴郁，不过还挺成熟的。可是慢慢地我发现他有点不正常……

他有很强的虐待倾向，动不动就喜欢把我捆起来或是用链子锁住，想出各种变态的花样玩弄我，即便是这样我都学着忍受，但是他似乎还不满足。

忽然有一天，他也没跟我打招呼就雇来一帮人，专门挑大晚上给他挖地下室，好像还挖得挺大。我问他挖这么大地下室干什么。他也懒得搭理我。

那段时间他一直开车到很晚才回来了，我都是提前睡下。

有天晚上，我起夜到院子里的厕所方便，隐隐就听见哪里有人哭，哭着哭着就没声了。我正在纳闷呢，忽然看见张星鹏从地下室里钻了出来，把我吓了一跳。

我问他有没有听见有人哭，他说他没听见。就在这时，我借着月光忽然看见他衣服上溅满了血点。

我当时就吓呆了，想问他，可是看他铁青着一张脸，吓得我没敢开口。

从那时开始，我就开始偷偷留意他了，但是他每次外出都会把地下室门锁上。我不知道里面到底有什么。

后来有一次，他回来得很晚，我听到车声爬起来，躲在窗后，我看见他从后备厢里拖出一个麻袋，一点一点地往后院拖，里面的东西好像挺沉的。

我就偷偷跟在他后面，看见他掏出钥匙把菜窖门打开，把那东西拖进了地下室里。

我跟在后面悄悄爬下地下室，那里有一个墙拐角，我就躲在墙壁的拐角后面，眼睁睁看着张星鹏从麻袋里拖出一个男人。

那个男人头都快被打烂了，我想他早就死了，张星鹏是把他尸体给拖回来了。

我当时几乎崩溃了。我看见张星鹏就像一个魔鬼一样站在那里，脸上竟然还带着笑容，就像精神病院看到的疯子一样。

我当时吓得拼命从地下室里逃了出来，我不知道他有没有发现我。或许他觉得根本无所谓。因为就算我知道他杀人，也绝对不敢去报警，我也是杀人犯，我和他有共同的秘密。

从那之后，他每隔一段时间，就会从外面拖回来一个人。如果是男人的话，基本上都是死的，如果是女人，他会折腾一通再杀了。

我就是和这样一个杀人恶魔住在一起，表面上还得装得跟没事人一样。他只要不停止杀人，我每一天都是煎熬，这样的日子对我来说简直就是活在地狱里，就像守着一个定时炸弹在身边，永远不知道哪一刻它会爆炸。

后来，我实在忍受不下去，便策划了一次逃跑。

我在网上找了一份外地工作，拿走他一些钱就逃了。我怕他找到我，一口气跑到了很远的江州。几经周折才安稳下来。我努力把过去的经历全部忘记，开始新的生活。

事实证明这只不过是我的一厢情愿……

不知从什么时候开始，办公室里安静得仿佛没有人。

付雪晴、吴凡和贾洪涛都目不转睛地望着传真纸上那一行行铅字。

如果没有白若琳的坦白，或许这段真相永远都不会有人知道。

付雪晴见吴凡神情茫然，关切地问他："你还好吧？"

吴凡漠然一笑，"好不好的该发生的都已经发生了，至少我现在终于知道了我这绿帽子是怎么戴上的。不，应该说是我怎么给张星鹏戴的绿帽子。这么看，张星鹏开车撞白若琳一点都不意外。"

"是啊，他当初可能没想到白若琳敢背叛他逃走。可是一旦白若琳逃了，作为唯一知道他底细的人，他就绝对不能留这个女人活命。算起来白若琳在江州隐藏了两三年，可还是被他找到了。"

贾洪涛听他俩说话，忍不住问："听你们的意思，你们和白若琳很熟吗？"

"相当熟了。"吴凡说。

"有多熟？"

吴凡没给他好脸色，"我说贾队长，白若琳的私事好像跟你的案子没多大关系吧。现在的案子可还没有完全解决呢，你是不是应该研究研究眼前的问题啊。"

贾洪涛感觉吴凡很反常，也不好多问，"你是指张星鹏被杀？"

"也算是吧。但如果深究的话，还有一个疑问，你刚才不是说当年那个事件里除了白若琳和张星鹏之外，还有一个留学生获救了吗？如果白若琳的证词没错的话，那个研究生又是如何逃出来的呢？是不是应该核实清楚啊。"

这个贾洪涛还真没有想到，"是啊，这个留学生确实是个关键。按照白若琳的说法，既然他们被困住了，这个人又是如何逃出来的呢？看来得好好查查。"

"或许，还能捎带着弄明白张星鹏的死因……"付雪晴说。

第十八章　失踪

面对突然出现的线索，每个人都有各自的想法。

贾洪涛动用一切手段，希望能同那个幸存的留学生联系上。

吴凡却希望能尽快见到白若琳，弄清楚张星鹏究竟是不是预测死亡的兔子。

他正和付雪晴商量要不要先回一趟江州，贾洪涛那边已经提前一步与那位幸存者联系上了。

原来这位留学生半年前已经回国了，现在在省医大总医院任脑外科主任医师，现在是这个领域的权威，听说很快就要荣升为副院长了。

吴凡和付雪晴跟着贾洪涛驱车赶往石头庄，来到省医大总医院，见到这位史主任时，他刚刚完成一台大手术，正坐在办公室里歇息。

吴凡和付雪晴见到这个人，也才三十岁出头，个头不高，微胖，长得还挺书生气的。

他看见进来三个人，还以为是看病的，问是哪位看病。

贾洪涛问："您叫史云吧？是不是华北医科大学毕业的？"

史主任一下愣了，问他们是谁？

贾洪涛直截了当说明来意，史云愕然半晌，没说话。

"我们就是想找你了解一下当年的情况，听说遇难的那些人里还有三个是你当年的同学，你应该记忆犹新吧？"贾洪涛说。

史云被问到了痛处，神色黯然，"我不知道你们忽然打听起这件事有什么用意，但我真不愿意去回忆，一想心里就难受……”

尽管不情愿，史云还是把当年的经历讲述了一遍，说到他们一行人遭遇山洪被冲走的时候，他几乎说不下去了。

贾洪涛看了看付雪晴和吴凡，都没动声色，继续听史云把话讲完。

“你当年也是这样对记者讲的吗？”贾洪涛问。

史云点头，“曾有记者找我做过简单采访，那时候我正在办出国手续，也没心情回答。好像大致说的就是这样，没有这个详细。”

贾洪涛注视了他几秒钟，“史主任，你能保证你说的都是实话吗？”

史云一愣，表情有些僵硬，“您这话从何说起？”

“据我们了解，除了你之外还有两位幸存者，你知道吗？”

“我听说了，不过后来没有过接触，怎么了？”

“当年他们是最早接受记者采访的，有一个叫张星鹏的人不知道你还有没有印象，他对记者讲述的经过和你刚才说的几乎完全一致，你说奇怪不奇怪？”

史云更加疑惑，“我不太明白，我们都有相同的经历，当然说得一样了。这有什么好奇怪的？”

“可是为什么我听说你们这些人并没有遇到山洪，其实你们都去了红星矿场呢？”

史云大惊失色，“你们这是听谁说的？”

“另外一个幸存者白若琳亲口承认的，你对她还有印象吧？”

“她……她在撒谎！”

“那为什么我们在矿井里找到了那些人的尸体？如果按你的说法，他们的尸体不是应该出现在十里之外的海河里吗，怎么会跑到了矿井里呢？”

史云一时之间手足无措，这时候有医生进来向他汇报工作，见他这副模样也都有点傻眼。

付雪晴把那些不明真相的医生请出去，关上了门。此时的史云已经满头是汗，正在揉着太阳穴。

贾洪涛说："史主任，就算你今天一直不说话也是躲不过去的，不瞒你说，当年的幸存者之一张星鹏已经死了。我们怀疑他的死因就与当年你们一起探险有关。所以我们是有目的而来的，我们甚至有理由怀疑你和张星鹏的死有关，因为你刚刚还撒了谎……"

史云瞪大双眼望着贾洪涛，难掩脸上的惊慌，"你……你刚才说当年的幸存者张星鹏死了，他是不是个中年男人？"

"就是他。"

"他……他是怎么死的？"

"这话应该我来问你。"

史云连连摇头，"你们搞错了，我怎么可能和张星鹏的死有关。我与这个人根本就不认识，我们之间无冤无仇，我没有理由害他呀！"

"这个解释恐怕没有足够的说服力，你至少没法解释你为什么要撒谎。"

史云一下子泄了气，双手抓着头发，虚脱地瘫在椅子上。

过了好一会儿，他才慢慢镇定下来，抬起头对贾洪涛说："我是撒了谎，可是我和张星鹏的死真的一点关系都没有。"

"那你为什么还要撒谎？"

"因为我怕麻烦。"

"这算什么解释？"贾洪涛冷笑。

史云叹了口气，"怎么说呢，我其实也不算撒谎。我当年确实遭遇了山洪，差点被淹死。但是我并没有和那些人在一起，实话实说，我并不知道他们到底是怎么失踪的。"

贾洪涛皱了皱鼻子，"你这话什么意思？记者采访你的时候，你可不是这么说的。"

"是，我是跟记者说了谎。其实当时发生了一些意外，我们一进山里，我就和那些人分开了。”

“为什么要分开？”

“原本我们是计划好的要一起进山探险，我和三个同学一起，外加两个不认识的报名者，就是张星鹏，还有一个女人，就是你刚才提到的那个姓白的。我们由一个姓宋的男向导带队，打算爬爬深山，探探险。本来想得挺好，可是没想到半路上碰上了一个人，她叫梁丹。”

“梁丹是谁？”

史云犹豫了一下，“我不知道该怎么说。”

“没关系，随便说。”

“她是我的初中同学，我们还做过同桌。后来我考上了重点高中，她落榜了，上了个卫校。之后我们很多年都没有联系。直到我上大学之后，一次偶然的机会，我去医院实习，结果又碰到了她……”

“你先停一下史主任，你是不是跑题了，这和我要问的没什么关系吧？”贾洪涛打断他，“你就直接说你们在山里究竟遭遇了什么？”

“不，贾队长，你让他继续往下说，聊聊这个梁丹也无妨。”付雪晴提醒贾洪涛，她隐隐觉得这里面有故事。

于是，史云继续说：“从那之后，梁丹就开始纠缠上我了，有事没事就往我学校跑，向我献殷勤。我当时被她搞得很烦，但又磨不开面子赶她走，稀里糊涂的就和她交往了一段时间，其实连手都没拉过。还没等我们的感情继续进展呢，我就发现这个女人控制欲太强，疑心病重得离谱。我和她还没怎么样呢，她就整天怀疑我和其他女生交往，有事没事就要闹上一回，动不动就威胁我，搞得我真是筋疲力尽。后来我实在受不了，坚决跟她分手，没想到她还死缠烂打，就跟特务似的跟踪我，我都快被她逼疯了……”

“你们去红旗岭探险那次，你没告诉她？”

“怎么可能告诉她，我躲她还躲不及呢。我当时也是有意想避开她，没想到这也能被她发现，一路跟踪我就过来了，居然还认定我和女同学处对象，一起出来玩。我当时想气她走，就故意承认了。可没想到，她居然还要跟着我们。我一气之下也不想探险了，就偷偷离开了探险队。结果不熟悉路，我就迷路了，在山里绕了好几个圈子，过河的时候本来之前没觉得水很深，可是没想到涨水那么快，一不留神我就被洪水冲走了，差点被淹死，后来幸亏被救援队发现了，把我救上了岸。"

"既然这样，你为什么当初不说实话？"贾洪涛问。

"我被救上来之后听说其他人也遭遇了山洪，只逃出来两个，我就没多想，以为梁丹和其他人肯定都溺水了，我干脆就顺着大家的话说了。死者为大，我个人那点隐私说出来又不光彩，还不如不说。"

"你等等……"吴凡忽然打断史云，"你刚才说，纠缠你的那个梁丹一直都和探险队在一起？"

史云愣了愣，"应该是吧。我当时偷偷离开探险队的时候，她并没有跟着我。后来，我获救之后听说她也失踪了，那肯定就是死了。"

"不对。"

"哪里不对？"贾洪涛问吴凡。

付雪晴一时也没有反应过来。

吴凡说："当年他们这队旅友算向导在内一共是七个人对吧，最后逃出来三个人，张星鹏、白若琳和这位史主任。那么困死在矿井里的人正常应该是四个人。"

"没错是四具尸体啊？"贾洪涛不假思索道。

"你忘了还有一个梁丹啊，相当于她替代了史主任，如果她也死了，那困死在泵房里的不是应该五个人吗，少了一个啊。"

贾洪涛神色一滞，已然意识到了什么。

他顾不上再问史云什么，马上离开医院，以最快速度回到了刑警队。吴凡和付雪晴跟着一起回来了。

贾洪涛径直来到法医室，耿研刚好和他两位助手都在。

“矿井里发现的那些尸体身份都核实出来了吗？”贾洪涛进门就问。

耿研说：“DNA 还得晚一点有结果，然后才能与当年那些死者家属的 DNA 样本进行匹配……”

他还想解释，贾洪涛抢着问：“那些尸体的男女应该能分清吧，几男几女？”

耿研被问得有些困惑，看了看跟他一起进来的付雪晴和吴凡，他们也一脸凝重，一副如临大敌的模样。

耿研说：“自然是两具男尸，两具女尸了。”

“他们的年纪呢？”

“他们的年纪都相差不多，大约二十五岁到二十八岁之间。”

“身高你也应该很清楚吧，能不能在 DNA 结果出来之前，和那些失踪者的个人资料作比较，确定这些人的身份？”

“这个恐怕……难道是遇到什么情况了吗，贾队长？”

“我就问你能不能马上确认他们的身份？”

看见贾洪涛起急，耿研也不太高兴，气氛有些冷。

付雪晴说：“这个恐怕确实不太容易做到。梁丹的年纪应该与史云差不多，也就和他一同去探险的同学也差不太多，现在我们没办法确定梁丹到底在不在这些尸体中，也有可能是梁丹死在了矿井里，而另一个女生逃出去了……”

贾洪涛也是有些太急躁了，听付雪晴一番话冷静下来，决定先着手调查梁丹的情况。

他派出人手，很快联系到了梁丹的家人和朋友，这才得知梁丹已经失踪好几年了。家人和朋友都没有她的音讯。

巧的是，梁丹老家就在燕山市，上中学的时候转学到石头庄，与史云是同班同学。中学毕业后上了卫校，之后家里托关系让她进了燕山市一所医院干了两年护士，后来突然辞职，死活非要去石头庄打工，家人拦也拦不住。

她大约是在四年前的夏天失踪的，失踪的前一天晚上还和父母通过电话，说话都很正常，丝毫没提到她要参加探险的事情。之后就和家里彻底失去了联系，后来家人意识到情况不对，赶到石头庄才得知女儿已经失踪好些天了。他们到处打听，只知道梁丹在与他们通话后的第二天就失踪了，没人知道她去了什么地方，她也从未和任何人提过。

付雪晴对贾洪涛说出了自己的疑问："有没有可能梁丹是在故意隐瞒呢？"

贾洪涛露出一点神秘的表情，"我正好有件事还想告诉你。我们还打听到了一个情况。就在梁丹失踪的前几天，她出人意料地去过一趟燕山市自己原先工作过的医院，看望之前的同事，后来有人发现医院用的麻醉药少了几支，有人怀疑与她有关，可是没有什么证据，这件事也就不了了之了。"

吴凡忽然道："我记得尸检的时候老坛不是提到过，他怀疑凶手是先给其他旅友服用了安眠药一类的东西，趁他们失去抵抗的时候，用膝盖压住这些人的胸口，再用绳子把他们活活勒死。梁丹偷走麻醉药会不会和这些人的遇害有关？"

三个人谁都没有往下说，从彼此的眼神中能看出，他们想到了一处。

偏赶上这个时候，有警察向贾洪涛报告，说有一对中年夫妇在刑警队门口吵闹不休，说他们儿子被警察无缘无故抓走了，直到现在都下落不明。

贾洪涛本来没心思理睬其他事，可是碰到这样的麻烦，又当着付雪晴的面，只好亲自去处理。

他出去了十分钟左右，带回来一对穿着土里土气的老夫妻，老头一副不依不饶的架势，老太太在一旁擦鼻涕抹眼泪。

"你们先不要着急，在警队门口吵也解决不了问题，有事情慢慢跟我讲，或许这里面是出了什么误会。”贾洪涛给两个人搬来椅子，尽量客气地说。

吴凡和付雪晴就在一旁，贾洪涛似乎并不想藏着掖着。

贾洪涛话音刚落，老头马上呛道：“能有什么误会，分明就是你们警察故意的。我儿子之前是蹲过笆篱子，那也不代表他现在还会犯事吧。”

“你先停一下，老爷子。”贾洪涛打断老头，“咱们先别这么早下结论，还是讲讲你儿子失踪的经过吧。”

“也就是在两周前，来了两个自称是警察的人突然找到我儿子。我们老两口当时不在身边，听别人说，他们要我儿子带他们上山找一个废矿场。你说说，这不是胡扯吗？那一个破矿场，警察去那能干什么，一想想就是诳我儿子的借口嘛……”

老头还要继续往下说，付雪晴这时候意识到了什么，走过来问他：“老爷子，你说的那个废矿场是不是过去叫红星煤矿？”

老头打量打量她，“你也知道那个地方吗？”

“红旗岭北山下面有个村子，你们就是住在那吧？”

“你……你怎么知道？”老头大惑不解。

付雪晴指了指吴凡，“那天找你儿子的两个人就是我和他。我们是找他当向导的，并没有扣留他。”

“什么？”老头一下子蒙了，不知所措地望着付雪晴和吴凡。

付雪晴继续说：“他当时带着我们找到了那个矿场。他没有进矿场，和我们约定好了等我们出来带我们一起下山。但是后来我俩在矿井里遇到了一些突发情况，没有及时出来，是贾队长带人找到了我们，接我们走的。当时天已经很晚了，我们也没有见到你儿子，以为他下山回家了呢。”

“没有哇。他根本就没回去。你……你们不是骗我呢吧？”老头将信将疑。

“我说的句句属实。这确实是我们的疏忽，但是我们确实不知道您儿子失踪了。”

吴凡这时也过来问老头："你儿子不会是在山里迷路了吧？"

老头眼珠子一瞪，"瞎扯。我儿子从小在山里长大的，闭着眼睛都能找到路！"

"那会不会去亲戚朋友家了？"

贾洪涛替老头说了："我刚才都问过了，他们老两口打听过所有亲戚朋友，都没有见过他们儿子。那小子确实是失踪了。你们看怎么办，我现在手头太忙，要不你俩陪他们回去一趟，查查他们儿子的下落？"

吴凡想了想，"我觉得贾队长和我们一起去比较好，最好能多带些人手帮着我们去找人。"

贾洪涛实在无语，没想到这家伙脸皮够厚的，"这说起来是您二位惹出的娄子，让我调动刑警队去，不太好吧？"

"我不担心别的，我怕这个小伙子失踪，和咱们这起案子有关。"

吴凡这样一说，贾洪涛心里也没底了，端详着他，不知道这家伙是不是又想要诈。

半天后。

红旗岭，红星煤矿遗址。

贾洪涛站在山间通往红星煤矿那条大道中间，瞅着吴凡手指的路边，那里只有一块大石头，石头下面是林木森森的山坡。吴凡告诉他，那个小伙子当时就坐在这块石头上等他们，建议贾洪涛的人从这里分散开寻找。

贾洪涛叉腰瞧瞧他，还有点闷气，"我到底还是被你给诳来了，希望你没有白折腾我。"

"我也希望如此。"吴凡厚着脸皮笑笑。

贾洪涛这次带了五个人过来，加上附近的派出所，一共二十几个警察，人手一个对讲机，分散开拉成一条直线往山下搜索。因为不熟悉路况，又没有山路，他们进展很缓慢。

时间一点一点消磨着贾洪涛的耐心，他时不时看一眼吴凡，吴凡到还算沉稳，可是渐渐地脑门上也出了一层细汗。

大约过了两个小时，贾洪涛的对讲机里忽然传来一个警员呼叫声，“报告贾队长，我找到了，在两点钟方向……”

贾洪涛朝吴凡和付雪晴使了一个眼色，三个人钻进了郁郁葱葱的树林，在灌木丛中磕磕绊绊地往山坡下走。半小时后，他们看见了几个警察围成一圈，不停地朝他们招手。

三个人走到近前被吓了一跳。

只见一个体形巨大的，面目狰狞的男人正坐在一棵榆树下，上半身倚靠着树干，一动不动地看着山下。在男人周围弥漫着奇异的恶臭。

吴凡望着那张膨胀的面孔仔细辨认了半天，才依稀辨认出那个小伙子的模样。

“是他吗？”贾洪涛问。

吴凡点点头，叹口气，也不知道是因为他又一次预感对了，还是替这个男人感觉惋惜。

贾洪涛掩着鼻子凑近了看看，对吴凡和付雪晴说：“都已经巨人观了，看着死的时间应该不短了。”

第十九章　密室之外

“也许是我们分开后不久他就死了。”吴凡说，“就是不知道他怎么死的。”

付雪晴马上给田鹏刚打电话，贾洪涛那边也通知了警队的法医过来，不过耿法医今天临时有事，晚到了一步，先赶过来的是田鹏刚。

他一下车就晃悠着巨大的身体钻进了树林，好容易连滚带爬地赶到了地方，抬头一眼瞅见坐在树下的那具尸体，惊呼道：“嚯，都胖得赶上我了，这死了得有一个星期了。”

“死亡时间好说，主要是死因，你能弄明白吗？”吴凡说。

“死因啊……”

田鹏刚初步检查了一下尸体，直嘬牙花子，“最近总是碰见邪门的事情，这具尸体怎么看着好像也没有致命伤啊。面部表情倒还算祥和，没有张星鹏和舒畅看着那么吓人，至少不是被吓死的吧……”

他翻开死者的双手看看，“手上没有防御性伤口，说明死者没有和凶手发生过搏斗，而是被突袭致死，但如果真是突袭，我又没有找到伤口。这个确实不好解释，恐怕还得挪到法医室做进一步检查……”

他话音刚落，身后有人颇为不屑道：“你连伤都还没找到呢，怎么断定他是被凶手杀的呢？”

田鹏刚回头一看，正是赶来的耿研。

前不久刚刚因为尸检的事情两个人争得面红耳赤，才没多久这就又碰上了。

“我那只是打一个比方，具体结论一会儿我还要进行尸检呢。”

“这个就不劳你费心了，我会进行尸检的。”

耿研说着戴上乳胶手套，凑过来就要上手，田鹏刚抬起粗壮的胳膊拦住他，“你先别动，我还没看完。”

说着他伸手就去扒男人裤子，扒开外裤，又扒秋裤和内裤，抻着胖脖子往里面瞅了半天。

耿研火冒三丈，“你在胡闹什么，田法医，尸体岂能是乱碰乱摸的！”

“哦，没什么，您来，您来。”田鹏刚这次没跟他对呛，恭恭敬敬地退在一旁。

耿研不好发火，生着闷气走到尸体前，进行了一些初步尸检，也没有检查出什么，之后又检查看了尸体附近环境，由于灌木众多也很难发现什么，只好先运回去进行详细检查了。

顺德区刑警队，法医室。

尸体一运回来就马上进行尸检。

死者叫汪猛，红旗岭村村民，二十六岁，曾因猎杀山鸡贩卖被判过半年刑。除此之外，警方对这个人知之甚少。目前首先要弄清的就是他的死因。

耿研检查得十分仔细，尸检完成后都已经快半夜了，他紧锁的眉头才稍稍舒展了一些。

他告诉贾洪涛和付雪晴他们："死者里里外外我都检查过了，没有发现任何机械性伤害的痕迹，一丁点都没有，唯一的死因就在这里。"耿研指了指自己的心脏部位。

“你是说他是心脏病突发？”贾洪涛惊讶地问。

“急性心肌梗死。”

“又是心梗！”贾洪涛有些难以置信。

“这一点我可以断定，而且这一次死者的神情十分平静，可以排除被吓死的可能性。”耿研说着故意瞅了一眼田鹏刚，“再根据现场的情况来看，汪猛应该是下山的半路上突然心脏病发作，他跑到一棵树下靠着树身想休息一下，结果就病发身亡了，所以身体一直保持在那个姿态。”

“不可能。”吴凡马上道，“发现汪猛尸体的地方根本就不是他带我们上山的那条路，相距还很远。他父母还说他十分熟悉山里的情况，不可能迷路，按照常理，就算他是心脏病死的，也不应该出现在那里呀。”

耿研寒着脸，轻蔑地看向吴凡，“那按照吴记者的意思，他还是被谋杀的喽。既然你不相信我，那就请你告诉我他是如何被谋杀的吧。”

“这个应该是你的工作吧？”

“我该说的刚才已经说得很清楚了。如果你们江州的警察信不过我，那就问问你们自己法医吧。让他给你解释解释。”

耿研冷笑着回过头，正要招呼田鹏刚，忽然发现田鹏刚不见了。

这可让他万万没有想到，这个庞然大物明明刚才还在呢，怎么会突然就消失了？

他正在疑惑呢，忽然发现贾洪涛、付雪晴他们都往旁边瞅，一个个表情古怪。

他扭头一看，只见田鹏刚不知道什么时候绕到了解剖台前，正用力掰开死者的双腿往裆下瞅，还觉得不过瘾似的，又用力把整个尸体翻了一个身，扣在解剖台上。已经巨人观的尸体在解剖台上这样一震，顿时喷出一股恶臭，呛得贾洪涛、付雪晴他们连连后退。

“你又在胡闹什么？”耿研被满屋子臭气熏得直吼。

“我可没有胡闹，我在检查他有没有性病呢……”田鹏刚一本正经地说。

耿研差点没被他气死，“你检查那玩意儿干什么？”

田鹏刚也懒得跟他解释，自言自语道：“不过看起来没什么性病，难道拉肚子了。”

他说着套上一只手套，检查死者的肛门，把周围人看得头皮发麻。

耿研忍无可忍，过来阻止他，“你给我停下，这里不是你胡闹的地方！”

田鹏刚这才把手指头拔出来，差点戳耿研脸上，“你看看上面有没有屎。”

耿研连连后退，差点背过气去。

付雪晴再不出面，怕是耿研也要心梗发作了。

她瞪了一眼田鹏刚，“现在案子这么棘手，你就别跟着捣乱了，胖子。”

“我这哪里是捣乱，我在找线索呢好不好。”

“找什么线索？”付雪晴将信将疑。

“你们都没有注意到吗，这个人的衣服根本是胡乱塞进裤腰里的，你们最早和他打交道的时候，他就是这么邋遢吗，不会吧？”

付雪晴想了想，“那倒没有，这个人穿戴还挺整洁的。”

“这就是了。说明这个人和你们分开后肯定脱过裤子，然后才胡乱穿上的。你说一个在外面爬山的人什么情况下才能脱裤子？通常无外乎两种可能——要么是瘙痒难耐，要么就是想屙屎。可是我检查过了，这两种可能都没有，所以我怀疑……”

“有人把他裤子脱下来又穿上了。”吴凡插了一句嘴。

田鹏刚晃了晃大脸蛋子，“还是你懂我。”

付雪晴也想明白了，“你怀疑这和他的死有关？”

“我现在还不能肯定，除非能找到证据……”田鹏刚一边说着，一边扒开了死者的屁股。

“我都检查过了，他的下身没有任何伤口。”耿研肯定地说。

田鹏刚想了想，从旁边的不锈钢托盘里抄起一把手术刀，在死者的下体划开了一条又长又深的刀口。

周围的人看着这情景直皱眉，不知道他要干什么。

田鹏刚慢慢掰开刀口，认真地检查了好半天，冷不防大笑两声。

耿研皱着眉问他，“你笑什么？”

田鹏刚神经兮兮地瞅着他，冒出一句：“舒畅的尸体呢，你没送火葬场吧？”

“当然没有了，案子还没结呢，你问这个做什么？”

“我要看她尸体，马上就要。”

“这和舒畅的尸体有什么关系，她的尸体已经尸检完了？”

“别废话，赶紧的，我马上就要看。”田鹏刚突然变得无比强硬。

耿研沉着脸犹豫了一会儿，还是吩咐助手从停尸间冷柜里把舒畅的尸体取来。

田鹏刚这次二话不说，抄起手术刀把舒畅的下体也给切开了，然后扒开伤口仔细观察，与刚才如出一辙，他又笑了两声。

耿研都被他笑毛了，怒道：“你到底在笑什么？”

“我们全搞错了。”

全搞错了有什么好笑的，大家像看精神病一样大眼瞪小眼地瞅着他。

“你说哪里搞错了？”付雪晴问他。

“舒畅根本就不是被白衣女尸吓死的，我敢断定张星鹏肯定也不是！”

“你是说他们不是被吓死的？那是怎么死的？”

“毒杀。他们都是被毒死的。包括这个汪猛一样，他们全是被同一个凶手毒死的。”

“不可能。”耿研立刻打断，“我已经检查过了，被害人根本就没有中毒，死因就是心肌梗死。”

“那你怎么解释针眼呢？”

“什么针眼？”

田鹏刚指了指已经切开的位置，“不管是舒畅还是汪猛，在直肠壁上都发现了针眼，舒畅尸体保存完好，更容易辨认，你自己过来看看吧。但也正是因为针眼在肛门里面，所以体表检查根本就没有办法发现。”

付雪晴插话问：“你是说，凶手用针头把毒药从被害人的肛门里注射进了他们体内，是这样吧？”

“正是这样。所以说，被害人的心肌梗死其实只是中毒的症状，却不是因为心脏病。但由于所中的毒难以检测，伤口又难以发现，杀人手法就被巧妙地隐藏了。”

“可是用这种办法杀人，被害人为什么都没有挣扎呢？”

“这个很容易办到，先用涂过氯仿之类的毛巾、手帕捂住被害人口鼻，把他们弄晕了就可以任人摆布了。杀人后也不会留下什么痕迹。”

付雪晴恍然道：“这么说，根本就没有鬼，完全是有人在背后捣鬼了。”

吴凡不禁感叹：“如果真是这样，那这可真是聪明的连环杀手。凶手为了扮鬼像鬼，把每个细节都考虑进去了。为了逼真，故意在案发现场留下血手印，没准还真的搬来一具蜡尸来吓唬人呢，以此来掩饰这些人真正的死因。”

他们三个你一句我一句倒让贾洪涛不知所措了，他问耿研：“你觉得呢，老耿？”

耿研故意不以为然道：“不过就是猜测而已，说白了那只是肛门里面的两处刺伤，并不意味着死者就一定是被药物毒死的。这两者并没有任何直接联系。”

贾洪涛又问田鹏刚：“既然田法医认为被害人是被毒死的，那你能解释他们究竟是被什么毒毒死的吗？”

这个问题倒把田鹏刚难住了，“什么毒物嘛……我暂时还说不清楚，需要进一步查……”

耿研冷笑，“那不是等于没说一样吗，归根结底就是猜。”

吴凡这时候说道：“但是仔细想想，田鹏刚的假设也是目前最合理的一种解释了，难不成你们的案件报告里真要写上这些人都是被鬼吓死的？”

耿研一下子被问住了。

“看起来吴记者你是有一些想法了，不妨说说吧。”贾洪涛现在对吴凡的态度也有所转变。

“首先，我认为这三起死因不明的案子是一起连环杀人，这一点应该没有人有异议吧。而凶手真正的杀人目标应该就是张星鹏。至于舒畅和汪猛，我想他们原本并不在凶手杀人的计划之中，只是由于牵扯到案子里了，凶手才临时起意把他们杀了。”

“你是说，和你一起来的那个女记者舒畅被杀，是由于她参与调查了张星鹏的案子。那么汪猛被杀又该怎么解释，凶手杀他又有什么意义？”

“这两个人的死都有一个共同点——红星煤矿。”

“红星煤矿？”

“舒畅发现那具白衣女尸的地方距离困死那几个旅友的泵房近在迟尺。她被女尸吓跑之后，当天晚上就死在了地下停车场里。而且她的录音笔到现在都没有找到。我怀疑是被凶手拿走了。可能里面记录了很重要的线索。至于汪猛，原因就更简单了，因为凶手原本想把我和付雪晴也困死在矿井的泵房里，汪猛却一直守在矿井外面，凶手担心他去报警，索性把他也做掉了。但是因为匆忙，他没有时间像杀害张星鹏和舒畅那样做足了鬼吓人的准备工作。所以只能把汪猛的尸体背到树林里，伪装成突发疾病的样子。归根结底，凶手就是不想有人找到当年被困死在矿井里的那几个人。”

“既然如此，那他为什么还要杀人呢，如果不杀人，反而不会引起那么多人注意啊？”贾洪涛提出了疑问。

付雪晴接话道：“或许有些人是他必须杀的……”

“你是说张星鹏？”

付雪晴点头，“白若琳的坦白书上把当年的事情说得很清楚。那些人最后虽然大都是被勒死的，但是他们被张星鹏困在泵房里是事实。而且我怀疑当时凶手就在泵房里。他一定对张星鹏和白若琳恨之入骨，完全有杀他们的动机。所以，他才会处心积虑地杀死了张星鹏。”

贾洪涛若有所思，“你所说的凶手莫非是指……”

“就是那个失踪的女人——梁丹。在关于当年那些旅友失踪的事件中，这个女人是完全隐身的，因为没人知道她和这件事有关，新闻报纸上根本找不到她。如果不是史云告诉我们当时发生了意外，我们又发现了矿井里的尸体少一个，根本就不会联想到这个女人头上。何况梁丹在失踪之前的种种表现很值得怀疑，尤其是从医院里偷麻醉药那件事，不正好能用来作案吗？”

“按你这么说，她不只杀了张星鹏、舒畅和汪猛，早在当年准备参加探险的时候，她就有杀人的打算了。”

“正是这样，梁丹当时的种种表现都很可疑。我觉得她对史云的由爱转恨要比史云自己以为的更深。如果史云那天没有半途离开，他早就变成一具尸体了。”

贾洪涛意味深长地看着付雪晴，“你们分析得很详细，又有田法医的发现，我现在心里踏实多了。梁丹这个女人果然是有问题啊……”

“听贾队长的意思，你也早就怀疑这个女人是凶手了？”

“不瞒你说，就在我们发现汪猛尸体的前后，我又接到了外线报告，他们查到了梁丹更多的信息，相信你们也会感兴趣的。”

“什么信息？”

“梁丹的爷爷过去就是红星煤矿的工人，他们老家就住在红旗岭村，老两口近些年才被梁丹父亲接到燕山市里养老。梁丹小时候隔三岔五就回爷爷家住一段时间。这就意味着，她应该十分熟悉红星煤矿里的环境。”

“怎么会有这么巧合的事情？”付雪晴露出怀疑。

“当然不会了。我恰好还打听到一个消息。梁丹从石头庄医院离职后来到顺德，就在黑狼探险俱乐部找了一份工作，一直干到失踪前。这个俱乐部咱们都不陌生，就是组织去红旗岭探险的那个俱乐部，现在已经倒闭了。而且我听说，就在事发一个月前，梁丹突然离职了……”

付雪晴和吴凡更加吃惊。

贾洪涛继续往下说：“我费了一些周折联系到当年探险俱乐部的工作人员，打听出了一些情况。红旗岭探险项目的方案当初就是梁丹和宋立平共同设计提出的。这两个人又是男女朋友的关系。”

“男女朋友？”付雪晴似乎意识到了什么。

“是啊，千真万确。这个宋立平你应该也有印象，他就是探险队的向导。实话实说，当我得到这些消息的时候，我马上就意识到了这里面有问题，但还没有把整个案情前后串联起来，听完你们刚才的分析，我的这些消息是不是就正好能吻合上了？这一切根本就是梁丹早有预谋的杀人计划。捎带着我再多说一些更让你们惊讶的……”

“是什么？”

“关于红星煤矿的一些历史。我详细调查过，这座废弃煤矿所处的红旗岭与海河相邻，有着丰富的地下水脉，由于常年挖掘致使地下水改道，最终在九十年代引发了一场严重的透水事故，淹死了许多工人，矿场从此被迫关闭。矿井里也常年存有积水，据地质学家所说，这些积水会随着季节变化增减，赶上雨季的时候，会有很多巷道被淹没，赶上旱季又会重新露出来。所以一旦进入矿井很容易迷路，但梁丹是个意外。她自幼在红旗岭长大，爷爷又是老矿工，对矿井的内部环境应该了如指掌。探险队失踪那年，津北地区正好赶上洪灾，矿井水位必然上涨，梁丹肯定是利用了这个机会，故意把那些人引进矿井的。然后假装迷路，其实是想找机会把这些人全都杀了，让这些人从世界上彻底消失。”

“可是……”付雪晴难以置信地说道，“梁丹为什么连自己男友也要杀死？”

吴凡说道：“这个恐怕只有梁丹自己知道了。或许她不过是在利用宋立平，她真正渴望的男人得不到手，宋立平也只不过是个替身而已。一旦不需要了，随时都可能舍弃。”

“这简直就是一个疯子啊。”

“若非疯子怎么会想到白衣女鬼这么离奇的杀人方式？或许这个女人根本就不太正常，当年她的杀人计划遇到了张星鹏这个变数，把她困在泵房里那一刻，她就彻底疯狂了。”

“不过，那具白衣女尸该怎么解释呢？还有案发现场那些血手印？”

“其实这都是一个问题，你应该问梁丹究竟是如何扮鬼杀人的。可惜我还不知道。”

“还有个明显的疑问不知道你们想过没有。”贾洪涛插话道，“既然矿井泵房里的那些死者都是被梁丹杀害的，当时她不是应该被张星鹏反锁在泵房里了吗？那她最后又是如何逃出去的呢？”

“这个问题我们也没法回答。”吴凡说,“我们对这个案子还是了解得太少了。”

田鹏刚兴致勃勃地挤过来，“要我说，与其待在这里瞎猜，不如去案发现场重新看看，只要是人作案肯定会留下痕迹的。”

耿研忍不住道 :“案发现场我都检查过了，如果有凶手作案痕迹，我一定不会漏过的……”

“张星鹏的案发现场你至少没去过吧？”

“百闻不如一见，我倒要看看这个梁丹是怎么玩的密室杀人，难道还真是带着一具女干尸当道具到处跑？”

耿研看他跃跃欲试的样子就不爽，“你也别兴奋得太早，万一 DNA 结果出来了，死者里面有梁丹你怎么办？你可别忘了其中一个穿白衣的女尸是活活饿死的，说不定她就是梁丹呢？”

“那就不好玩了。”田鹏刚用臭烘烘的手挠挠脑袋，还真有点担心。

好在这次并没有等太久，天亮的时候，DNA 的匹配结果终于出来了。四名死者的身份都得到了确认，其中一名男性就是黑狼探险俱乐部的向导宋立平。另外两名女性和一名男性都是史云的同学。那个穿白衣被活活饿死的女人叫陶海霞，当年还是一位品学兼优的硕士研究生，与梁丹并无关系。

“这么说梁丹当年还是逃出去了。”贾洪涛说，“但为什么陶海霞的尸体会和视频里看到的白衣女尸如此像呢？”

“我想是梁丹后来又回到矿井了。”吴凡猜测，“她看到了陶海霞的死状，由此产生了用白衣女鬼报复杀人的念头。”

“那么陶海霞尸体的双手上所沾的血迹该如何解释呢？”

付雪晴说 :“有没有可能是梁丹用陶海霞的尸体做道具，带着她的尸体到处按血手印，吓唬人？”

付雪晴早就有过这种想法，而眼前的调查结果似乎也与她的假设能吻合上。

“带着一具尸体到处走？”贾洪涛有些怀疑。

他问吴凡 :“你也这样觉得吗，吴记者？”

“我只能说理论上可能。至于她能不能做到，除非见到她本人，否则我们现在说的全都是瞎猜。”

张星鹏的家依旧是镇子边上那三间毫不起眼的旧房子。

看外表丝毫想不到房子下面会有一个巨大的地下室。

如今这里已经变成了一座名副其实的“鬼屋”，随便在镇子里拦住一个人问，都能有鼻子有眼地讲出一段恶鬼附体杀人的故事。

趁着田鹏刚、耿研他们在张星鹏家重新勘验现场。吴凡和付雪晴索性在镇子里转转。

他们惊奇地发现，王大仙的寿衣店居然顾客盈门，当然不是为了寿衣骨灰盒，其实都是去求符问卦的人。还有些吓病了的趁着医院免费义诊最后几天，纷纷跑去检查，其中就有镇派出所的马所长和他老婆。

吴凡正想和马所长聊两句呢，田鹏刚忽然打电话给他们，告诉他已经发现了凶手的作案伎俩。

这速度也太快了，完全出乎两个人意料。

他们赶回张星鹏家，看见田大胖子正站在后院菜园子里，得意扬扬地显摆，“这要是早把我请过来，还哪会出来什么女鬼杀人啊。我一准就能把这种小孩子的把戏拆穿……”

付雪晴走过去问他：“你别的先不用说，就说密室杀人吧。凶手是不是提前把一具尸体放在密室里，自己躲在窗外吓唬张星鹏，把他逼进密室里……你找到证据了吗？”

“我是找到了一些证据，不过不是你说的这种办法。”田鹏刚说着走到菜窖那里，指了指地上那个栅栏门，“凶手应该就是从这里下去的。”

“可是这栅栏门明明是焊死在地上的啊，凶手如何打开？”付雪晴问。

“焊死的？呵呵，谁告诉你们的。”田鹏刚伸手抓住生锈的钢筋，轻轻一提就把铁门整个拽了起来，把付雪晴和吴凡都看呆了。

难不成这个栅栏门就是这样盖在地上的，他们之前竟然都没发现，那也太糗了。

田鹏刚还没忘了教育他们 :“所以说现场勘验也是一门技术，没有一双敏锐的眼睛和洞察力是不行的……”

站在一旁的耿研实在忍无可忍，揭露了事情真相 :“我们刚才检查到这里，是他脚底下打滑没站稳，摔了个跟头，一屁股坐在了栅栏门上，把门压翻了，幸亏他体格大卡在了井口，才没掉进去。”

众人仔细一看，可不是吗，栅栏门都让田鹏刚坐瓢了。

田鹏刚没面子了，急忙大声道 :“那也是因为这个栅栏门是后焊的，接口都没焊牢，所以才能压开。”

“你说栅栏门是后焊的？”付雪晴问他，“你能确定吗？”

“当然了。我随后仔细一检查就发现了，这个栅栏门是刚刚被锯断过，然后又重新焊接的，焊得很潦草，只焊了两个角，只要轻轻一掰就能拽下来，但是四圈因为被泥土挡住了，不注意还真看不出来。”

吴凡回头看了一眼张星鹏卧室的后窗，距离栅栏门也不过五六米的距离，他说道 :“那要照你这么说，凶手应该是趁着张星鹏外出的时候，把栅栏门弄断的。然后耐心地等到要动手的那天晚上，躲在窗外把睡觉的张星鹏吓醒，趁着他往地下室钻的时候，用根绳子就能从这里提前下去。估计也是她提前把地下室的灯弄坏了，在黑暗中，她就更不容易被张星鹏发现了。这个办法虽然不如付雪晴的搬尸体想法巧妙，但是操作性更强。毕竟扛着一具尸体到处跑来跑去确实挺夸张的。”

付雪晴暗中捶了吴凡一下，问田鹏刚 :“那么为什么找不到凶手的脚印呢？”

“这个其实就更容易解释了。要么是凶手把脚印清理了，当然这样麻烦点。最简单的办法就是弄一堆干草树枝绑在脚上，不就可以解决脚印的问题了吗？因为这里是农村，即便地上留下一些碎枝草叶，也不会引起怀疑的。但是凶手在匆忙之中还是露出了马脚，他在重新焊接栅栏门的时候过于随意，焊得一点都不牢固，可能是以为用泥土遮盖一下就不会有人发现。结果还是被天才的我发现了。”

让田鹏刚这一通解释，这起诡异的杀人案也就不像一开始看上去那么不可思议了。

不过这个案子疑点实在太多，付雪晴又想起来一个，便问田鹏刚：“既然凶手没有用陶海霞的尸体作为道具，那么视频里那个白衣女鬼难道也是她装扮的？可你不是肯定那是一具真正的尸体吗？”

“这个啊……”这个问题倒是把田鹏刚给难住了，“视频里那个白衣女人的脸看着确实很像尸体，而且是蜡尸，和我们在泵房里找到的那些蜡尸一样，对，就是陶海霞的尸体那样。这么说起来，难道真是凶手把陶海霞的尸体搬出去吓唬舒畅的？”

“还有在地下停车场里呢，舒畅看到的是凶手还是同样的白衣女尸？”

“哎呀，你一下问这么多我怎么可能都知道？”田鹏刚不耐烦地打断，指了指吴凡，“他不是最擅长分析假设吗，你干脆问问他不就得了？喂，吴凡你怎么想啊？”

田鹏刚连喊了两遍，吴凡都没搭茬，看他眼神有些发茶，似乎在想什么事走神了。

“喂，你不会是被女鬼附体了吧，听到我刚才说什么没有啊。”田鹏刚走过去抬手就照他脖子上给了一巴掌。

吴凡从恍惚中被打醒，捂着脖子摇头，“很抱歉，这回连我自己都被搞蒙了。只能走一步看一步了。”

田鹏刚不无惋惜地叹口气，“没想到连吴凡都认屃了，看来这次破案也只能靠我了。走吧，我们现在就去红星矿井，让老夫亲自去瞧瞧梁丹当年究竟是如何从泵房里逃掉的，好帮你们把梁丹给找出来。”

虽然田鹏刚看着不太靠谱，眼下就属他咋咋呼呼，信心十足，大家也索性就听他的了。

一行人坐上车又从顺德区太平县赶往燕山市马鞍乡红旗岭。

他们这次从盘山路直接开到红星煤矿。

有了前两次进矿井的经验，众人倒不太紧张。井外放一些人把守，其余人一起进了矿井，人手一台对讲机，随时保持联络。

他们沿着墙上的标记，这一次轻车熟路地找到了发现尸体的泵房。

为了便于勘验，贾洪涛还带来了蓄电池和探照灯，把漆黑的井道照得亮如白昼。

如今泵房里已经没有了尸体，田鹏刚一过来就直奔大铁门。

他反反复复把铁门关上又打开，拿着勘验灯、放大镜沿着大门一寸寸地寻找着线索。

其他人都站在一旁看着，连耿研这样的资深法医也插不上手。

付雪晴忽然发现吴凡不在身边，前后左右看了一圈也没看见人，这家伙该不会等在矿井外没进来吧？

田鹏刚那边已经开始大呼小叫了，跟发现新大陆一样，“跟我猜的一样，这个铁门从里面也能打开。”

“怎么开？”贾洪涛问。

“如果把门关上，从外面用木棍插进锁环卡住的话，想要撞开恐怕很困难，但是我发现铁门下面很严实，上面却是有缝隙的。如果有根锯条的话，从门缝穿过去，完全有可能把卡在外面的木棍或者钢筋锯断，梁丹肯定就是在泵房里找到了锯条一类的东西，采取这种办法逃出去的。”

“那你找到锯条了吗？”

“当然还没有，我正在找呢，你们也别闲着，帮我一起找。”

现在这个大胖子就是爷爷，贾洪涛不敢怠慢，马上发动所有警员打开手电筒在地上找锯条。一时间，十几号人撅屁股弯腰找锯条，有些人还得蹚着没过腿肚子的积水乱摸，场面好不热闹。

付雪晴抹不开也撅着屁股找锯条。

正在这时候，吴凡举着手电筒，急急忙忙从井道跑下来，大声对付雪晴说：“白若琳那边又有消息了。他们给你打电话没打通，打给我了。”

“什么消息？”

“她告诉赵楠他们，她当初和张星鹏逃出矿井获救之后，中途又偷偷返回过矿井一次。她说她不想当杀人犯，想把那些人全都放了，可是打开泵房门发现里面的人几乎全死了，只有一个女人还活着。她就吓跑了，无路可去，只好回去找张星鹏了。”

“还有这种事？”付雪晴心头一凛，“那她看见的那个女人是谁，梁丹还是陶海霞？”

“她当时也没太看清楚吧，因为害怕就光顾着逃了。但我觉得，梁丹和陶海霞当时应该都还活着……”

他俩说的话其他人也都听见了，贾洪涛说：“这么说来，梁丹根本就不是自己逃出去的，而是白若琳放走的。当时梁丹已经杀了好几个人，只剩下了陶海霞，但是她离开的时候又把陶海霞关在了泵房里，被活活饿死了。”

贾洪涛的推测让所有人都打了一个寒噤。

吴凡叹口气，“可是白若琳不知情，还以为那些人都是她和张星鹏杀死的，怀着负罪感东躲西藏了这么多年。”

一念之差有时候就会葬送人一生。

本来还在兴头上的田鹏刚见大家都不搭理他了，急忙说：“我的想法也没算错啊，梁丹当时说不定正在用锯条锯呢，偏赶上多事的白若琳回来救她。用得着她回来吗，她要是不回来我就猜对了。”

贾洪涛对付雪晴和吴凡说：“如今查了这么一大气，虽然已经弄清楚了凶手的作案手段，可是到哪里去找凶手呢？这家伙失踪了好几年，这几年里到底经历过什么，住在哪里，我们一点线索都没有，这叫我们怎么找她？万一她就此失踪了，岂不是糟了？”

“她不会就此失踪的。”吴凡说，“我觉得她不会就此罢手。”

“你是说，梁丹还会继续杀人？”

吴凡意味深长地点点头，“而且现在还有一个麻烦，就算我们能抓住梁丹，也未必就能轻易定她的罪。”

贾洪涛一皱眉，“这话怎么说？”

田鹏刚那边倒是叹了口气，“是啊，吴凡说得没错。当年的案子发生时间太久，已经很难找到能确定凶手的作案证据了。”

“可她不是刚刚又做了两起案子吗？”

“她装神弄鬼的，其实非常谨慎，到目前为止好像还没有找到具有指向性的直接证据。我没说错吧，耿法医？”

耿研沉闷地哼了一声，没接话。

田鹏刚同情道：“这次就算你们抓住了梁丹，也有得审问了。搞不好她就是个精神病，能活活把你们耗死。不过前提是，你得先想办法抓住她。”

第二十章　白银戒指

让吴凡和田鹏刚这一通泼冷水，贾洪涛也感到很头疼，他问大家：“你们有没有什么办法抓住这个女人？”

他看了一圈，谁都不吭声，最后目光落在吴凡脸上，“吴记者，听你刚才说话，似乎对梁丹有比较深的理解，你想到了什么办法没有？”

吴凡琢磨了一下，“其实办法倒是有一个，不过得找一个人配合。”

“什么人？”

省医大总医院。

作为脑科治疗方面的权威，史云自从回国之后都一直处于忙碌状态。吴凡、付雪晴和贾洪涛等了他一个多小时，他才完成手术。史云一身疲倦地回到办公室，还未顾得上擦汗，就看见了三个很眼熟的人，其中一个还穿着警服。

史云还没从忙碌的手术氛围中缓过来呢，端详了好半天才把他们想起来，“三位几天前来过吧，你们还跟我说张星鹏被人杀了，那个案子已经破了吗？”

“也算破，也算没破。”付雪晴说。

“这话怎么讲？”

“我现在已经可以断定杀死张星鹏的凶手就是梁丹。”

“梁丹？”史云神色陡变，“她还活着？”

“我们已经找到了当年那些旅友的尸体，经过 DNA 核实，这些尸体包括你的三位同学和一位男向导。唯独没有梁丹。”

“可是既然她没有死，为什么这些年都没有音讯？”

“这也是我们想知道的。”

“那你们……有没有抓住她啊……”

付雪晴摇摇头。

史云咽了口唾沫，脸色苍白地坐在了自己的椅子上。

吴凡瞧着他，故意问：“你看上去有些紧张啊，史主任。”

“有、有吗？”史云努力挤出一丝僵硬的笑容。

“你很怕这个女人吧……”

史云犹豫了一下，唉声叹气道：“不瞒你们说，这个女人当初看着就很不正常。情绪说变就变，你根本猜不到她到底想干什么，老实说，我和她分手也是有点怕她。但我没想到她……她居然会杀人……有点瘆得慌……”

“她可杀了不止张星鹏一个人呢。”

“啊？”史云眼睛瞪得很夸张，惊愕地瞅着吴凡，“她还杀了谁？”

“你知道你当年那些探险队的旅友为什么会死在矿井里吗？”

史云茫然摇头。

付雪晴接着道：“他们当年都是被梁丹骗到矿井里的，梁丹在矿井深处的一个泵房用麻醉药把他们麻醉后，勒死了其中三个人，活活饿死了一个女生，那个女生叫陶海霞。”

史云激灵灵打了个寒战，“你说被饿死的人叫陶海霞？”

“是啊，她应该是你同学吧？”

史云点头，心有余悸道：“梁丹对我死缠烂打的时候，我当时为了让她死心，曾经告诉她我已经有女朋友了，就是陶海霞。但其实我和陶海霞并没有交往过，我就是随口用她的名字回绝梁丹。你们说陶海霞被活活饿死，会不会和我那句话有关啊……”史云不敢往下说了。

所有人都感觉骨头里发寒。

不管史云猜测的是不是真的，比起那些被麻醉后勒死的人，陶海霞死得最惨。梁丹似乎并不想让这个女人死得太轻松。

贾洪涛说："现在回想起来，我倒是觉得梁丹是有意把陶海霞的尸体打扮成白衣女鬼的模样，还故意在她手上涂上鲜血。简直就像一场恶作剧，她这是想让陶海霞死后也不得安宁啊。"

"太……太可怕了……这个女人到底想干什么啊……"史云战战兢兢地问。

吴凡说："这也是我们今天特地来找你的原因。"

"找我的原因？我听不太明白？"

"我们是想通过你找到梁丹。"

"可梁丹都失踪了这么多年，我怎么可能找得到她？"

"我们不是让你去找梁丹，因为梁丹会来找你的。"

"什么？"史云大惊失色，声音有些哆嗦，"她找我干什么？"

吴凡耐人寻味地望着他，"你有没有想过，史医生，梁丹为什么会失踪这么多年？"

"因为……因为她杀了人，所以只能隐姓埋名？"

"不只是这个原因，还有一个更重要的原因，她在找一个人。"

"找谁？"

"就是你史医生啊。"

史云张了张嘴，想说话却没说出来。

"据我们了解，梁丹当年准备参加你们的探险活动时，就偷偷准备了几支麻醉药，准备杀害你们这一队人。如果你当时没有半途离开探险队，那早就和其他旅友一起死在矿井里了。用通俗点的话说，她对你是爱之深恨之切。因为屡次遭到你的拒绝，她才想到用最残酷的手段来报复你。"

史云费力地吞咽了一下，"那么当时我离开探险队，她为什么不跟踪我，直接把我杀了呢？”

“我猜她是不想让你死得太容易。在杀你之前，她还要折磨你。”

“折磨我？”

“你怎么忘了，你亲口告诉梁丹你已经和陶海霞在处对象了。”

史云恍然大悟，“她是想先杀死陶海霞，让我感到痛苦。”

“你说对了。”吴凡赞同道，“所以她才先对陶海霞下手，连带着其他人也一并成了她的陪葬。正巧当时发生了山洪，而在她杀人之前逃出来的张星鹏又对媒体撒了谎，无形之中等于是帮助梁丹掩盖了罪行，让大家以为这些人都是溺水身亡。不过梁丹没想到，陶海霞根本就不是你女友，而且，你随后不久便出国深造了，因此她才悄无声息地躲藏了这么多年，她在等你回来……”

史云脸色更白，“等我回来？”

“因为她最不可能放过的人就是你。所以，你回国不久之后，她便又开始作案杀人了，先杀的是当年侥幸逃脱的张星鹏。”

“那另外一个幸存者呢？你们上次跟我提过，好像叫白什么的……”

“叫白若琳。本来梁丹应该杀了她，可是她刚刚出了车祸，重伤昏迷，现在在江州人民医院住院。江州离这里远得很，所以，梁丹下一个目标就只有你了。”

史云大惊失色，“那她会在什么时候动手？”

“这个我们可就不知道了。”

“可你们是警察啊，你们都能查出真相，肯定也能查出她的下落啊。”

“那是两码事，史主任。”贾洪涛忍不住插话，“梁丹早在四年前就失踪了，外界没有她的任何信息，都以为她已经死了。我们对这个女人这几年的行踪完全不知情，她现在完全在暗处。”

吴凡对史云说：“现在你明白自己的处境了吧？在你身边看不见的地方，一直都躲藏着一个一心想要报复你的冷血杀人犯。”

“那我该怎么办？”史云已经方寸大乱，“要不，我去外地躲一阵子，或者出国也行，我的护照还没有到期呢，等你抓到她了我再回来。”

“这不是办法。如果她一直都抓不到，难道你要一直这样躲下去不成？我倒是想到了一个办法。”

“什么办法？”史云迫不及待。

吴凡说：“你还像往常一样上下班，不要让生活有什么改变，但尽量要去人多的地方，避免独处，最近也不要单独外出，或者参加任何应酬。”

史云连连点头，“然后呢？”

“这样保持一周，然后你独自去一趟红星煤矿。我会把地址给你。”

“红星煤矿在哪里，我去那里干什么？”

“那里就是当年梁丹杀死探险队员的地方。”

史云大吃一惊，“我为什么要去那个地方，万一梁丹想杀我怎么办？”

“我就是希望给梁丹这个能单独接近你的机会，而且那个矿井对她来说意义特殊，很容易刺激到她，这样才有把握把她引出来。”

史云咽口唾沫，“那你们肯定会在周围保护我的对吧？”

“关于这一点，我想我有必要解释一下，考虑梁丹这个人十分警觉敏感，警方不打算专门派人手在你身边当保镖。我们只会提前派一些人去红星煤矿埋伏好，到时候你只要去我们安排好的地方，梁丹一出现我们就马上逮捕她。”

“可是万一梁丹在我去矿井之前就对我动手，我怎么办？”

“我觉得可能性不大。她毕竟是一个身材瘦小的女人，应该没胆量正面袭击你，何况只要你不落单，应该就不会有问题。”

“这样真能行吗？”史云显得十分犹豫。

贾洪涛早就有点忍不住了，对吴凡说：“你来之前怎么也没提过这个计划，我们大家也能商量商量啊。”

“我这是临时想到的。”吴凡说。

“可你这个计划听着是不是有点太冒险了。”

史云本来就犹豫，听贾洪涛这样一说，更不想答应了，“我觉得我还是跟医院请个长假，避一段时间比较好。你们实在抓不到罪犯，我干脆就调动工作，离开石头庄去外地吧。”

吴凡罕见地强硬起来，对贾洪涛说：“贾队长，我刚才在路上提醒过你，这次不要干扰我，听我一次就好。你不能把所有希望都寄托在白若琳身上，虽说她现在已经苏醒了。但是车祸后遗症谁也说不清楚。就算她能回忆起当年的事情，就算梁丹这些年可能和她接触过，我们也不能把一切赌注都压在一个重伤的女人身上。倒不如利用梁丹杀人的冲动，让史医生配合我们直接把她揪出来更好。”

贾洪涛对吴凡先斩后奏十分不满，但见他如此坚决又不好说什么。

吴凡这边软硬兼施好容易才把史云说服了，答应参与他的行动。

离开医院后，付雪晴单独问吴凡：“你有多大把握？”

“你是说那个计划？”

“当然啦，明知故问。当着贾洪涛的面，我不好打击你，可是你这个想法是不是太草率了。万一史云真遇到了危险怎么办？这责任谁来承担？”

吴凡神秘地笑笑，“有些事情不冒点风险怎么行呢？如果不用点特殊手段，我担心我们永远也别想找到梁丹。”

“希望能尽快找到她吧，我真是担心再出事。”

凌晨 1 点。

整个城市都沉浸在最黑暗的时刻。乌云后的月光时隐时现地照进重症监护室的窗户。

昏暗的病房里只有氧气机发出的单调声音。

病床上躺着虚弱的患者，手脚打着石膏，身上缠满了绷带，病恹恹地熬着时间。

在某个毫无征兆的时刻，病房门无声无息地开了。

在黑暗的走廊里不知何时出现了一个白色的人影。

她穿着一身脏兮兮的白衣，黑色的长发遮挡着脸，一直垂落到胸前。

她就像被风吹进来一样悄无声息地滑到了床前，躺在床上的女患者似睡非睡，毫无察觉。

“白若琳，你还你记得我吗？”白衣女人发出叹息般的低语。

躺在病床上的女患者迷迷糊糊睁开双眼，猝不及防地看见一个一身白衣的女人站在面前。

穿过乌云的月光刚好照在她身上，在那乱蓬蓬的长发下面映出了一张苍白枯槁的脸。

那是死人才有的脸。

白若琳激灵一下清醒过来，本能地发出惊呼，可是声音刚从嘴里发出就被一块毛巾堵住了。

毛巾上带着一股奇怪的味道，白若琳微微挣扎了两下就失去了意识。

白衣女人冷冷地望着她，慢慢抬起手，在她指缝间夹着一支纤细的针管。

她轻轻滑到输液架旁边，把针头慢慢伸向了正在给白若琳输液的葡萄糖瓶口。

突然！

一道刺眼的手电光穿过门玻璃照射在白衣女人身上。

白衣女人瞬间僵硬。

“我是警察，你被捕了！”门外传来高声呼喊。

紧跟着那个警察想推门冲进来，却发现门被反锁了，他开始用力撞门。

白衣女人僵硬了片刻之后，突然动起来，以极快的速度从病床旁边的角门钻出去逃了。

角门可以直通防火通道，而且门外并没有警察。白衣女人毫不迟疑地奔向防火通道的大门。

可是她万万没想到，防火通道的大门忽然被推开，迎面走出一个人。

这人站在门口，正好挡住了她的去路，冷笑道："你说你怎么能这个样子往外跑呢，多吓人啊。"

白衣女人惊愕不已，转身想往回跑。

"已经没路了，大队警察马上就过来了。除非你能把他们都吓死。"吴凡说。

白衣女人顿时僵在了那里。

此时，贾洪涛和付雪晴已经带着警察们追上来。

"没想到病房还有一个角门，差点就让她给逃了。"贾洪涛愤愤道。

"她比你想象得谨慎多了。不弄清楚地形，她怎么敢过来冒险杀人呢。"吴凡问付雪晴，"白若琳还好吧？"

"应该是被麻醉了，没有什么危险。"付雪晴说。

贾洪涛难得对吴凡露出笑容，"这次还真亏你帮了大忙。实话实说，我一开始觉得你这个办法很不靠谱，没想到你还真把梁丹引上钩了。"

吴凡笑笑，"我如果说我是靠运气，那显得太虚伪了，但我当时的确只有百分之五十的把握。好在我猜对了。不过这也意味着我们不应该再称呼她梁丹或者梁小姐了。"

"你什么意思？"贾洪涛没太听懂。

吴凡对白衣女人说："事已至此，还是你自己来说明吧。这关子也卖得够长了。"

白衣女人终于开口道："我不明白，你为什么会猜到我来这里？"

他一开口，包括贾洪涛在内的很多人都愣住了，这分明是男人的声音啊。

贾洪涛定睛一看，这才又发现了更多疑点，"梁丹的资料上显示，她身高只有一米五几，这个人看着也有一米七了，他根本就不是梁丹。"

吴凡对白衣女人说："先让大家看看你的庐山真面目吧，我再回答你的问题。"

白衣女人发出一声叹息，慢慢撩起披散在脸前的长发，露出一张苍白干枯的脸。

看到的人都大吃一惊，这根本就是一张死人的脸，如果不说话，所有人都会以为尸体复活了。

张星鹏和舒畅难道就是这样被吓死的吗？

吴凡道："别装神弄鬼了！我知道你是谁。"

白衣女人没吭声，抬起双手在脸上鼓捣了一会儿，竟然揭下来一层脸皮，随后便显出另外一张完全不同的面孔。

贾洪涛忽然惊呼："怎么是你！"

他当然知道这个人是谁，就在两天前，他们才刚刚见过面，石头庄医大总医院的脑科主任，海归高材生，史云史主任。

此刻穿着一身白衣，披头散发的史云与那个医学博士判若两人，看着有种说不出来的别扭。

贾洪涛瞧了吴凡一眼，恍然大悟道："原来你那天努力说服史云做诱饵，其实是在给他下套，你的真实用意是向他透露白若琳的消息。"

"你这么说是抬举我了。"吴凡说，"其实我当时并不确定史云是凶手，梁丹又找不到，没辙了只能想这么个试探的办法。如果凶手真是梁丹，那么她的终极目标肯定是史云，我们不妨与史云合作，一切按照计划来。但假如史云才是凶手，那么他就必须杀死白若琳，这样才能保守住他的秘密。"

"保守什么秘密？"

付雪晴替吴凡回答："一旦白若琳醒过来，告诉警方当年在矿井里发生的真相，我们就会知道史云在撒谎，因为他根本就没有离开探险队，他和其他人一起进了矿井，白若琳亲眼所见。"

“那么梁丹……难道全是他编的？”

“既然他能跑来杀白若琳，就恰好证明了这一点。”付雪晴道。

“原来你也知道，合着你俩做套就瞒我一个人。”贾洪涛很是不满。

“我也是见完史云后吴凡才告诉我的，并不比你早多少。”付雪晴略显无奈。

吴凡解释：“我不是故意要隐瞒。主要是当时我没法确定史云是不是凶手，而且也是为了演戏演得更逼真，才没透露。”

“随你怎么说吧，反正凶手已经抓到了。”破了案，贾洪涛也既往不咎了，“但我还有很多疑问搞不明白。既然史云是真正的凶手，那么梁丹现在又在哪个呢？”

“这个世界上估计除了史医生之外，没人能知道了。”

“你是说史云把她杀了？”

“准确地说，或者是我猜的，真正的梁丹其实一直都在矿井的泵房里，和其他尸体在一起。”

“你是说梁丹也死在了矿井里？可白若琳不是说，她当年亲自把梁丹放走了吗？”

吴凡有些不好意思，“其实白若琳没说过那种话，是我为了让你配合我，故意骗你的。”

贾洪涛鼻子差点没气歪了，压着火问：“但我们并没有找到她的尸体啊？”

“梁丹的尸体应该是被史医生移走了吧，不知道我说得对不对，史医生？”吴凡的目光转到史云身上。

“你说得对。”史云此刻一脸颓唐，但还有些不甘心，“我就是不明白，你为什么会怀疑到我身上？”

“是啊，你这个案子设计得滴水不漏，都没有留下什么破绽，所以我对你也只是怀疑，而真正让我怀疑你的地方就在凶手的杀人手段上。”

“你为了制造被害人被吓死的假象，设计了一种异常隐蔽的杀人方式。虽然我不是法医，但我猜那应该是一种毒药，进入人体之后很难被检测出来，而出现的症状很像心肌梗死，因此你才想到让别人以为这些人是被吓死的，为此才设计出了白衣女鬼这个形象吧？”

“那么你知道我用的是什么毒吗？”

吴凡摇头，“我们刑警队的法医到现在都还没找出来这种毒。”

史云得意地冷笑一声，能置人于死地的毒药有成千上万，如果医理不精，对毒药不够了解，一种种药物去检测，那就真的需要时日了。”

吴凡不以为然地笑笑，“不过没关系，你既然过来肯定带着毒药，我们只要拿来化验一下就可以了。”

史云刚才的得意瞬间化作愤怒，咬牙切齿道：“那你现在可以告诉我，你到底是怎么怀疑到我的吧？”

“其实也很简单，你的杀人手段尽管隐蔽，还是露出了一点马脚。”

“什么地方？”

“法医在张星鹏尸体上并没有检查出什么痕迹，有可能你是在他的水中下的药。但是在舒畅的身上却发现了痕迹，你杀她用的是针管注射的方式，因为是注射在肛门里，即便是法医也很难发现如此隐蔽的针孔，幸运的是我们最终还是找到了。能用这种方法杀人的，我想应该是一个精通化学药品的人，那么我首先猜到医生这个职业。”

“你等一下，我有点乱。”贾洪涛忍不住打断吴凡，“单凭这一点就怀疑史云，理由还不够充分吧，相比他，梁丹不是有更大嫌疑吗？她当年可是亲自去医院偷了麻醉药，再说田法医不是也认为当年矿井里那些人都是梁丹杀的吗？如果按照你说的，史云完全是在撒谎诬陷梁丹，这件事和梁丹没有关系，那么梁丹又如何会死在矿井泵房里？”

“其实你问的是同一个问题，贾队长。”吴凡心平气和地说，“我说梁丹不是凶手，但并没有说她是清白的。或者应该说，她当年是史云的同谋。”

众人不无震惊，史云的脸上不自觉地抽搐了一下。

吴凡注视着史云，“当年那起案子其实也是你计划的，你不否认吧？”

“但你心里清楚，想弄死一队人，单凭你一个人风险实在太大了。你必须找一个同伙，一个信得着的同伙配合你才行，于是你想到了梁丹。或许是因为你早就打算利用那个废矿井作案，才想到利用梁丹。她对你几乎到了唯命是从的地步，顺理成章地成为你的同谋，你利用她对红星煤矿的了解，精心设计了一个圈套。但是梁丹却没有想到你把她也计算在内了。你尽可能降低自己的嫌疑，让梁丹设计红旗岭探险项目，还指使她去医院偷窃麻醉药，真是有备无患。”

史云的下颚骨来回错动。

“那天参加探险队的旅友一共有七个人。除了张星鹏、白若琳和向导宋立平之外，就是你和你的三个同学。但有个地方你对我们撒了谎。梁丹并没有半路加入你们的队伍里，你也根本没有离开过，你一直跟这些人进了矿井。或者说，是你怂恿这些人进矿井的。你之前与梁丹进过矿井，对井下的地形也比较了解，可能的话，你们还做过一些外人不易觉察的记号，便于你出入。你带着这些人一路往下走。然后假装迷路把所有人都困在井里……”

贾洪涛愤愤道：“其他人警惕性也太差了，就算史云要诈，他们怎么就老老实实地任人摆布，六个人居然能稀里糊涂被带到矿井泵房里，他们就没想过齐心协力找出口吗？”

“你别忘了，还有一个梁丹呢。”吴凡说，“如果我猜得不错，梁丹当时一直偷偷跟在探险队后面。史云他们前脚进去，她就在后面负责断后路。我猜得没错吧，史医生？”

史云没吭声。

“断后路，怎么断？”贾洪涛看了看付雪晴，付雪晴也带着困惑。

“我这两天抽空了解了一下红星煤矿的构造，后来有个人帮我想到了一个困人的法子，能把矿井变成一个有进无出的迷宫，我想想很有道理。”

“什么人帮你想的法子？”贾洪涛纳闷。

吴凡笑笑没吭声，付雪晴嘀咕：“肯定是欧阳姗姗了，居然还找她商量。”

贾洪涛耳朵尖听到了，问她：“欧阳姗姗是何方高人？”

“她呀，呵呵……”付雪晴皮笑肉不笑。

吴凡继续说道：“不知道你们还记不记得，进入巷道的时候，经常能看见墙壁两边安装的大铁门？那其实叫防水密闭门，本来就是为了防止矿井漏水，为了挡水的。巷道里有很多这样的门，有些是关闭的，有些是打开的。当年，史云诱导那些人进入矿井之后，梁丹就偷偷在后面把防水密闭门关上，这样他们原先走过的路就成了死路，或许他们也做过记号，但都被梁丹清除掉了。这些人本来就不熟悉路况，这一下就彻底被困在了井下。很可能那些天的暴雨也在史医生和梁丹的计划之中，梁丹太熟悉矿井的内部情况了，所以你们利用井下透水营造了恐慌气氛，史云趁机诱导这些人躲进了泵房里。史云当时肯定还带着麻醉药，我想他的原计划是把麻醉药掺入饮料里给这些人麻翻，再杀了他们，但是没承想出了意外……”

史云郁闷地哼了一声，“是啊，我没想到张星鹏居然是个心狠手辣的角色。”

“他是个刚从监狱里放出来的惯犯，犯的也全是抢劫加伤害的重罪。遇到绝境，他首先想到的是保全自己。只有先把你们困死，独占食物，他逃出去的把握才最大。不知你当时被他困在泵房里出不去，心里有什么感想。要是你真死在了那里，那才是最讽刺的事情。但你还是没放过那些人，把他们全都麻醉勒死了，不，应该是勒死了三个，准备对最后一个人动手的时候，梁丹赶来把门打开了。结果你却把梁丹反锁在了泵房里，让她和剩下那个女学生自生自灭。”

“真是够卑鄙歹毒的。”付雪晴忍无可忍地骂道，“这样的畜生居然还能公派留学去深造，摇身一变成了救死扶伤的医生。”

没想到史云居然涨红着脸为自己辩解：“我一开始并没有打算杀梁丹，可是那个女人居然想用这件事逼我娶她，还反对我出国，我迫不得已才杀她灭口，其实我也不想。”

吴凡冷笑一声，“好吧，随便你怎么说，反正当时也没有第三者在场看到。总之，你杀了这些人达成所愿，便心满意足地出国深造去了。”

“说了半天，还有个关键问题我不明白。”贾洪涛说，“他究竟为什么要杀这些人，难道就是因为心理扭曲，还是有其他原因？”

“这个问题最好让史医生亲自解释比较好。你说呢，史医生？”吴凡问史云。

史云闭上嘴巴，选择了沉默。

“既然你不愿意讲，我就说说我知道的。其实你当年的目标并不是所有人，只是探险队中你的两个同学——陶海霞和林杉。其他人包括你的另外一个校友，以及宋立平、张星鹏和白若琳都不过是你为了掩人耳目拉进来当垫背的。”

“因为有仇就要杀自己同学？”贾洪涛难以想象。

“不是有仇。而是因为这两个人都是史云出国深造的竞争者。当年华北医科大学只给一个公派出国深造博士学位的名额，打算从三个优秀学生中间选择一个，其中两个人就是陶海霞和林彬，另外一个就是我们的史云同学。我想这大概就是他的动机吧，为了确保自己万无一失，索性把两个竞争对手全部除掉，那么名额自然就落到他身上了。而他的计划也确实成功了。否则，我们还未必能看见这位归国回来的医学博士呢。”

付雪晴不无厌恶地瞅着史云，“能说服三个同学和他一起参加探险，亏他想得出来。”

史云喃喃道：“我不是说服，我当时是学生会主席，利用组织活动的机会安插了一个抽奖环节，故意挑选了陶海霞和林杉参加探险俱乐部的活动。怕引起别人疑心，我还挑了一个不相干的同学凑数。”

说到这，史云苦笑一声，“为了给这两个人设套，我真是煞费心思啊。可惜天不佑我，如果不是多出张星鹏那个浑蛋，就永远不会有人知道这个真相了。”

“应该叫多行不义必自毙才对。当年那场意外的山洪虽然帮你转移了视线，但你却埋下张星鹏这个定时炸弹。张星鹏把你们关在矿井带着白若琳逃走，他无形之中等于犯下了杀人罪，所以他自然不敢向外人提及这件事。你料到了这一点，就顺着他的谎言往下编，随后跑到美国镀金，逍遥自在了好几年。但是没想到你回国之后就被张星鹏发现了，这一点我倒是有点好奇，他是怎么发现你的？”

史云懊恼地跺跺脚，“卫生界组织义务乡村巡诊活动，我马上就要提拔副院长了，这种时候自然要努力表现，给大家做个样子。可是没想到跑到太平县那个破镇子上居然还能叫他撞见，真是倒霉透顶……”

吴凡和付雪晴交换了一下目光，都觉得有几分可笑。他们在镇子里调查那些天，一直都知道那里有个义诊活动，居然没想到史云也是义诊的医生。

吴凡恍然大悟，“当张星鹏看见你时把他吓坏了，他以为你早就死在了矿井里呢。当时你也吓了一跳吧。”

“我是吓得不轻。我暗中跟踪他，发现他也吓坏了，不过没想到，他居然开车去了一趟红旗岭，去找红星煤矿了。应该是已经怀疑我的身份了。”

“他找到了吧？”

“找到了。不过找了很长时间才找到。他走进泵房还特意数了数尸体，当时我就躲在远处看着他。他数完尸体就吓得魂飞魄散，仓皇逃走了。我想他应该是记得探险队的人数，当年我逃出来了，但是梁丹进去了，总数没变，所以他肯定以为自己看见了鬼。回去后，他还特意跑到当地一个有名的大仙那里去求符镇鬼呢。”

“所以你就利用他的弱点，扮鬼吓他。”

“我必须处死他，要不然他早晚会坏事。我就利用泵房里那个穿白衣的女尸来做文章，那个女尸的形象特别鲜明，能让人过目不忘。然后我就扮成了她的样子。”

“你等等，你的面具是从哪里来的，为什么我们的法医看见你戴面具的样子会误认为你是尸体呢？”

史云扬了扬手里的面具，“这是我从母校的标本储藏库里千挑万选找出来一具与白衣女尸最相近的蜡尸标本，把她的脸皮剥了下来做成的人皮面具。”

吴凡惊愕得说不出话。

不只是他，在场的警察都无比震惊。

把死人的脸皮扣在自己脸上当面具，想想就够恶心的。

“然后我就打扮成白衣女尸的样子去吓唬张星鹏，其实我早在他的水杯里放了尼古丁，那东西只要五十毫克就能置人于死地，而且很难被检查出来，症状跟普通的心梗差不多。扮鬼也不过就是为了掩盖杀他的真相而已。反正镇里不少人都知道他中了邪，他被吓死也理所当然……”

说到这里，史云停顿了一下，“不过我也从中发现了一个天大的秘密。张星鹏居然是一个连环杀人犯。这倒是帮了我一个大忙，很多人都会以为他是被自己杀害的人吓死的。”

“是啊，张星鹏的连环杀手身份一旦曝光，就吸引了人们大部分注意力，反而没有人关注他是怎么死的了。”吴凡说，“而且‘闹鬼’这种东西虽是迷信，但会对人产生很强烈的心理暗示。尤其像张星鹏这种死因不明，死前又有种种反常举动的人，简直让人不能不信。但你却没有想到这起‘闹鬼’事件闹大了，把女记者舒畅都吸引来了。结果她一口气查到了红星煤矿。于是，你赶在她找到泵房之前，再次扮成白衣女把她吓跑了，再故技重施，用尼古丁把她也杀害了。”

史云恨恨道：“我本来并不想滥杀无辜，都怪这个女人太多事。”

“我记得舒畅遇害那天晚上曾经给我打电话，说她宾馆停电了，就是你捣的鬼吧？你当时偷偷进入房间，趁着她酒醉的时候给她注射了毒药，把她惊醒了，当时她觉察到房间里有异常，但是惊慌失措之中光顾着逃跑了。你追赶她到了地下停车场，看着她躲进车里，在她毒性发作的时候，你突然现身，把她也活活‘吓死’。说起来，你还真是够运气的，假如我当时没离开宾馆，你根本就不会得逞。”

“你以为真是因为我运气吗？”史云忽然冒出一丝冷笑，“事实上，我那两天就住在你们对门。”

吴凡一怔，“你说什么？”

“我用假身份证开了一个房间，每到晚上就过来监视你们的一举一动，要不然我怎么可能对你们的情况了如指掌？”

“这个我还真没想到。”吴凡自嘲地一笑，“你真不愧是留洋博士，能把每一步都计算到了。可惜你心是歪的，无论计算如何精细，一步错步步错，你越想填补之前的漏洞，你就会露出更大的漏洞。所以，你在杀害给我们带路的村民时，便露出最大的破绽。”

史云动了动嘴唇，似乎还有话说，但是最终选择了沉默。

贾洪涛亲自给史云戴上了手铐，众人把史云押上警车，直到这时，付雪晴忽然发现吴凡没有跟上来。

吴凡并没有跟下楼。

他此次来的目的不单单是为了抓捕史云。

趁所有人都离开后，他独自一人走进了重症监护室。

病房里只有白若琳一人，全身包裹在石膏和纱布里，犹如一具精致的木乃伊。

吴凡目光复杂地望着她。

从发现白若琳出轨到现在一转眼过去了两个月，在这短暂的时间里发生了太多事，足以让最亲密的人形同陌路。

吴凡觉得自己现在已经不怎么难过了。他来找白若琳只为了一件事。

“已经醒了吧？你给我的 U 盘我看过了。”他对白若琳说，“但是里面有密码，我打不开。你知道里面装的是什么吗？或者你知道密码？”

白若琳一动不动地躺在那里，只有胸口一起一伏。

她刚从“鬼门关”出来，差点就死在了史云手里。此时的她看上去无比的脆弱无助。

“我知道你能听见我说话。”吴凡说。

白若琳发出了微弱的呻吟，断断续续，吴凡听不清楚。

这时，他听见门外走廊里传来脚步声，他抓紧时间追问：“我现在最想知道一件事——预测死亡的兔子到底是谁？就是那个把你安插的在我身边的人，他是谁？”

“他是不是张星鹏？”

白若琳霍然睁开双眼，在黑暗中闪闪发亮地望着吴凡，似乎在思索他的话。

“我详细调查过这个人，把他的个人经历几乎全都了解遍了，可是并没有查出他和预测死亡的兔子有任何联系。只有你最了解他，你能不能告诉我，他究竟是不是预测死亡的兔子？”

白若琳的神情看着有些古怪，她张开嘴像是要说什么，却只是发出“呃呃”的声音。

“你到底想说什么，是不是张星鹏？”吴凡大声催促。

可是白若琳喉咙里的声音越来越响，似乎在哀号，身体也出现了剧烈抽搐。

吴凡见情况不对，急忙跑到门外喊人，正巧看见两个来查房的医生，还有一个警察跟在他们身后，吴凡认识，正是警队的侯小亮。

侯小亮一看见吴凡便说：“原来你还在医院啊，他们都回去刑警队了，这里由我负责保护白若琳，她可是这个案子的关键证人……”

吴凡顾不上搭话，大声对医生说：“白若琳要不行了，你们快过来看看。”

众人大惊失色，跑进病房一看，白若琳已经双眼翻白，嘴里涌出了大量泡沫。

两名医生急忙给白若琳做急救，并用床头的对讲机呼叫支援。

越来越多的医生带着急救设备赶过来，围在白若琳周围，有的往她身体里注射药物，有的往她嘴里插管子，有的给她电击……

吴凡站在远处，不知所措地望着眼前这一幕，感觉这些人好像是在给白若琳用刑一样。

过了半个小时，也许是一个小时，主治医生摘下口罩，沮丧地对吴凡和侯小亮说：“人已经不行了，我们尽力了。”

“她之前看着还好好的啊，怎么能说死就死了？”侯小亮大声道。

“她之前伤势很重，虽然暂时控制住了，但最怕出现并发症，她是死于急性心绞痛，如果发作严重，几分钟就能要人命。这也是没法预料的事情。我们能做的都做了，你们尽快通知患者家属吧。”

主治医生摇头叹息着走了。

所有人都离开病房后，吴凡茫然地走到白若琳的病床前。

不久之前他还与这个女人说话，眨眼之间就成了阴阳相隔。他终究还是来迟了一步，白若琳带着他最想知道的秘密就这样离开了。

他百感交集地望着白若琳，拉过被单正要给她盖上，无意中发现她左手紧攥，似乎握着什么东西。

他疑惑地把她的手指掰开，看见她掌心居然握着一枚银色的戒指。

戒指的造型饱满细致，上面还镶嵌着蓝色的碎宝石。

吴凡满心疑惑。

他从来没见白若琳戴过这样的戒指，再说她自从出了车祸就被送到医院里，怎么会突然间手里多出一枚戒指？

种种疑问在脑子里一闪而过，他的直觉告诉他这枚戒指大有来头，他抓起戒指塞进裤兜，然后若无其事地走出重症监护室，看见侯小亮还在门外。

他俩之间的过节一两句话也说不清楚，吴凡懒得多话，从侯小亮身边走过，侯小亮冷不防问了一句：“你觉得白若琳死得正常吗？”

“有什么不正常的？”吴凡侧过脸，看了他一眼。

侯小亮扯动嘴角，露出耐人寻味的表情，“反正我是很怀疑那个医生的话，一个好端端的人怎么可能说死就死了？”

“你想怎么做？”

“我会告诉卢队长，对白若琳进行尸检，你没有什么意见吧？”侯小亮似乎话中有话。

“我能有什么意见，随便你。”吴凡冷淡地抛下一句，大步走出了医院。

他冥冥之中有种感觉，白若琳的死就像拉开一道黑幕，谁也不知道后面将会出现什么。

该来的迟早都会来的。